KARMA

Alexander Schimmelbusch

Roman

Rowohlt

Originalausgabe
Veröffentlicht im Rowohlt Verlag, Hamburg, September 2024

Satz aus der DTL Dorian
bei Dörlemann Satz, Lemförde
Druck und Bindung CPI books GmbH, Leck
ISBN 978-3-498-00127-8

Deutsch sein heißt, eine Sache
um ihrer selbst willen zu tun.
Richard Wagner

Herbst 2033

nahe Berlin

OMEN

Es war der wärmste Oktober seit Beginn der Wetteraufzeichnungen, und die Gäste schielten verstohlen auf den Tresen unten am Seeufer, hinter dem eine Catering-Kraft seelenruhig den Ansturm der Durstigen erwartete. Dabei war die Temperatur beinahe erträglich, zum ersten Mal in jenem Saharasommer – das Quecksilber war unter die Schweißperlenschwelle gefallen, dank eines auffrischenden Windes aus den östlichen Steppengebieten.

Kronblätter der Herbstanemonen segelten über die Anwesenden, Glutspäne der Birkenholzscheite, und die junge Frau auf dem Podium hielt kurz inne, um ihr fliegendes Haar in einer Bauernkrone einzufangen.

Der Luftstrom legte das Cocktailkleid eng an ihren Körper, sodass die Konturen ihrer Physis zu sehen waren, deren Anblick die Gemüter der vornehmlich weiblichen Zuschauer mit Resignation und Ermüdung fluten musste. Denn irgendetwas an ihrem Habitus legte nahe, dass ihr Zustand nicht die Folge von Disziplin, sondern die Folge einer beneidenswerten Veranlagung war. Dass sie nicht so aussah, da sie früh schlafen und täglich laufen ging und sich allen Sinnesfreuden verweigerte, sondern dass sie so aussah, obwohl sie achtzehn Stunden am Tag arbeitete und sich primär von Brot, Käse, Avocados, Wein und Schokolade ernährte.

Der wohl ethnisch intendierte Print ihres Kleides war möglicherweise als halbherziger Versuch zu verstehen, ihr allzu nordisches Erscheinungsbild auszubalancieren, aber erstens war der Effekt eher kolonialistisch, und zweitens hatte sie das nicht nötig, sie war niemandem Rechenschaft schuldig. Denn auf die Omen SE ließ die deutsche Bevölkerung schon lange nichts mehr kommen.

Wie öfter mal an Montagen waren Spuren von MDMA in ihrem System nachzuweisen, was auch an ihrer wohligen Körperhaltung abzulesen war – sie schien ihr Dasein als Brandung aus goldener Energie wahrzunehmen, und den ostdeutschen Wind auf ihrer Haut als brasilianischen Liebhaber. Sie brauchte kein Mikrophon, ihre Stimme durchsäbelte das Rauschen der Silberweiden, sie sprach schon seit gut neunundzwanzig Minuten und ein Ende war nicht abzusehen.

Die junge Frau war nicht nur CEO des wertvollsten Unternehmens in der Bundesrepublik, sondern auch eine neue Mutter von Zwillingen, die in harmonischer Ehe mit einem Lichtkünstler zusammenlebte. Dieser widmete sich nun in Vollzeit dem Wohlergehen der kleinen Töchter des mustergültigen Paares, da ihm klar geworden sei, wie er dem *Spiegel* anvertraut hatte, dass kein anderer Vorgang sein Empathievermögen und damit seine schöpferische Potenz schneller würde mehren können, als die ersten Lebensjahre seiner Töchter aus unmittelbarer Nähe zu erleben. Sein Ehrgeiz sei es, sich auf die beiden wirklich einzulassen, ja sich ihnen gar anzuverwandeln, wie ein Oktopus den verborgenen Regelmäßigkeiten seiner Umgebung.

Noch Jahre zuvor hätte man eine Veranstaltung wie diese für den frühen Nachmittag angesetzt, aber Ende der Zwanziger war man dazu übergegangen, Versammlungen im Sommerhalbjahr, die nicht in klimatisierten Räumen stattfinden sollten, grundsätzlich auf direkt nach Sonnenuntergang zu legen. In die sogenannte blaue Stunde, in der sich nun ein transparenter Farbschimmer über der Wiese wölbte, ein ionisches Turmalin, in das die ersten Sterne wie gedimmte Punktstrahler eingelassen waren – wie die vereinzelten weißen Kiesel unter dem Quellwasser des Auensees, auf dessen Oberfläche die schwarzen Bojen der Hummerfallen schwammen.

«Unsere Siege haben wir bei Omen natürlich auch der Tatsache zu verdanken, dass wir ein sehr deutsches Unternehmen sind – dass wir auf Bescheidenheit Wert legen, dass wir Intimsphären respektieren und dass wir auf einen gewissen Ausgleich in der Gesellschaft bedacht sind.

Okay, könnte man nun einwenden, die Deutschen sind Nörgler und Nivellierer und renitente Geheimniskrämer, warum bitte sollten sie damit Erfolg haben? Aber das ist eben nicht alles, denn es gibt ja ein weiteres Element, noch eine lokale Zutat, und das ist die Sehnsucht», so sprach sie weiter. «Die Sehnsucht danach, unsere Fron endlich hinter uns zu lassen, um wie ein Abendsegler im Walde dem fernen Posthornklange entgegenzufliegen, der törichten Seligkeit.

Wir Deutsche träumen immer von einer besseren Welt, vom Aufgehen in der Natur, von unserer rauschhaften Transformation – durch den Kampf, verehrte Anwesende, oder durch die romantische Liebe.»

Natürlich hatten Hummer nichts verloren in Berlin und schon gar nicht in Brandenburg, aber seit Dekaden zuvor ein paar Bürgerkinder in der Spree ihre Blauen Signalkrebse ausgesetzt hatten, da sie ihrer Aquarien überdrüssig geworden waren, hatten die Tiere in den Schilfwiesen und Wasserwegen der märkischen Ebene einen Lebensraum ohne natürliche Feinde vorgefunden.

Schnell hatten sie die kreative Zerstörung heimischer Ökosysteme in Angriff genommen, nach dem bewährten Playbook invasiver Arten – durch die Verbreitung einer heimtückischen Pesterkrankung beispielsweise, gegen die sie eine Resistenz entwickelt hatten, anders als der indigene Edelkrebs, den die virulenten Mikroben beherzt in seine Auslöschung trieben. Oder durch die Veranlagung als unersättliche Allesfresser, deren Ziel es zu sein schien, die Flora und Fauna ihres Umfeldes vollständig zu verspeisen, um sich dann an den Kadavern ihrer verhungerten Feinde und schließlich auf kannibalistischem Wege aneinander gütlich zu tun.

Hinzu kam die demographische Kriegsführung mittels einer hohen Geburtenrate, die einer gewissen Liederlichkeit des Charakters der Invasoren geschuldet war, einer wahllosen Promiskuität zumindest der männlichen Schädlinge in Verbindung mit fragwürdigen urophilen Vorlieben: Wenn die Paarung ansteht, geistert die Dame an den Höhlen der Herren vorbei, um deren im Wasser gelöste Urinsignaturen im Hinblick auf erotische Kompatibilität auszuwerten. Hat eines der Harnprofile ihr Gusto angeregt, sendet sie einen eigenen Urinstrahl in Richtung ihres Auserwählten, um diesem ihre Bereitschaft zu signalisieren.

Die Mechanismen der Verdrängung waren demnach bekannt, es war ja nicht der erste Vorgang dieser Art – man denke nur an den Ersatz der in Deutschland ehemals heimischen roten Eichhörnchen durch amerikanische Grauhörnchen, bei denen es sich bekanntlich gar nicht um Hörnchen, sondern um Angehörige einer räuberischen Baumrattenart handelt. Und doch ließ der Furor der Signalkrebse einen neuen Faktor erahnen, der möglicherweise mit dem Phänomen der Auswilderung zu tun hatte, ähnlich der lustvolleren Grausamkeit jener Mitglieder terroristischer Gruppierungen, die nicht als Teil der Arbeiterklasse, sondern als Teil der Intelligenzija aufgewachsen waren.

Dem Blitzkrieg der amphibischen Panzertruppen konnte allein die Buttrigkeit ihres Schwanzfleisches Einhalt gebieten, das dem Konsens der Fachleute zufolge jenem des verdrängten Edelkrebses noch überlegen war. Die Hummerstulle eroberte die Berliner Wochenmärkte, mit veganer Mayonnaise und geriebener Zitronenschale, und so fanden sich die gerade noch siegestrunkenen Schalentiere bald in einer doppelt unerfreulichen Lage wieder: als lokale Spezialität, die zur Streetfood-Ikone avancierte, und dabei als invasive Spezies, die nicht in den Genuss von Fangrestriktionen kam.

Auch für jenen Abend im Oktober hatte die Regie ein Hummeressen vorgesehen – zwei Catering-Kräfte hatten Reusen eingeholt und auf Schubkarren hinter die Grillstation gefahren, um die Morituri unter Prasseln in eine Kühltruhe hineinzukippen.

Das traditionelle Prozedere bei der Zubereitung von Krustentieren, das Versenken in siedendem Wasser bei lebendigem Leibe, war jedoch nicht mehr darstellbar, sodass sich durchgesetzt hatte, sie vor dem Garen auf dem Wege ihrer Längsteilung schonend zu exekutieren. Und so war ein Kreischen zu hören, als der Grillmeister sein Messer schärfte, mit einem Pedal brachte er über einen Riemen einen Schleifstein zum Rotieren, auf dem er seine Klinge wandern ließ, die er hin und wieder in eine Eiswanne tauchte, um Verformungen durch die Reibungshitze zu vermeiden.

Schon in wenigen Minuten, nach dem Schlusswort der Rednerin, würden die Hummer sich in einer Choreographie wiederfinden, die zum Zwecke ihrer humanen Tötung ersonnen worden war – die Kälte, die Klinge, die Hebelwirkung, das Bersten, das Splittern, der gleißende Schmerz und dann die widernatürliche Wahrnehmung: der entzweigeschlagene Sternenhimmel. Denn Hummer verfügen über ein dezentrales Nervensystem, sodass sie nach ihrer Teilung, also in Form zweier Hälften, einer Studie der Universität Hamburg zufolge noch etwa neunzig Minuten lang weiterleben können.

«Wir alle wollen uns mal wieder auf eine einzige Sache konzentrieren – auf dem Hinflug zum Beispiel, habt ihr da gerade diesen halluzinogenen Sonnenuntergang gesehen? Eher nicht, zu beschäftigt, ich weiß schon, rhetorische Frage», so sprach sie weiter, «aber ich bin heute tatsächlich mal über meinen Schatten gesprungen, verehrte Anwesende.

Also lasst mich davon erzählen: Unser Todesstern stürzte erst hinter eine graue Gipfellinie, um im Verborgenen dann Unruhe zu stiften, um sich aus den Wolkenbergen wieder einen Weg ins Freie zu brennen, um sich ein zweites Versinken zu erkämpfen, hinter den glazifluvialen Ablagerungen. *Da capo al fine.*

Man wollte gleich ein Gelöbnis abgeben. Das Licht blutete wie Magma aus einem kollabierenden Vulkankegel, der auf einem fliegenden Teppich aus Nebel in Richtung Horizont zu schweben schien.

Ich sah den Vesuv Feuer speien, durch ein Fenster in Neapel, ich sah die Kuppeln und Türme von Paris im Abendlicht, vom Dache des Raphael aus, wo ich mit einem Glas Burgunder in der Hand auf die Sprengung der Flussbrücken wartete. Schwefel, Eiter, Ocker, Alarme, Überfliegungen, Eating Room Red No. 43 und darüber, als Übergang in das Ägäische Trinidad, ein kupferner Schimmer, der an napoleonischen Grünspan erinnerte. Als sei tief im Westen, an einem Nichtort wie Hannover beispielsweise, als Irrläufer eine russische Atomrakete eingeschlagen.

Diese hypnotischen Sonnenuntergänge der vergangenen Jahre», so sprach sie weiter, «sind auch als kosmisches Menetekel gegen die Seelenpest des Multitasking zu verstehen.»

Die Omen SE war im Frühling 2025 entstanden, in einem Hochparterre am Neuköllner Maybachufer, neben einem koreanisch-guatemaltekischen Fusion-Lokal. Am Anfang hatten die Gründer mit einer Rattenplage zu kämpfen, die mit den nomadischen Aktivisten zu tun hatte, die vis-à-vis auf den Böschungen kampierten, nicht selten auch kopulierten, ihre Notdurft im Kanal verrichteten und ihre Bánh-Mì- und Hummerstullenreste im distel- und farnlastigen Unterholz zu entsorgen pflegten.

Das Unternehmen war aber bald in eine Phase zivilisierenden Wachstums eingetreten, mit innovativen Angeboten in den Bereichen Medical Wellness und Spiritual Discovery – dem Spindeldorn der Omen-Anwendung Darkroom beispielsweise, einem Aufsatz für das Smartphone, der es der Userin erlaubte, nach steriler Punktion einer Fingerkuppe das Blutbild ihres Gegenübers einzusehen und somit vor dem Geschlechtsverkehr alle sexuell übertragbaren Krankheiten auszuschließen.

Omen war der Verifikator Fabularasa, der anhand für bloße Ohren unhörbarer Tremoli in der Stimme eines Gesprächspartners dessen Aufrichtigkeit ermessen konnte sowie Behauptungen kontextuell dekonstruieren und linguistisch reinigen, um sie mit der alexandrinischen Faktendatenbank der Omen abzugleichen und dem User ihren prozentualen Wahrheitsgehalt in Form einer Holznasengraphik zu präsentieren.

Omen war Freudiana, eine Coaching-Plattform für Panikmanagement und Psychotherapie, deren virtuelle Analytikerin Diana als intime Vertraute aus dem Alltag von Millionen Deutschen bald nicht mehr wegzudenken war.

Den Bau des Omen Tower am Ufer jedoch hatte die Anwendung Nosferatu finanziert, die auf Basis digitaler Profile chemische Erfahrungen kuratierte und deren Drohnen nach der Legalisierung die nächtliche Lufthoheit über deutschen Ballungsräumen erobert hatten – als Yin zum Yang ihrer Tochter Van Helsing, die ohne Unterlass die Datenströme aus den Nanoimplantaten kontrollierte und bei Gefahr die Notrettung rufen und zum genauen Standort der Konsumentin leiten konnte.

Der Zeitgeist füllte Omen die Segel, etwa der Trend zum Protektionismus, die globale Tendenz zu einem nachhaltigen Lifestyle-Patriotismus, der sich in Deutschland vor allem in einer Verstärkung der Neigung zu lokalem Konsum manifestierte – zu Grimms Märchen als Reservoir für Tätowierungsmotive beispielsweise und natürlich auch zu jenen digitalen Diensten, die sich als Unique Selling Point Datensicherheit Made in Germany auf die Fahnen schrieben.

Es ging dabei um den Ekel der Deutschen vor Garnelen aus industrieller Brackwasserzucht in Bangladesch, die in einer Brühe aus Schwermetallen und Wachstumshormonen in drei Wochen von der Larve zur Discounter-Delikatesse der Yellow-Fever-Riesengarnele mutierten, sowie um ihre

Liebe zur Nordseekrabbe, im Watt vor Pellworm von den letzten Pferdefischern gefangen – stattlichen Mannsbildern des erdigen Sattelschmalzes, deren wässrige Augen seelische Tiefe anklingen ließen, ja den unerzählten Reichtum unserer Vergangenheit.

Eine kosmische Druckwelle trieb Omen voran, die schon bald nicht mehr als Eigenbau-Jolle, sondern als Airbus A420 zu verstehen war, der über dem Atlantik auf atmosphärischen Starkwindbändern kitesurfte, auf dem Jetstream – als Folge des Temperaturgefälles zwischen den Breitengraden ziehen gewaltige Luftströme vom Äquator zu den Polen, wobei sie von der Kraft der Erdrotation abgelenkt werden und aus den polwärts wehenden Gradientwinden die ostwärts fließenden Strahlströme entstehen.

In den Jahren zuvor hatten diese eine rasante Beschleunigung erfahren, sodass Linienmaschinen über der Südküste Grönlands regelmäßig die Schallmauer zu Fall brachten, ohne dabei einen donnernden Verdichtungsstoß zu verursachen, da sie in die Windbänder eingebettet waren und im Kontext dieser unterhalb der kritischen Schwelle blieben. Nicht wenige Piloten wählten Ausweichrouten, um die Vektoren zu vermeiden, da sich in ihnen oft gewaltsame Turbulenzen verbargen und viele Experten den hauchdünnen Karbonaußenschalen der neuesten Generation von Passagierflugzeugen mit Argwohn begegneten.

Der CEO aber kam nicht mal der Gedanke, Omen vom Kurs abzubringen, in Sturmfronten würde sie vielmehr freihändig hineinbeschleunigen, schließlich hatte sie ihr

Unternehmen nicht allein unter den Aspekten Klimafreundlichkeit und Kosteneffizienz konstruiert, sondern die Parameter des Wolkendampfers 747 adaptiert, der mehr als ein halbes Jahrhundert zuvor von einem dabei rauchenden Alkoholiker mit einem Griffel auf ein Reißbrett gezeichnet worden war.

«Wir haben Sehnsucht danach, uns vom Sekundärnutzen zu emanzipieren – das können wir uns ruhig eingestehen, auch wenn wir bei Omen diesem Phänomen mehr oder weniger vollständig unseren Wohlstand zu verdanken haben, den Überfluss, in dem wir leben. Nicht jede Äußerung oder Handlung soll dazu dienen, ihren Wiedergänger zu produzieren und in einen autonomen Verwertungskreislauf einzuspeisen.

Die Produktivität, meine Lieben, diese Wahrheit sollten wir nicht aus den Augen verlieren, die Produktivität ist für die Maschinen, für unsere funktionalen Helferlein. Wir aber sind schöpferische Organismen und sollten unsere Hallräume nicht ohne Not mit derart kleinbürgerlichen Parametern in Berührung bringen.

Wir müssen zurück auf die primäre Ebene», so sprach sie weiter, «zu den Grundpfeilern unserer Menschlichkeit, um die Krise unserer Vorstellungskraft zu überwinden. Um die Fragen zu beantworten, die uns auf der Seele brennen: Wie frei sind wir? Bestimmen planetarische Konstellationen unser Schicksal? Was verbindet uns überhaupt mit anderen? Wer waren wir in grüner Vorzeit, als unser

Territorium noch vollständig unter Urwäldern im Schlummer lag?

Wer sind wir, wenn wir nicht mehr arbeiten? Was sollen wir dann machen? Wie soll unsere spirituelle Erneuerung aussehen? Sind wir Deutsche überhaupt noch zur Muße fähig? Oder kommen wir da nur wieder auf dumme Ideen?»

Ihren Rückenwind hatte die Omen auch einem Mann namens Joachim zu verdanken, dem Vater ihrer sagenumwobenen Entwicklungsabteilung – natürlich, Teamwork blablabla, aber dieser eine Geist hatte nicht nur Diana zur Welt gebracht, sondern auch Erda, die zentrale Säule der späteren globalen Dominanz des Unternehmens.

Joachims Lider waren einem mittelfrequenten Tremor unterworfen, denn in seinem Jahrzehnt bei Omen hatte er ein Schlafdefizit von über zwei Jahren akkumuliert, sodass seine Wahrnehmung hin und wieder in die Ohnmacht hineinflimmerte. Er konnte der Erschöpfung als Zustand allerdings auch Positives abgewinnen. Denn wenn man ihm die Erholung verweigere, so in etwa seine These, dann rette das menschliche Gehirn sich in ein Notprogramm, das keine Energie für die übliche assoziative Kakophonie bereithalte und dem Bewusstsein somit erlaube, punktuell in die Tiefe zu gehen.

Joachim stand im hohen Gras am hinteren Rand der Menschentraube, wobei der Begriff hier inakkurat war, denn erst hatte das Publikum sich zu einer Birne formiert, mit dem Strunk zum Podium, da zu Beginn niemand in der ersten Reihe hatte stehen wollen, bis ihre Neugier die Anwesenden um die Rednerin zu einer Banane arrangiert hatte.

Die Dekade der Pandemien hatte eine Schneise der Verluderung in den Stil deutscher Männer geschlagen, die Joachim offenbar gerade recht gekommen war, denn zu einem hellblauen Leinenjackett, das sich am Kragen schon in Auflösung befand, hatte er eine purpurne Pyjamahose gewählt, zur Feier dieses historischen Tages.

Seine Zielsetzung für die vergangene Stunde war es gewesen, einen Drei-Liter-Glasballon isländischen Gletscherwassers zu leeren, und als er seinen Plan in die Tat umgesetzt hatte, stahl er sich davon, in die Dunkelheit, in Richtung der roten Positionslichter der Lufttaxen am fernen Saum der Wiese, wo er den Ballon abstellte, auf einen hüfthohen Findling hinaufkletterte und den elastischen Bund seiner Pyjamahose hinunterschob, um der Mondsichel einen druckvollen Urinstrahl darzubieten. Seine Augen ließen dabei das gedimmte Seelenlicht jener Menschen erahnen, deren Gedanken obsessiv um das Bewusstsein der Tatsache kreisen, dem Grabe nun schon um einiges näher als der Gebärmutter zu sein.

Das Sternenlicht tänzelte auf dem Scheitelpunkt seiner Parabel, wobei er einen gravitätischen Habitus zeigte, als hege er die Absicht, der Mondgöttin Mani die Ehre zu erweisen oder der Nacht selbst ein feierliches Opfer zu bringen.

Wo war Joachim, während er mit dem Biotop kommunizierte? Ließ er gerade einen Kamm durch goldene Kinderhaare gleiten? Sah er die schwarzen Galeonen vor Messina segeln? Konnte er das Rattern der Totenkarren hören und das Weinen der Hinterbliebenen?

Kam ihm gerade eine neue Omen-Marke, erst die Idee und dann gleich die komplette Umsetzung samt diversen Präsentationen im Wortlaut, und erfreute er sich daran, sie einfach ziehen zu lassen, ohne sie mit einer Welt aus japsenden Verbrauchern zu teilen?

Oder war er wieder in diesem Prädator-Modus, der ihn manchmal ereilte? Hatte Joachim sich in das Bewusstsein eines Andenkondors begeben, der im Warteflug mit einem Endorphinschub zur Kenntnis nimmt, dass der kleine Pablo sich zum ersten Mal ganz allein auf den Weg zur Wasserstelle gemacht hat?

Sein urologischer Trakt arbeitete einwandfrei, das war offenkundig, der Beckenboden kräftig, die Prostata weich, und seine Nieren schienen gut durchspült und ohne Steine zu sein, sodass sich seinem Flow kein Hindernis entgegenstellte. Der hohe Strahldruck war nicht nur in Anbetracht seines Alters erstaunlich, denn er war gerade 48 geworden, sondern auch vor dem Hintergrund der tropischen Temperaturen, in denen die Produktion eines Schweißfilms zur Kühlung dem menschlichen Organismus ununterbrochen Flüssigkeit entzieht, die bei gemäßigter Witterung zum Füllstand von dessen Blase beigetragen hätte.

Andererseits hatte Joachim die Angewohnheit, sich konstant mit Quellwasser zu betanken, auf systematische Weise, als würde er eine Pflicht erfüllen, als würde er eine

Behandlung absolvieren, als sei er kein alternder Mitteleuropäer, sondern ein Kamel am Vorabend einer gefährlichen Wüstenpassage – durch die Ténéré, auf der alten Karawanenroute für Gold, Elfenbein, Sklaven und Konkubinen.

Die beachtliche Fließrate legte zudem nahe, dass er dynamische Verstärker visualisierte – Wasserfälle, offene Hydranten, Zeitlupenbilder berstender Staudämme und die dunkelgrünen Mercedes-Wasserwerfer am Rande der Demonstrationen seiner Jugendjahre.

Joachim liebte diesen Vorgang, das Erleben einer flutenden Kraft, die Gifte und Rückstände aus seinem Organismus spülte, bis sein Gemüt sich aufhellte, bis seine Sinne wach wurden, bis die Spuren der verschwendeten Jahre von ihm abfielen, insbesondere dann, wenn er in der Nacht zuvor Wein getrunken hatte, was oft der Fall gewesen war in der nahen Vergangenheit, in den Monaten der Abwicklung seines offiziellen Lebens.

Denn niemand hatte auf ihn gewartet, keine warme Stimme hatte ihn empfangen, wenn er spät abends seine Tür aufgeschlossen hatte, nur das kaum hörbare Flüstern des Weinkühlschranks, den er in seinem Zimmer an die freie Wand hatte stellen lassen, neben die Fotografie einer Berliner Straßenszene, auf der geduckte Gestalten in froststarren Mänteln mit Säcken voller Rüben an Ruinen vorbeieilten.

Ein Jahr zuvor war Joachim in ein Hotel gezogen, um sich von Ballast zu befreien, von einer Lebensphase, die nicht viel mit ihm zu tun gehabt hatte, von einem Jahrzehnt, das ob seiner Gleichförmigkeit in seiner Erinnerung nun auf ein paar Monate zusammenschnurrte, die ihm als geringfügig erschienen, vom Detritus einer Zeit, die kein Gewicht besaß, die in Joachim nicht weiterleben würde, die nicht mal ein Regentropfen war über dem stillen Ozean seiner Kindheit.

Er besaß keine Häuser, keine Möbel, keine Bibliothek, keine Kunstsammlung, noch nicht einmal ein Smartphone nannte er sein Eigen, nur ein antikes MacBook Pro aus dem Modelljahr 2008, das er schon mehrfach hatte aufarbeiten lassen und trotzdem am Stück maximal eine Stunde lang nutzen konnte, bevor dessen Akku zu glühen begann. In den Nächten war Joachim, wenn überhaupt, nur über das im Entrée seines Zimmers an die Wand montierte Wählscheibentelefon zu erreichen gewesen.

Er besaß zwei Jacketts, vier Paar Schuhe, ein Fahrrad mit Titanrahmen, aktuell etwa zweihundert Flaschen Wein, knapp neun Prozent der Stammaktien der Omen SE und einen Koffer mit Erinnerungen – Briefe, Zeugnisse, Siegerurkunden, Notizbücher, ungültige Reisepässe und einen Brontosaurus aus Ton mit abgebrochener Schwanzspitze, den Joachim in der Grundschule gebrannt hatte.

Das Hotel lag abseits der Poké- und Ramen-Gebiete, im Rentnerstadtteil Wilmersdorf, in einer verschlafenen Seitenstraße, in der sich zudem eine historische Apotheke sowie die griechische Pilsbiertaverne befanden, in der Joachim sich am Abend vor Inkrafttreten der Fleisch-Prohibition kurz vor Küchenschluss ein letztes Mal den Grillteller Spartakus bestellt hatte.

Sein Umzug in das Hotel war natürlich auch der Zwanghaftigkeit geschuldet gewesen, die seinen Alltag immer mehr dominiert und ihm keine Wahl gelassen hatte, als in jeder Nacht vor dem Schlafengehen die korrekte Schließung aller Fenster in seiner riesigen Wohnung zu überprüfen, um etwa den Einstieg einer Bande von Entführern über die Regenrinne zu vermeiden, was zu einer Serie wahnhafter Rüttelvorgänge geführt hatte, nach deren Abschluss Joachim dann jedes Mal dazu übergegangen war, wie in Trance auf die Wählhebel und die Strömungsöffnungen der sechs Gasbrenner in seiner Küche zu starren.

Die Markierungsstriche zeigten stets allesamt nach oben, und es war auch kein Zischen zu hören, aber die Frage war doch, ob das Sichtbare Gültigkeit hatte oder ob die katastrophalen Szenarien, die sich in seiner Wahrnehmung entfalteten, sobald er die Sicherheitsüberprüfung abgeschlossen hatte, nicht ein äquivalentes Gewicht besaßen.

Sein Dasein war nicht stabil, so viel war klar, denn wenn er nur einen dummen Fehler machte, wenn er nur ein falsches Bild abspeicherte, wenn er nur einmal die Zügel lockerließe, dann würde eine ungeborene Wirklichkeit die Regie übernehmen, dann würde er einen der Wählhebel auf MAX übersehen, dann würde die mechanische Strömungsunterbrechung versagen, die Wohnung sich mit Gas anfüllen und die alte Elektrik des nur kosmetisch sanierten Gemäuers einen Funken produzieren.

Der Umzug war also auch als radikales Zusammenstreichen seiner allabendlichen Paranoia-Checkliste zu verstehen, da sein neues Zuhause keinen Ofen hatte, dafür einen Nachtportier als Bollwerk gegen allerlei Unbill sowie einen Rauchmelder unter der hohen Zimmerdecke.

Das Hotel kam nicht vor im Internet und war Joachim nur aufgefallen, da er spät abends einmal zu ebenjener Apotheke gefahren war, die zufällig Notdienst gehabt hatte, um seine krümmenden Rückenschmerzen wie auch die Düsternis in seiner Seele mit dem üblichen Cocktail aus Ibuprofen, Aspirin, Omeprazol und Puligny-Montrachet zu narkotisieren. Auf der dunklen Straße dort hatte ein Balkon seinen Blick eingefangen, der im ersten Stockwerk in die Zweige einer Straßenlinde hineinragte, wie die offene Brücke eines Kreuzers aus der Kaiserzeit, und durch den Wackelkontakt des alten Leuchtschildes der Absteige in ein mesmerisches Flimmern getaucht war.

Kurz darauf hatte er sich dann in die Suite mit besagtem Balkon eingemietet, die aus zwei Räumen bestand, die durch einen eleganten Rundbogen verbunden waren. Das Bett stand im Erkerzimmer auf einem Perserteppich mit ausgetretenem Flor, während irgendjemand für das Balkonzimmer wohl Jahrzehnte zuvor eine Sitzgruppe aus Nussbaum gewählt hatte, deren Elemente mit grünem Velours in der Schattierung von Erbsensuppe überzogen waren.

Das Hotel war als Transitbereich zu verstehen, denn Berlin war Joachim zu einer kaum mehr erträglichen Folter geworden. Schon der halbstündige Transfer auf dem Fahrrad zwischen Wilmersdorf und dem Omen Tower in Neukölln an jedem Morgen und Abend ließ ihn an der Möglichkeit einer sinnvollen Zukunftsperspektive für Deutschland zweifeln.

Das defizitäre Gebaren der Verkehrsteilnehmer in der Berliner Innenstadt ließ eine schleichende kognitive Degeneration der Bevölkerung erahnen. Wenn Joachim sich etwa einem Flüsterlaster näherte, dessen Fahrerin im Verkehr einfach angehalten hatte, um abrupt eine Wischtätigkeit aufzunehmen, sodass er auf seinem Rennrad ein Überholmanöver startete, dann fuhr die Betroffene meist ruckartig wieder an, womit sie ihn im Gegenverkehr fixierte, ohne die Situation zu überblicken, ohne ihn überhaupt wahrzunehmen. Seine einzige Chance war dann, sich hinter ihr wieder einzuordnen, was jedoch das Risiko mit sich brachte, dass sie erneut auf die Bremse steigen würde, wenn sie etwa der Impuls ereilte, noch schnell die Fotos von ihrem letzten Bibimbap mit den Artgenossen zu teilen.

Wie schafften es solche Menschen, sich ihre Schnürsenkel zu binden? Waren sie auf den Gebrauch fersenloser Gummischlappen angewiesen? Konnten sie auf Ausscheidungssignale angemessen reagieren, oder mussten sie Windeln tragen? Diese oder ähnliche waren seine Fragen. Konnten sie mit Messer und Gabel umgehen, oder hatte ihr Speiseplan sich auf Flüssignahrung reduziert, die sie durch eine ungekochte Makkaroni saugen mussten, da ja keine Plastikhalme mehr zugelassen waren?

Joachim fuhr immer ohne Helm und aus Prinzip ohne Licht, da er das Gefühl haben wollte, nur sein Kopf würde durch die Dunkelheit fliegen, ohne den Mühlstein seines

Körpers und auch ohne das Kurbelgerät, das jener zur Fortbewegung benötigte, sodass ihm nicht erspart bleiben konnte, dass irgendein Passant, an dem er vorbeigerauscht war, als Schatten, wie ein Unheilsbote, ihm erschrocken eine Rumpfaussage à la «Ohne Licht!» hinterherbellte, als würde er die spirituelle Stagnation seiner Heimat beschreiben.

Mal abgesehen davon: Wann bitte sollte er derartiges Zubehör erwerben? Sollte er auf dem Weg in die Kimchi-Zone tatsächlich vor einem Fachhandel anhalten? Sollte er dort ein Beratungsgespräch in Anspruch nehmen? Dafür sollte er Zeit aufwenden? Darauf sollte er seinen neuronalen Apparat konzentrieren? Und da er sich weigerte, irgendetwas online zu bestellen, aus tief empfundener Ablehnung, gab es eben keine Möglichkeit, sich eine Lampe anzuschaffen – gut, er hätte eine Mitarbeiterin damit beauftragen können, aber das wäre ihm zu intim gewesen.

Er fuhr auch gern auf Bürgersteigen, um sich flüssig in den Kraftfeldern zu bewegen, wobei er die Beobachtung gemacht hatte, dass Gruppen von zwei oder mehr miteinander bekannten Kleinbürgern sich meist so formierten beim Nebeneinanderlaufen, dass sie die ganze Breite des Bürgersteiges blockierten, sodass für Joachim nicht möglich war, sie zu passieren, ohne sie anzusprechen, wonach er einen Kommentar à la «Wohl besonders eilig heute» ernten würde, oder sie durch lautes Klingeln aufzuschrecken, in welchem Fall es dann eher auf «Mensch, es gibt auch Fahrradwege, das ist doch asozial!» hinausliefe. Oder man konnte durch eine der Lücken schießen, wobei die Flaneure erst zusammenzuckten, um dem Missetäter dann eine Basisinformation à la «Bürgersteig!» hinterherzuschreien.

Was aber war der Zweck dieser Äußerung? War denn nicht unstrittig, dass es sich um den Bürgersteig handelte? Es war ja nicht davon auszugehen, dass der Lump dort irrtümlich unterwegs gewesen war, da er das Trottoir für eine Straße gehalten hatte. Was also war ihre Motivation beim Schreien? Hatten sie sich vorgenommen, ehrenamtlich die Einhaltung irgendwelcher Verkehrsregeln zu gewährleisten? Diese oder ähnliche waren Joachims Fragen.

Was genau wollten diese Menschen? Wie kam man überhaupt darauf, einem Fremden die Passage zu verweigern? Warum würde man nicht instinktiv einen Korridor lassen? Warum würde man nicht links- oder rechtsbündig flanieren? Dieses mittige Laufen, also die grundsätzliche Weigerung, andere vorbeizulassen, ohne ihnen die eigene Kreatürlichkeit aufzuzwingen, hatte sich unter deutschen Passanten damals wie unter deutschen Nutztieren einstmals die Maul- und Klauenseuche verbreitet.

Aber nicht etwa, dass er seine eigene Kohorte goutierte, Joachim war vielmehr sprachlos darüber, dass er sich in der sogenannten Tech-Branche verortet hatte, in der Datenwirtschaft, als Teil des Berliner Startup-Ökosystems, denn das alles war in seinen Augen so unfassbar démodé. Dass er als Disruptor galt, als Change Agent, als Marketing Mastermind, dass er von Betriebswirten und Informatikern verehrt wurde, in den Himmel gehoben sogar, wie war das denn bitte passiert?

Wie zum Teufel war er in eine solche Gesellschaft geraten? Er bekam es nicht mehr zusammen in seiner Erinnerung. Die entsprechende Datei musste im Zuge seiner fortwährenden Speicherpflege wohl als irrelevant kategorisiert und automatisch gelöscht worden sein.

Wenn er abends wieder nach Westen beschleunigte, in Richtung Zivilisation, in Kreuzberg durch die Dieffenbachstraße, wo sich die United Nations der ethnofluiden Systemgastronomie angesiedelt hatten, triggerte seine Erscheinung ein Raunen unter den Veganern, die wie Gazellen über Wasserlöcher über panasiatische Suppenschüsseln gebeugt saßen oder über glutenfreie Fladen, die mit einer Auswahl an panorientalischen Pasten bestrichen waren.

Wenn er dort durch die Schlürflärmkulisse raste, wie ein Derwisch vorbei an den Lampions der Hipsterkantinen, sah er die Untertanen aus ihrer Verpflegung aufschrecken, als könnten sie ihren Augen nicht trauen, als hätten sie ein Phantom vorbeifliegen sehen, und er wollte nicht böse sein, Verständnis aufbringen, nicht immer so eine kritische Haltung einnehmen.

Aber wenn sie dann auf die Tische stiegen, um ihm «Meister!» oder «Heiland!» hinterherzubrüllen, nahm er beide Hände vom Lenker und streckte sie in den Himmel empor, um dem Fußvolk hinter ihm seine Stinkefinger zu zeigen.

«Und auf einmal ist es so weit, verehrte Anwesende. Wir stehen vor dem Nichts und damit vor einer kaum fassbaren Verheißung. Das Leitbild einer Gesellschaft, in deren Zentrum die Knechtschaft steht, ist in den eisigen Strudel des Vergangenen geraten – woran wir bei Omen nicht ganz unschuldig sind. Denn wir haben ja unermüdlich daran gearbeitet, den Deutschen ihre Arbeit abzunehmen.

In unserer Maßlosigkeit haben wir den leeren Booster des industriellen Zeitalters abgesprengt, um das Hyperschalltriebwerk einer evolutionären Eskalationsstufe zur Zündung zu bringen. Wir haben noch gar nicht begriffen, mit was für einem ungeheuerlichen Vorrecht wir gesegnet worden sind. Nicht jeder Generation wird eine Stunde Null geboten, nicht jede Generation sieht sich mit der Herausforderung konfrontiert, die Anthropogenese voranzutreiben – vom Zeitalter der Arbeit in das Zeitalter der Muße, der Freiheit», so sprach sie weiter.

«Natürlich hat die Erosion unserer Wirtschaftsordnung eine Destabilisierung nach sich gezogen, natürlich werden wir den Epochenwandel auch als Abfolge schmerzlicher Verluste erleben. Aber mal ehrlich, all unseren Ängsten zum Trotze, unseren Zweifeln und Hemmungen – vielleicht sind es gerade die Übergänge, die Trümmerphasen, in denen wir als Deutsche ganz mit uns im Reinen sind.»

Den Zumutungen der Gegenwart setzte die Omen einen Rückzug entgegen, aus dem Geschrei der Jahrmarktbühne in die Sphärenklänge eines Wellnessbereiches, in dem die

Fremden einander aber nicht die Körperöffnungen algorithmisierten, sondern in Bademäntel gehüllt und im Ruheraum in gebundene Romane vertieft waren. Aus dem Pöbelsport der Fußgängerzone in das Geflüster eines Kaffeehauses hinein, um dort stundenlang das Bewusstsein vagabundieren zu lassen, ohne von einem Stakkato aus maßgeschneiderten Verlockungen abgelenkt zu werden.

Und schon rasten die Hologramme durch die Dunkelheit, schwebende Gitternetzgraphiken, der Nachtzug aus Wien, Schnapstrinker in Dreiteilern, die von Thonetstühlen fielen, die verwilderten Küsse lichtscheuer Paare, auf dem Omen-Event im Berliner Zentralflughafen, dem alljährlichen Produktgötzendienst des Unternehmens.

Das Rasseln der Lungen war zu hören, das Rascheln der Tageszeitungen, bevor sich auf der Mauer der Tempelhofer Maschinenhalle das Auge des mythologischen Strudels offenbarte, ein simples Kompositum, eine weitere Omen-Marke, zitternd wie die Arbeitshand eines tuberkulösen Literaten.

Die neue Plattform einfach «Kaffeehaus» zu nennen war in der Heimatbranche auf ein eher verhaltenes Echo gestoßen. Das sei schon eine attraktive Präsentation gewesen, so ging der Tenor, es sei auch höchste Zeit, dass Omen ein soziales Medium anbiete, aber der Markenname sei eindeutig zu kerzengerade. Zu naheliegend seien die Assoziationen, zu eingefahren die Verbindungslinien. Die Legende vom Kaffeehaus als Heimstatt jener, die allein sein wollten, dazu aber Gesellschaft brauchten, harmoniere ein wenig zu nahtlos mit dem Konzept der schweigenden Gleichzeitigkeit, das Omen dem Fiepen der Spielhölle entgegensetzen wolle.

Der frühe Inkubator, der erste Co-Working-Space, in dem man für den Preis eines kleinen Braunen den ganzen Tag lang verweilen konnte, sodass Menschen aller Couleur willkommen waren, sofern sie die sozialen Codes beherrschten – das alles passe zu sauber zu der Melange aus elitärem Geist und demokratischem Spirit, die Omen in einen Umsatzstrom überführen wolle. Das sei zu stimmig, das wirke geradezu synthetisch in seiner Treffgenauigkeit, so in etwa die Reaktionen, es fehle der Makel, die Irritation, die kleine Verschiebung, in der die Erregung entstehe.

Der Entschluss bei Omen war allerdings nicht einem Fokus auf deutschsprachige Märkte geschuldet, sondern einer Auswertung der anglophonen Datenreservoire der Freudiana, die in den amerikanischen Küstenregionen damals schon erste Penetrationserfolge vorzuweisen hatte.

Die Analyse Tausender Therapieprotokolle hatte eine Häufung sogenannter Germanismen ergeben, von Lehnwörtern aus dem Deutschen, unter denen Kaffeehaus sich nach Angst und Schadenfreude überraschend auf den dritten Platz geschoben hatte – noch vor Weltschmerz, Götterdämmerung, Blitzkrieg, Poltergeist, Lumpenproletariat und Gemütlichkeit.

Der Terminus schien sich zu einem Fetisch zu entwickeln, zu einer vagen Über-Metapher für alle Vorgänge und Phänomene, die sich außerhalb der Verschwörung der spätkapitalistischen Händlermoderne bewegten. Der Begriff als Virus hatte das amerikanische Idiom mit der unterschwelligen Sehnsucht danach infiziert, so die These bei Omen, sich fortan nicht mehr zu Gewinnwarnungen und Hasskommentaren, sondern zu Aphorismen und poetischen Beschwörungen zu arrangieren.

Das Wort Kaffeehaus hatte sich zum Symbol des Widerstandes profiliert, zum Portal in europäische Wonnegefilde und nicht zuletzt zum seelischen Anker der kulturell prägenden Armenkaste, die Omen als den Nukleus der amerikanischen Zielgruppe von Kaffeehaus identifiziert hatte. Es handelte sich um vormalige Mittelklasseamerikaner, deren Bildungskredite gebündelt und von arabischen Konsortien an chinesische Syndikate weiterverkauft worden waren, aus deren Richtung die freien Geister nun auf allen Kanälen automatisierte Inkassodrohungen erreichten.

Sie brauchten eine Plattform für ihresgleichen, so die These bei Omen, deren implizite Bildungsschwelle nicht nur den gemeinen Pöbel, sondern auch den gehobenen Konsumenten entmutigen würde. Sie verspürten die Sehnsucht danach, sich in der Pflege eines zivilisierten Snobismus emotional zu regenerieren.

Sie wollten abwarten, sie wollten nachdenken, sie wollten versuchen, ihre Aufmerksamkeit zu stabilisieren, bis sie etwas von Gewicht zu sagen hätten, und ihren Beitrag dann als echte Publikation begreifen. Sie wollten sich als Teil eines belesenen Bundes imaginieren, eines abgründigen Kreises, den man in vergangenen Tagen als die Bohème bezeichnet hätte.

Und so war die Plattform ein typisches Omen-Produkt jener Jahre – nicht die Neuerfindung des Rades und auch nicht die Marsrakete, sondern nur das erste in einer langen Reihe sogenannter exklusiver sozialer Medien, mit denen das Unternehmen seinen Fokus von disruptiven Risikosparten immer mehr auf erprobte Servicekonzepte und etablierte Suchtstrukturen verlagerte.

«Die Omen SE ist ein sehr deutsches Unternehmen und so haben wir früher als andere gesehen, dass wir die totale Rationalität erreichen müssen, um unser Joch abzuwerfen, um uns in der Melancholie zu verlieren, um endlich alles hinter uns lassen zu können.

Denn ich frage euch: Wer von uns hat auch nur einen einzigen Augenblick zu verschenken? Wer möchte sich unterordnen, wer möchte nach fremden Regeln leben? Wessen Seele erfüllt es mit Genugtuung, einen Großteil seiner Tage dem Mammon geopfert zu haben? Ich glaube, ich spreche für uns alle, wenn ich sage: Wir Deutsche wollen lieber in unseren verbliebenen Mooren versinken, als weiterhin faule Kompromisse einzugehen.

Unsere Mission ist es, hinter den irdischen Schleier vorzudringen, in den Bodenflug unserer Sensenklingen durch die von Tau benetzten Grashalme. Unsere Mission ist es, in Erfahrung zu bringen, wohin der freie Wille uns treibt, wenn wir ihm denn endlich mal Folge leisten.

Zu Beginn war die Erde des Winters, und von nun an wird sie des Sommers sein. Gesegnet sei die Schönheit unserer vom Gewicht der Beeren gebeugten Dornenzweige», so sprach sie weiter, «inmitten derer wir nun hinter der nächsten Biegung im Wege verschwinden werden.»

Der natürliche Lebensraum sozialer Medien aber waren die Kinderseelen, sodass die Intelligenz bei Omen sich bald auf die Heranwachsenden konzentrierte, auf die inneren Bilderwelten einer Generation, deren Angehörige meist schon als Teenager der Illusionen müde waren. Denn an jedem Morgen, wenn sie aus unruhigen Träumen erwachten, konnten sie am Horizont eine Abfolge aus apokalyptischen Schwellen heranrasen sehen.

Wenn es ihnen nicht gelingen würde, alle Industrienationen unter einem Regime des Verzichts zu vereinen, dann würden sich irreversible Kettenreaktionen in Gang setzen und die Erwärmung des Planeten immer weiter beschleunigen, unabhängig von allen dann noch getroffenen Maßnahmen, was eine rapide Eskalation der Zerstörung nach sich ziehen würde.

Das Schmelzen des Grönlandeises würde die atlantischen Strömungen aus ihrem Equilibrium kippen, was einen Hitzestau über dem Südmeere zur Folge hätte, der die Auflösung des antarktischen Schelfeises intensivieren und die geltenden Szenarien zur Resilienz unserer Ökosysteme als Wunschdenken entlarven würde. Das Abtauen der Permafrostböden würde die Kadaver der Äonen freilegen, deren Verwesung die Emission von Methan abrupt mehr als verdoppeln würde, was eine Verschiebung des Erdklimas auf das Niveau des letzten Interglazials nach sich zöge und damit einen sprunghaften Anstieg des Meeresspiegels um mehr als ein Dutzend Meter.

Wenn es den Deutschen nicht gelingen würde, die Umsiedlung ihrer tief liegenden Bevölkerungszentren zu organisieren, dann würde die kreisende Oberflächenströmung der Nordseefluten die Ertrunkenen aus Hamburg zu Tausenden in Richtung der bretonischen Seegraswiesen treiben. Dann würden die Erdlinge eine strafende Kraft im Zentrum der Schöpfung spüren, in den Abgründen der Weltenseele, die sich zu dem Entschluss genötigt sehen würde, den Unflat der Menschheit hinwegzuspülen, um ihren Körper vom Schädlingsbefall zu reinigen.

Wenn es den Kindern nicht gelingen würde, den Lockungen der Trägheit und der Finsternis zu widerstehen, dann würde ihre Gegenwart jäh im Irrealis verschwinden, als ob sie nur ein kollektiver Traum gewesen wäre. Wenn es den Kindern nicht gelingen würde, Wagemut und Opfergeist zu beweisen, um dem Verrat einer Minderheit an der menschlichen Gattung einen Riegel vorzuschieben, dann würde das dünne Furnier der Spätmoderne reißen und bald wieder der Knochendampf mittelalterlicher Kriege durch unsere Ballungsgebiete wehen.

So klangen die Versprechen dieser späten Jahre, in denen die Jugend der wohlhabenden Länder dennoch einen Weg gefunden hatte, ihren Fetisch für Eindeutigkeit mit ihrer Sehnsucht nach spiritueller Heilung in Einklang zu bringen.

Ihre Gottheit war der Planet, die Harmonie aller vorhandenen Phänomene, und wenn die Fülle alles Irdischen als Erlöserin firmierte, dann waren die Heiligen Schriften der Zukunft nicht von irgendwelchen in Kaftanen dahergelaufenen Scharlatanen, sondern von Systemökologen, Polarforschern, Ontologen und Atmosphärikern zu erwarten. Ihr Gelöbnis galt Gaia, und sie waren bereit dazu, alle Kompromisse hinter sich zu lassen, um den Rhythmus ihrer Gesellschaften mit der Unwiderlegbarkeit der Wildnis zu synchronisieren.

Sie brauchten einen Ort der Begegnung, um sich schutzlos ihren Brüdern und Schwestern ausliefern und gemeinsam ihre begriffliche Reinheit zelebrieren zu können. Sie wollten ihre Ängste teilen, sie wollten ihre Kräfte bündeln, sie wollten als Tonspur in einer globalen Symphonie verlorengehen, so die These bei Omen, um der Einsamkeit und der Enge der eigenen Mikroidentität zu entfliehen.

Sie brauchten eine Alternative zu den Angeboten der Vale-Do-Silicona-Kartelle, deren hypnotische Bedürfniserregung als ewiges Seebeben Monsterwellen aus Überflüssigem in Gaia hineinspülte, um auf diesem Wege die Grundfesten der menschlichen Zivilisation abzutragen.

Die Intelligenz bei Omen konnte eine Waldeslichtung vor sich sehen, ein natürliches Auditorium mit liegenden Baumstämmen als Bänken, mit einem Eulentotem an seiner Stirnseite, das so positioniert war, dass die Abendsonne seine gläsernen Augenpaare zu einem kaleidoskopischen Strahlen erweckte. In der Sehnsucht der User begann eine urzeitliche Kultstätte Form anzunehmen, auf einem federnden Nadelboden, auf den Schichtungen der Vergangenheit – Muscheln, Kopffüßler, Rochen, der tote Ozean, absonderliche Schneckentiere, Mammutkadaver, Sumpfzypressen, auch Karkassen der ersten Menschenartigen –, die vom Gewicht der Jahrmillionen zu sepulkralen Flözen gepresst worden waren.

Und natürlich hätten die Menschen gut daran getan, diesen heiligen Boden ungeschändet zu lassen, um stattdessen etwa an ihrer charakterlichen Veredelung zu arbeiten, in jedem Fall aber nicht die Totenerde auszubuddeln und als Brennstoff zu reframen, um sich ihre Zeit mit Billionen Tonnen Plastik zu vertreiben.

Das resultierende Produkt ging auf dem Omen-Event des Jahres 2027 an den Markt, unter dem Namen Erda, wie Richard Wagner Gaia nannte, wenn ihn nicht gerade derart sein Judenhass aufrüttelte, dass nur gutturale Laute über seine Lippen kamen. Der Unique Selling Point der Plattform war ihre Ganzheitlichkeit, zu deren Überwachung sich die soziale Kontrolle als ausreichend erweisen sollte – zur Garantie einer Monothematik, die so monothematisch nicht sein konnte, da sie sich um das planetarische Bewusstsein drehte.

Erda war das Flüstern, das Wogen, die Totalität der Perspektiven. Erda war die universale Konversation, simultan übersetzt in mehr als hundert Sprachen, deren Mission es war, die notwendigen Rahmenbedingungen für ihre eigene Evolution herzustellen und aufrechtzuerhalten. Erda war das Spiegelbild der Wirklichkeit, eine Rekonstruktion des Faktischen in einer nie zuvor erreichten Tiefe, eine interaktive Karte, die sich der Größe des natürlichen Imperiums annäherte, ein feines Wurzelgeflecht aus asymmetrischen, in sich gebrochenen Zahlenreihen.

Erda war die seelenruhige Muttergöttin, die alles Leben gebar und nährte und deren Vorrecht es war, den Brunnen der Weisheit zu hüten, um mit dessen heiligen Wassern die Wurzeln der Weltenesche zu speisen.

Nie zuvor hatte ein soziales Medium schneller die Schwelle von einer Milliarde Nutzer durchstoßen, was Erda dazu verlockte, ganze Volkswirtschaften zu ihrem Glück zu zwingen: Der sogenannte Segen der Erda, also die an strikte Parameter geknüpfte Zulassung als Werbekunde auf allen Omen-Plattformen, würde sich als der unerbittliche Hebel erweisen, um die strategischen Prioritäten aller relevanten Akteure auf die Linie unserer kulturell dominanten Zielgruppen zu bringen.

Erda war bei den deutschen Bürgerkindern, aber auch bei den Waisen vergessener Wanderarbeiter, deren Schatten sie durch Millionen Kameralinsen beobachtete, auf den Smartphone-Schrottbergen der Jing Ke Special Garbage Zone, wo die Zelte dieser Verlorenen am Rande der Deponie in der Nacht als schmutzige Lampions erschienen.

In einem davon sprach ein junger Mann namens Fong in das bitterkalte Elektroniklicht, in ein neuwertiges iPhone, das ihn im Schrottgebirge mit Harfenklängen angelockt und das eine norwegische Schülerin zuvor ein paar Jahre lang gewissenhaft mit Strom aus Wasserkraft geladen hatte.

Fong war ein Bube von etwa sechzehn Jahren, der vor seinem Tod den global meistgelesenen Erda-Post des Jahres 2029 diktieren sollte, über das Kind in seinem Herzen, über seinen Traum, eines Tages das Meer zu sehen, vor allem aber über ein Mädchen namens Chai, das er während der Blutfieber-Pandemie im Jahr zuvor als Kollegin bei der Arbeit in einem der provisorischen Krematorien kennengelernt hatte.

Das war noch ein besserer Job gewesen, da die Kinder pro Leichnam bezahlt wurden und da schon einiges zusammenkam auf der täglichen Doppelschicht – einmal hatten sich Chai und Fong sogar in die neue Starbucks-Filiale im Schatten der Batteriesäurefabrik gewagt, um sich so ein braunes Eisgetränk zu bestellen.

Bei den Provisorien handelte es sich um offene Gruben, in denen Tausende von Kadavern schwelten und im Kontext derer die Aufgabe der Waisenkinder darin bestand, die neu eingetroffenen Toten mit Schubkarren über den Rand zu kippen – wobei Chai einen fröhlichen Tanz aufgeführt, dabei für immer Fongs Herz gestohlen und dann ihr Gleichgewicht verloren hatte.

Fong sprach im Flüsterton, von Szenen einer Ehe, die er nie erlebt hatte, an die er sich aber doch erinnerte, da er sie sich in seinem Zelt in jeder Nacht seither in den hellsten

Farben ausgemalt hatte – von den Teigtaschen mit Tofu und Spitzkohl etwa, die Chai mit ihren schönen Fingern drehte, immer an Sonntagen, während er nur still dasaß, um jede einzelne ihrer Gesten und Bewegungen in sich aufzunehmen.

Aber er musste sich nicht allein fühlen, er musste sich nicht vor der Leere fürchten, er durfte auch nicht seinen Kopf hängen lassen, denn unser aller liebevolle Mutter konnte ihn sehen. Sein Körper zeigte akute Vergiftungserscheinungen, aber seine Seele war genesen.

«Jeder von uns ist eine Insel, meine Lieben, seien wir ehrlich – kein anderer wird jemals hinter unsere Küstenlinie vordringen. Und doch tragen wir die Verantwortung dafür, unser Archipel neu zu denken und es mit den Jahren zu einem gewaltigen Mutterlande zu konsolidieren.

Das kann man sich nicht mehr vorstellen», so sprach sie weiter, «die Aggressionen, die mir entgegenschlugen, als ich meinen Entschluss kommunizierte, die Omen in den Dienst unserer Gemeinschaft zu stellen. Die wirren Drohszenarien, die Propaganda der Besitzstandswahrer – den Popanz von der Gefahr einer Rückkehr der DDR, beispielsweise.

Für unsere jüngeren Teilnehmer, die das ad hoc nicht einordnen können: Die Landschaft, in der wir stehen, war noch vor Jahrzehnten Teil einer sauertöpfischen Regionaldiktatur, deren Vergleich mit der Omen SE schon allein deshalb unsinnig ist, da sie ihre Bürger in Silos aus gebackenen

Giftwollplatten zu internieren pflegte, am Rande defizitärer Industrie-Agglomerationen.

Dort konnte es einem passieren, wenn man ein verbotenes Lied gesungen oder sich über die schauderhafte Verpflegung lustig gemacht hatte, dass man in eine Außenstelle der Geheimpolizei verbracht und in den sogenannten Fotoraum geführt wurde, um sich der erkennungsdienstlichen Behandlung zu unterziehen.

Hinter einem Vorhang war derweil eine radioaktive Strahlenkanone verborgen, die ein Atomtechniker heimlich auf den Nacken der Delinquentin gerichtet hielt, um Doppelstrangbrüche in ihrer DNA zu verursachen und ihr als Strafe für ihre kritische Haltung somit eine irreversible Knochenmarkschädigung beizubringen.

So war es möglich, das Element nach einer Latenzzeit von mehreren Jahren, die der Verschleierung zuträglich war, auf dem Wege einer rätselhaften Bluterkrankung loszuwerden.»

Nachdem die Omen SE eine synergistische Totalität erreicht hatte, besann sich deren Führungsetage auf die Gründungsmythen ihres Heimatlandes, womit natürlich die Bundesrepublik gemeint war – denn der deutsche Nationalcharakter war nahezu vollständig nach der Kapitulation entstanden.

Als Mutterfelsen der deutschen Volksseele ragten nicht die germanischen Sagen aus den Fluten des Nebelmeeres, sondern die zentralen Motive unseres Grundgesetzes, die mit sogenannten Ewigkeitsklauseln versehen und auf diesem Wege in ein ekklesiastisches Strahlen getaucht worden waren.

Nicht die Gebeine der römischen Legionen waren die Treiber der deutschen Gruppendynamik, sondern das Sozialstaatsprinzip, also das Versprechen aller an jede Einzelne, unter eine gewisse Schwelle nicht fallen zu können. Unsere Identität kreiste nicht um Zinnenkranz und Flugsalbe, sondern um die unabänderliche Weisung, dass Eigentum dem Wohle der Allgemeinheit zu dienen habe.

Und so strömte die Hälfte der freien Cashflows der gesamten Gruppe in die Säckel einer neugeborenen Omen-Tochter, die Joachim auf den Namen Homen getauft hatte. Deren Mission war es, attraktiven Wohnraum für unterbezahlte Leistungsträger zu schaffen, um auf diesem Wege Freude und Zuversicht in die Herzen der Bundesbürger zu tragen.

Homen war der Versuch, einer ausgebrannten politischen Klasse unter die Arme zu greifen, die das Thema «Zuhause» dankbar ihrer privaten Partnerin überließ, um ihren Beitrag fortan über das Streamlining bürokratischer Regelwerke und über die Ausweisung von Bauland zu leisten.

Versteppende Fluren im Süden der Hauptstadt beispielsweise, aus denen sich jähe Betonmassive aufwarfen, die den Eindruck hinterließen, man könne sie mit der Uran-Blei-Analyse auf die Zeit des oberen Ordoviziums und Silurs datieren. Homen war der Versuch, bei der Nachhaltigkeit nicht an Schilfbeet-Kläranlagen zu denken, an die Kotwärme-Rückgewinnung, sondern an den uralten Traum des unbegrenzten Fortbestandes.

Über den Speckgürteln im alten Westen erschienen ominöse Felsformationen, als wäre die kontinentale Platte der kaufmännischen Erdenschwere mit den ozeanischen des Übermutes wie auch der unerfüllten Liebe kollidiert, um die Erdkruste in der Reibungszone scharfkantig aufzufalten.

Die Flanken der monumentalen Siedlungen waren mit unzähligen Fensterflächen rhythmisiert, die der Betrachter an trüben Tagen erst bei näherem Hinsehen erkannte, als Schlieren aus Bleiglanz in erzhaltigem Gestein, deren Schimmer dadurch vertieft wurde, dass die Raumgitterstruktur der Bauten sich hier und da an die rohe Oberfläche wagte, um mit dem Tageslicht zu korrespondieren. Wenn der Himmel aber wolkenlos war, dann brachen die Felsenaltare am frühen Morgen wie Lavadome aus der flachwelligen Ebene.

Homen war der Versuch, den Auftrag unternehmerischen Erfolges darin zu sehen, deutschen Haushalten eine erbauliche Wohnheimstätte zu sichern, um ihnen somit Würde, Stolz, Unabhängigkeit, Teilhabe und Souveränität zu garantieren. Und natürlich die Gelegenheit, intelligente Systeme zu entwickeln und zu erproben, unter sogenannten realen Bedingungen, um sich im Premium-Segment des Weltmarktes für Smart-Home-Lösungen auf leisen Sohlen an die Spitze zu schleichen.

Die subtilen Raumfolgen der vielen tausend Einheiten

legten ihren Bewohnern schläfrige Tagesrhythmen nahe – lesen, dösen, Pilze sammeln, eine Strömung in sich spüren, von der Dämmerung träumen, vom Schaben der Scheibenbremsen eines alten Rennrads, von den Kletterpflanzen an den Pfeilern der Schwebebahn, von den letzten Liedern zu den letzten Gläsern vor dem Schlafengehen.

Die privaten Zimmerfluchten öffneten sich in kommunale Hochtäler, aus denen Kraxelpfade über Serpentinen hinab in die Ebene führten, an den Kleintierställen vorbei in den Urnenwald hinein und weiter in den verwunschenen Omenbräu-Biergarten, der jeder Siedlung beigeordnet war, um ein ungezwungenes Verwehen von Milieu- und Standesgrenzen zu gewährleisten.

Die CEO sah sich mit Homen erst bei ihrer eigentlichen Aufgabe angekommen, nämlich in einem Akt der Selbstermächtigung die nationalen Geldströme wieder als einen Kreislauf zu organisieren, um auf diesem Wege das Individuelle mit dem Universellen in Einklang zu bringen.

Denn ihr Traum war nicht gewesen, einen frivolen Lebensgefühl-Provider aus dem Boden zu stampfen, um der zivilisatorischen Verflachung Vorschub zu leisten, sondern einfach ihrer inneren Stimme zu folgen, die ihr da sagte: Gehe hin. Suche das Abenteuer. Sehne dich. Erlaube dir. Teile deine Gedanken. Finde einen neuen Weg. Sieh in die Gesichter der Menschen. Reibe deine jadenen Ritualgefäße. Gieße deinen Größenwahn in monumentale Siedlungsanlagen, um auf diesem Wege eine Antwort auf die Wohnungsfrage zu geben.

«Nur in der Sehnsucht sind wir Deutschen in der Lage, wirklich tief zu empfinden, und so trifft es sich ganz ausgezeichnet, dass wir schon die nächste unmögliche Mission im Auge haben – denn wir haben uns heute ja nicht nur versammelt, um mit Omenbräu anzustoßen oder mit …»

Die CEO donnerte zum Ufer hinunter: «Welchen Wein haben wir?»

«Riesling, Rheinhessen, Schwarzer Herrgott», bellte der Barmann zurück, vom Tresen unter dem Dach einer Silberweide, die eine Kette aus Glühbirnen wie einen Lampenschirm ausleuchtete.

«Wir haben uns nicht nur versammelt, um uns am Schwarzen Herrgott zu berauschen», so sprach sie weiter, «sondern auch, um einer Crew aus Pionieren Lebewohl zu sagen, Godspeed, Namasté und Sayonara.

Wir sind heute hier, um der Speerspitze unserer Avantgarde hinterherzublicken, mit gemischten Gefühlen, mit inneren Konflikten, wie die Wikingerfrauen den offenen Booten ihrer ungehobelten Ehegatten, als diese vor tausend Jahren zum ersten Mal in die neue Welt aufbrachen. Wir haben unseren Kräften Weisung erteilt, in die Terra incognita hinter unserem Ereignishorizont vorzudringen, um diese für uns mit leichtem Footprint zu kolonisieren.

Für ihre Mission haben wir ihnen ein Geschwader aus Raumgleitern konstruiert, die von der Sonne angetrieben werden, von der Tiefenwärme und von den grob gehauenen Holzscheiten in ihren mächtigen Kaminen.»

Hinter dem Waldsaum am Rande der Lichtung erwachten auf einmal vier Bungalows zum Leben, die wie Laternen wirkten, in denen Sturmkerzen flackerten, da die Eventregie den Ambientemodus «Kandelaber» programmiert hatte. Auf ihren schlanken Pylonen erschien die Anwesenheit der Bauten als nicht von längerer Dauer als jene der Lufttaxen weiter oben auf der Wiese.

Es waren Schraffuren, flüchtige Lichtwellenfelder, als hätten sich die technischen Zeichnungen der Bungalows direkt in das Rauschen der Blätter hineinprojiziert. Das mochte am entspiegelten Glas der Vorhangfassade liegen, die sich auf Befehl über ein Schienensystem fächerförmig einfaltete, um den energetischen Waldstrom als kühle Flut über die warmen Körper der Bewohner fließen zu lassen.

Und doch wirkten die Bungalows so, als wären sie schon immer da gewesen, zumindest seit den Wirtschaftswunderjahren, von einem wiederkehrenden Auswanderer konzipiert, von den Hütten in den Dünen inspiriert, die sich die Meister des Bauhaus eigenhändig gezimmert hatten, nachdem sie vor dem entfesselten Kleinbürgertum der Nationalsozialisten an die amerikanische Ostküste geflohen waren.

Die japanischen Teehaus-Anklänge, die unvermeidlichen Eiermannassoziationen, ja das generisch Modernistische an diesem eigenwilligen Ensemble sollte der Intelligenz bei Omen wohl dazu dienen, sich vom Massenphänomen der Distanzierung vom Massenphänomen Individualismus zu distanzieren.

Das Setting war derweil angetan, einen Nomadenstamm zur Sesshaftigkeit zu konvertieren – Beeren und Kräuter, Brennholz und Quellwasser, Enten und Gänse, Steinobst und Pilze, ein fischreiches Gewässer sowie ein hoher Bestand an Rotwild und Schalentieren.

In der Mitte der Grundrisse war eine angedeutete Innenhoffläche ausgespart, durch die jeweils der Stamm eines Baumes emporragte, um den Bewohnern nahezulegen, auf den Dächern in der Sonne zu dösen und sich dabei von dessen Blätterschatten berieseln zu lassen. Die Vitrinen hielten zudem über die Kamine Bodenkontakt, die aus Blöcken des örtlichen Serizitgneises konstruiert waren oder eher aufgeschichtet, sodass sie als natürlich vorkommende Felsformationen erschienen.

Es waren Prototypen der Einheiten einer neuen Premium-Serie von Omen-Siedlungen, wie sie die CEO in die Wälder um die Hauptstadt zu würfeln vorhatte, um darin die anschwellende Kohorte ihrer plötzlich überflüssigen Spitzenkräfte zu stationieren. Denn die Flammen der Freiheit züngelten schon an der Führungsetage, an den Türen der Coding-Labore sowie auf den Fluren der Ideenabteilung der Omen-Zentrale, deren Besatzung wie eine Funktion ihrem Grenzwert einem Equilibrium als Skeleton Crew entgegenstrebte.

Auf dem Omen Event im vergangenen Frühjahr hatte die CEO die kommende fluide Struktur der Holding in die Luft gezeichnet – als autarkes Mutterschiff inmitten von Arabesken und Umlaufbahnen, auf denen in Raumkapseln die verlorenen Einzelwesen segelten, mit blauen Positionslichtern, als dezentrale Traumeinheiten.

Unter dem Aspekt der Nachhaltigkeit schienen die Bungalows gewisse Defizite aufzuweisen – gläserne Fassaden, mannshohe Feuerstellen und genagelte Bretterwände. Aber natürlich musste man Dämmmaterialien, die man nicht verwendete, auch nicht in einem Chemiewerk produzieren, mit einem Lastwagen zum Bauplatz anliefern und irgendwann ja auch wiederaufarbeiten lassen, wenn das denn möglich sein würde und es nicht eher auf eine Deponielösung hinausliefe.

Natürlich würde die Bodenheizung einen Großteil ihrer Wärme unmittelbar an die Wälder abgeben, was die Bauten dadurch aufzulösen vermochten, dass im kupfernen Raster aus Rohrleitungen unter den gegossenen Betonböden im Winter Thermalwasser aus unerschöpflicher Quelle zirkulieren würde. Denn inmitten der vier Bauwerke hatte die Omen einen schmalen Stollen hinabgetrieben, über achthundert Meter in die Tiefe, in die silberhaltigen Bleierze des einstigen Montangebietes hinein, in die poröse Struktur der wasserführenden Abschnitte der tiefen Speichergesteine, um eine hohe Fließrate des terrestrischen Wärmestromes zu gewährleisten und die Wohnräume so auch im unwahrscheinlichen Fall von Minusgraden konstant auf menschlicher Körpertemperatur zu halten, ohne der Raumluft die Feuchtigkeit zu entziehen.

Natürlich war die Bauform der Vitrine in eskalierenden Sommern kaum hinreichend zu kühlen, um ihren Bewohnern ein thermisches Überlebensfenster zu garantieren, ohne den prähistorischen Faustkeil einer Klimaanlage zum Einsatz zu bringen, aber hier kam die technologische Führerschaft der Omen ins Spiel, in Form eines Prototypen der später allgegenwärtigen autonomen Betriebssysteme, dessen Rohversion Joachim auf den Namen Dieter getauft hatte.

Dieter war mit der Fähigkeit ausgestattet, die Interaktion von Schatten, Wind und Wasser zu choreographieren, um die atmosphärischen Bedingungen in jedem Bungalow den Parametern des persönlichen Wohlbefindens der Bewohner anzupassen, auf Basis einer Chakrenfluss-, Körpersprachen-, Stimmlagen-, Schnarchklangfarben-, Blinzelfrequenz-, Tippkadenz-, Abdominalsonar-, Urin- und Stuhlanalyse.

Die Intelligenz bei Omen hatte einen traditionellen Majordomus programmiert, der das Anwesen seiner Herrschaften wie auch deren Eigenschaften in- und auswendig kannte und sich über umsichtiges Handeln aus dem Hintergrund definierte.

Unter Laborbedingungen war Dieter dazu in der Lage gewesen, auf einer Klaviatur aus Jalousien, Reflektoren, Lamellen, Rolloelementen und Sonnensegeln zu improvisieren und dabei kaltes Quellwasser in die kupfernen Rohre einzuspeisen und nur in jene Planquadrate weiterzuleiten, die abseits ermittelter Laufbahnen lagen, um die auf den seidigen Böden aller Voraussicht nach meist barfuß gehenden Bewohnerinnen nicht der Gefahr einer Blasenentzündung auszusetzen.

In Sommernächten würde Dieter Teile der Vorhangwände öffnen, um die Wohnräume mit Nachtluft aufzuladen, und dabei die im Wald installierten Bewegungsmelder aktivieren, um beim Herannahen potentieller Eindringlinge oder größerer Pelztiere die Wände rasch wieder zu schließen.

«Wir haben uns nicht nur versammelt, um gegen den Altweibersommer anzutrinken, sondern um die Siedlung Weidenau in Betrieb zu nehmen, eine Blaupause, eine Pilotanlage, die erste ihrer Linie, und es schwillt mir die Brust vor Stolz, verehrte Anwesende. Aber ich will mich nicht in den Mittelpunkt drängeln, es soll nicht der Eindruck entstehen, ich sei ein Kontrollfreak und daher unfähig zu delegieren», so sprach sie weiter. «Ich habe unseren Planern freie Hand gelassen, denn die Omen war noch nie ein Unternehmen, in dem man seinen Dienst nach einer Vorschrift hätte ableisten können.

Wir wollten hier keine Befehlsempfänger, die sich nach Feedback verzehren, wir wollten auch keine Sachbearbeiter, die Vorgaben von weiter oben benötigen, um einen Schritt weiter zu gehen, denn das Ziel war schließlich, unseren Mitmenschen die Freiheit zu schenken, und dahin kommt man nicht mit Untertanen.

Ich habe mich also wie immer zurückgehalten, und doch meinen Einfluss geltend gemacht – die großen Kamine zum Beispiel, das war meine Idee, ich liebe Kamine, obwohl ich bei den Schornsteinen lieber die Andeutung einer Obeliskenform gesehen hätte, um an Ziegelöfen aus der Römerzeit zu erinnern, aus den Jahren, in denen ein Imperium in unsere Wälder kam, um mit sirrenden Feuerpfeilen in die Flucht geschlagen zu werden.

Das ist nicht übertrieben, ich liebe Kamine, wohl auch deshalb, da ich die Omen SE schon in der Konzeptphase als die Feuerstelle unserer Gesellschaft gesehen habe. Als das Kamingespräch, das uns in die Lage bringen würde, die nervösen Energien unserer Mitbürger in harmonische Bahnen zu lenken.

Und ich kann es nicht erwarten, wirklich gar nicht mehr, bis auch meine Arbeit getan sein wird», so sprach sie weiter. «Bis ich auf meiner Waldgaleone stehen werde, in einem Jumpsuit aus perlgrauer Seide, mit dem Kopf von Humbaba auf der Spitze meines Speeres.»

Joachim hatte sich wieder dem Publikum angenähert, aber ein paar Meter Abstand beibehalten, sodass niemand ihn würde mustern können oder überhaupt in seine Richtung blicken, ohne ihm sofort unangenehm aufzufallen. Und doch schienen die Anwesenden in seinem Bannkreis zu stehen – er wirkte wie ein Höhlenkristall, dessen Aura hin und wieder als niedertouriges Vibrato durch die Menge perlte.

Ein Mann im Besonderen schien dort auf der Wiese nur als Ableitung einer Funktion dieser prismatischen Variablen zu existieren. Er hieß Daniel und war bei der Omen SE noch Stunden zuvor als stellvertretender Leiter der internen Ablaufoptimierung beschäftigt gewesen. Seine Mimik ließ eine innere Unruhe erahnen, als ob er sich beobachtet fühlte, als ob er Blicke seinen Körper penetrieren spürte, obwohl er sich ohne Zweifel im Klaren darüber war, dass er gar nicht vorkam im Bewusstsein des Privilegierten – dass Joachim seinem Beitrag zur Gewährleistung straffer Prozessketten noch nie einen Gedanken gewidmet hatte und somit gar nicht wusste, um wen es sich handelte in seinem Falle.

Und doch schien Daniel wie gefesselt zu sein, von der Präsenz in seinem toten Winkel, von einem Pulsieren in der Dunkelheit hinter ihm, wobei seine Irritation hier und da von Spitzen aus Antagonismus durchstoßen wurde, gegenüber den in seinen Augen offenbar hanebüchenen Ausführungen der CEO vor ihm auf dem Podium.

Er kannte das ja schon, er war einiges gewohnt in diesem Hinblick, denn solche Reden hatte er sich in den vergangenen Jahren öfter anhören müssen, als einer stabilen Gemütslage zuträglich gewesen wäre. Unsere Mission ist es, wie eine Fledermaus im Wald umherzufliegen – ach, wirklich? Einen Tick näher läge als Mission doch möglicherweise, sich zumindest in Grundzügen mal wieder einer professionellen Unternehmenskommunikation anzunähern.

Die Sonne ist ein Vulkan, die Sonne ist eine Atomrakete, diese Begriffsklempnereien waren für Daniel kaum auszuhalten. Das war so quälend, denn es führte ja zu nichts. Was sollte das denn überhaupt heißen? Unsere Mission ist es, eine Leinwand auf einen Rahmen zu spannen – und was dann? Sie mit Fingerfarben zu bemalen?

Omen ist dies, Omen ist jenes, das konnte man ewig

fortsetzen, aber Tatsache war: Bei der Omen SE handelte es sich um einen Plattforminnovator, dessen Mission es war, Märkte zu dominieren, Überschüsse zu erwirtschaften und auf Basis dieser für alle Stakeholder ein System aus Anreizen zu strukturieren. Das schien die Waldorfschule auf der Führungsetage gründlich aus den Augen verloren zu haben.

Ein Land wie Deutschland konnte nicht allein von Tagträumen leben, sondern musste sich auch immer auf deren Überführung in die Wertschöpfungskette fokussieren, diese oder ähnliche waren Daniels Gedanken. Es ging um Leadership, es ging um Best Practices, es ging um Implementierbarkeit und nicht in erster Linie darum, seinen inneren Schmetterling zu befreien.

Vor allem: Ein Unternehmen wie das ihre konnte seine Kräfte ja wohl nicht darauf konzentrieren, Schullandheime für Erwachsene zu bauen und zu betreiben, um irgendwelchen selbst ernannten Lebenskünstlern die Faulenzerei zu subventionieren! Er hatte sich doch nicht im Nonprofit-Sektor beworben!

Als Daniel die erste Homen-Siedlung besichtigt hatte, die Betongipfelkette nördlich von Berlin, hatte sein Gesicht eine Verstörung darüber erkennen lassen, dass deren Wohneinheiten mehr premium als das Dachgeschoss – Daniel sagte: Atelier – in Kreuzberg waren, in dem er damals zur Miete lebte.

Wenn die CEO ihr Vermögen verbraten wollte, um sich im Applaus der Bittsteller zu suhlen, um sich am Jubel der

Versager zu berauschen, dann war das ihr gutes Recht als Unternehmerin, da musste sie niemanden um Erlaubnis bitten. Mit Freibier allein war jedoch kein schlagkräftiges Gemeinwesen zu organisieren. Was sollte das bitte für ein Land sein, in dem niemand mehr verlieren konnte? Wenn jeder seine faire Chance bekommen hatte, dann musste man auch hart bleiben am Ende.

Mit Moral musste man ihm erst gar nicht kommen, denn draußen vor dem Glashaus saß in Deutschland ja wohl keiner. Das ganze Palaver darüber war sinnlos, weil wenn man das konsequent zu Ende dachte, war es als Bürger einer hoch entwickelten Konsumgesellschaft gar nicht möglich, ein moralisches Leben zu führen. Wenn man sich zum Beispiel einen Tignanello bestellte, anstatt auf dem Smartphone zu recherchieren und per Überweisung ein Menschenleben in Tansania zu retten für den gleichen Betrag, dann war das jedes Mal eine so massiv unmoralische Handlung, dass man seinem Nachbarn im Anschluss nicht ernsthaft mit der Mülltrennung kommen konnte im Gestus moralischer Überlegenheit.

Anstatt also ein Loblied auf irgendwelche Charity-Initiativen anzustimmen, wäre von der Führung doch mal ein Satz zu den hervorragenden Zahlen zu erwarten gewesen, die den Hippiezauber erst möglich machten und die ja möglicherweise auch mit effizienten Abläufen zu tun hatten, mit der Produktivität – das war doch ein Wert, was sollte also diese Geringschätzung? Was sollte diese pubertäre Attitüde?

Wären nicht mal ein paar Worte der Anerkennung für die Leistung der operativen Führungskader angemessen gewesen? Für Männer wie Daniel – strukturiert, aber kulturinteressiert, ebenso neugierig wie wertkonservativ, ebenso einfühlsam wie technikaffin, ohne Flausen im Kopf, aber mit Schalk im Nacken –, so hatte er sich gerade erst auf einem Dating-Portal beschrieben.

Daniel hatte schon länger keine Freundin mehr gehabt, und so war das Erstellen seines Profils für ihn ein Wagnis der Zuversicht gewesen. Seine sexuellen Kontakte in den Jahren zuvor hatten sich auf hin und wieder zwei Stunden mit einem Sugar Baby reduziert, mit einer Studentin aus dem infolge der Teuerung stark gestiegenen Angebot im Bereich Paid Dating, bis er schließlich auch das aufgegeben hatte.

Denn das hatte ihn nicht befriedigt als User, das war ihm zu transaktionell gewesen, was wohl daran lag, dass die Frauen nicht arm genug waren, um sich einfach locker zu machen, und er meinte das nicht böse, aber das war ja nur folgerichtig: Wenn man keine Wahl hatte, dann machte man das eben und war damit auch eher im Reinen, so in etwa seine These, wenn es der Providerin aber nur darum ging, sich Überflusskonsum zu ermöglichen, dann konnte sie ihren Widerwillen nicht verbergen, dann haderte sie mit ihrer Entscheidung, was nachvollziehbar war, dem User ohne Verfehlung seinerseits aber so ein ekliges Abuser-Feeling zumutete.

Hatte die CEO ihn wirklich als Untertan bezeichnet, als Hund sogar, oder hatte er sich das eingebildet? Immerhin über die DDR hatte sie Klartext geredet – der marode Spitzelstaat, der bankrotte Spannerapparat, das konnte Daniel zur Gänze unterschreiben. Und doch würde es hierzulande wieder in diese Richtung gehen, wenn sie weiterhin den Kapitalismus untertunnelte, im Kontext der Homen zum Beispiel war sie ja überdeutlich, diese Parallele: Man durchlief gehorsam irgendein ideologisches Raster und bekam von zentraler Stelle subventionierten Wohnraum im Neubau zugewiesen.

Aber nicht nur mit der Homen hatte Daniel seine Probleme, auch gegenüber den Cashcows der Gruppe hatte er sein Widerstreben nie vollends ablegen können. Nosferatu und Veritas, darüber musste man gar nicht reden, denn ein ganzheitliches Drogenkartell zu betreiben und als Spiritual Discovery zu verkaufen oder an der Spitze eines Weinhandelssyndikates moralische Überlegenheit auszustrahlen, das war ja fast schon bewundernswert in seiner völligen Gedankenfreiheit.

Kaffeehaus war Eskapismus für größenwahnsinnige Geringverdiener, die ihren Zenit im Deutschunterricht in der zehnten Klasse überschritten hatten, während Erda für seinen Geschmack zu sehr in Richtung Selbsthilfegruppe tendierte. Natürlich war das eine Gelddruckmaschine, aber ob es der Menschheit guttun würde, an jedem Tag stundenlang gemeinsam zu lamentieren, das blieb ja wohl abzuwarten. Alles ist schrecklich, alles geht den Bach runter – wenn man da herumlas für ein paar Minuten, dann fing man immer fast an zu weinen.

Okay, das mit dem Fong war tragisch, andererseits hatte Daniel den Verdacht, dass Erda diese Geschichten mittlerweile selbsttätig generierte. Denn erstens machte ihn der generische Asia-Name misstrauisch, und zweitens war das ja zu schön, um wahr zu sein. Da fehlte im Grunde nur noch, dass der gute Fong zur Organentnahme verbracht wurde, als reine Schikane, da seine Komponenten infolge ihrer Kontamination nach Jahren auf der Deponie als Ersatzteile nicht mehr zu gebrauchen waren.

Immerhin hatte die CEO nicht wieder von der Omen Ocean angefangen, deren reine Erwähnung Daniel schon Unbehagen bereitete, da sich in diesem Vorhaben in seinen Augen kaleidoskopisch die strategische Problematik des Mutterkonzerns manifestierte.

Die Omen Ocean war der Plan, im Ionischen Meer eine Armada aus Rettungskreuzern zum Einsatz zu bringen – formschöne Mahagoniboote mit hoher Seeausdauer und souveränen Schlechtwettereigenschaften, so war es angekündigt, bei deren Bau der Kostenrahmen ohne Zweifel mal wieder feierlich in die Luft gejagt werden würde. Die deutsche Jugend solle die Möglichkeit bekommen, ihr soziales Jahr auf See abzuleisten, so stand es in der Pressemitteilung, um von ihrer Konfrontation mit der nackten Verzweiflung charakterlich zu profitieren.

Und natürlich war es ein schöner Gedanke, dass friesische Werften Hochseerümpfe aus Tropenhölzern konstruierten, in diagonaler Karavellenbeplankung, womit traditionelle Handwerkstechniken wiederbelebt und die stolze deutsche Tradition im Schiffbau aus Holz beschworen werden konnten. Aber war es denn sinnvoll für ein privates Unternehmen, sich ohne Not immer neue staatliche Aufgaben aufzuhalsen? Sollte die Omen sich einfach für das Mittelmeer verantwortlich erklären? Was sollte das denn für ein Signal an die Gesellschaft sein? Schon klar, ein Signal der Menschlichkeit, der Weltoffenheit, der kosmischen Ganzheitlichkeit und so weiter.

Daniel war die kindliche Wir-heilen-die-Welt-Attitüde zuwider, die allein deshalb schon verlogen war, da man anstelle der bisher wohl zehntausend Wohneinheiten der Homen in Deutschland sicher eine Million Einheiten in Afrika hätte bauen können, um in der Summe eine viel größere Linderung menschlichen Leides zu erreichen.

Für die Kosten der vier Dutzend Sturmkreuzer hätte man in den USA Tausenden Menschen ohne Krankenversicherung das Leben retten können, die mit einer Krebsdiagnose dazu verurteilt werden, ohne Behandlung auf ihren nässenden Sofas zu verenden, in den Rattenlöchern ihrer Wohnwagenbehausungen, diese oder ähnliche waren Daniels Gedanken, aber das wäre ja auch wieder unmoralisch, weil irgendwo im globalen Süden könnte man mit dem gleichen Betrag sicher weitaus höhere Stückzahlen erzielen.

Um in einer wohlhabenden Gesellschaft ein halbwegs moralisches Leben zu führen, müsste man dessen Umstände auf ein sehr karges Minimum reduzieren. Man müsste in eine Hütte ziehen, sich nur von Kartoffeln ernähren, mit hin und wieder einer Karotte für die Vitamine, sieben Tage pro Woche im Homeoffice arbeiten und seine Einkünfte an der Steuer vorbei direkt in die Katastrophenregionen überweisen – wer das machte, wer so weit ging, der dürfte ihm dann gern eine Moralpredigt halten.

Die Seenotrettung war demnach nicht als Ritterschlag, sondern als weiterer Nebenschauplatz zu verstehen, über deren Vielzahl die Führungsetage das tatsächliche Schlachtfeld aus den Augen zu verlieren drohte. Und die amerikanische Konkurrenz war derweil sicher nicht damit beschäftigt, eine Zentrale zur Seenotleitung in einem Palazzo in Taormina zu installieren.

Die Omen war ein in brutalem Wettbewerb stehendes Wirtschaftsunternehmen, und nun wollte sie deutschen Abiturientinnen die Möglichkeit bieten, vor Antritt ihres Studiums irgendwo vor Libyen dunkelhäutige Elendsflüchtlinge aus den Fluten zu ziehen?

War das überhaupt die richtige Herausforderung für die deutsche Jugend? Irgendwelche Leute aus weiß Gott welchen Ländern auf Booten mit Decken und heißer Suppe zu versorgen? Wäre es nicht eher geboten, jungen Deutschen eine gewisse Abwehrbereitschaft zu vermitteln, in Anbetracht der Flatterhaftigkeit unseres amerikanischen Verbündeten wie auch der seelischen Abart unseres russischen Feindes?

Klar war Folgendes: Wenn Deutschland so weitermachen wollte, also sich als Streichelzoo neu erfinden, mit Tantra und Zuwanderung und Sabbaticals und Geschlechtsumwandlungen und so weiter, dann würde das beim aktuellen

Verlauf der Außengrenzen auf mittlere Frist nur mit einer eigenen Zweitschlagwaffe möglich sein. Nur mit einer derart rigorosen Lebensversicherung könnte ein Volk es sich leisten, so in etwa Daniels Analyse, alles Beschwerliche liegen zu lassen, um sich vollends auf Spiritual Discovery zu fokussieren.

Mit Atomwaffen war natürlich nichts zu gewinnen hierzulande, aber wie sollte Deutschland sonst einem Aggressor entgegentreten? Mit einer Mahnwache, mit einer Lichterkette? Sollte Deutschland um Gnade flehen? Sollte Deutschland die Energie der Chakren mobilisieren oder der Meridiane oder weiß der Geier? Sollte Deutschland dem Aggressor mit offenen Armen begegnen, um strittige Sachfragen in einer Atmosphäre der kulturellen Wertschätzung zu diskutieren?

Das war Unsinn, das würde nie funktionieren, denn Schwäche ist Provokation, das hatte Daniel im *Spiegel* gelesen. Der Russe hatte keine Seele, da er sie für ein Herrentäschchen von Gucci verhökert hatte, und mit dem Iraner war erst recht nicht zu spaßen – man musste sich im Internet nur mal die verschlagenen Henkervisagen dortiger Funktionäre ansehen. Wie sollte man solche Leute bitte in ihre Schranken weisen, wenn man nicht in der Lage war, ihnen apokalyptische Vergeltung anzudrohen?

Das wäre mal eine Debatte gewesen, aber nein, Ihre Hoheit wollte lieber über Dornenzweige monologisieren, über das Rasenmähen mit der Sense, über Obelisken als Phallus-Monumente, und Daniel machte sich keine Illusionen, das würde jetzt einfach so weitergehen, denn es fehlten ja noch Elemente ihrer üblichen Ansprache, allen voran die Bildungshubereien in Form hochtrabender literarischer Vergleiche. Zudem musste sie noch ihren Kompagnon lobpreisen, den Mann in der Trainingshose, als ob er ein Hellseher oder ein Magier wäre.

«Unser Ehrgeiz ist nicht, auf irgendwelchen Reichenlisten aufzutauchen, um als Fußnote, am Rande, unter ferner liefen in die Archive einzugehen. Unsere Expedition hat uns kein Spekulant nahegelegt, unsere Bark haben wir selbst gezeichnet, und wir haben sie mit unseren Händen gebaut», so sprach die CEO weiter.

«Wir sind nicht die puritanischen Wagniskapitalgeber, die Walfängern des 18. Jahrhunderts Himmelfahrten in die Eismeere vorfinanzierten, um die sagenhaften Polarölerträge nach Abzug der Totalverluste fein säuberlich in eine Kladde einzutragen. Wir sind auch nicht die deutschen Ingenieure, die den Walfang mit der Konstruktion einer Granatharpune aus den Angeln hoben, deren Gefechtskopf nach Durchschlagen der Gallertschicht mit leichter Verzögerung mitten im Körper des Rohstoffträgers detonierte.

Wer aber sind wir dann, verehrte Anwesende? Um wen handelt es sich in unserem Falle? Haben wir uns als Kapitän Ahab zu verstehen, auf See vor Java, die Zähne zunehmend locker im Gaumen, dem das Lampenöl gestohlen bleiben kann, da höhere Wesen ihm befahlen, einen Konflikt mit dem Unergründlichen zu provozieren? Sind wir das Ritual der Tat, die leere Disziplin, sind wir die ungerührte Gottlosigkeit?

Sind wir der Autor selbst, auf seiner Farm in Neuengland, die er Arrowhead nannte, nach Reliquien eines Indianerstammes, die sein Pflug zutage förderte, wenn er die Erde im Frühjahr für seine Kürbisse auflockerte? Sind wir ein bärtiger Greis, der seinen Blick geduldig in die Ferne richtet, bis ihm der Rücken eines Berges als Leviathan erscheint?

Oder sind wir Ishmael, der Rudermaat», so sprach sie weiter, «der Erzähler von Melvilles Evangelium, der von dem Wahn ergriffen scheint, jedes noch so periphere Detail festzuhalten, alle Phänomene des Himmels und der Erde zu kategorisieren?

Ich weiß gar nicht, wie wir darauf kamen, aber wenn wir uns schon über Melville unterhalten, ist nun wohl der Augenblick gekommen, um meine Beichte abzulegen. Ich habe nie davon gesprochen, aber ich habe eine Leiche im Keller. Ich trage ein dunkles Geheimnis in meiner Seele.

Die Farm des Autors ist schon länger ein Museum, und kurz vor meinem Abitur, auf einer Reise mit meinen Eltern in den Indian Summer, fand ich mich daher in Melvilles Arbeitszimmer wieder. Dort lehnte eine Harpune an der Kaminumrandung, aus seinen Jahren auf einem Schiff aus Nantucket in den Fanggründen vor Polynesien. Es war kein Wärter zu sehen, es gab kaum Sicherheitsvorkehrungen, und ich schob ein Fenster auf, warf die Harpune hinaus, rannte hinunter, zog sie aus der Wiese und eilte zum Parkplatz, um sie unter den Koffern auf der Ladefläche unseres gemieteten Chevy Tahoe zu verstauen.

Und ihr ahnt es schon, ich sehe das Entsetzen in euren müden Gesichtern – jene Harpune, an der wir seit Jahren vorbeigehen, in unserem Tower am Maybachufer, über dem Empfang im Foyer, ist … Ich breche hier wohl besser mal ab, um weiterhin der Strafverfolgung zu entgehen.

Wer genau sind wir also? Um wen handelt es sich in unserem Falle? Wenn ich ehrlich sein soll, dann verhält es sich folgendermaßen: Wir sind der Wal, verehrte Anwesende – Projektile unseres warmen Blutes, von einem dumpfen Gefühl des Mangels vorangetrieben, bis am Horizont unser schwarzer Stern erscheint, bis die dunklen Farben ineinander bleichen und wir von der Schwerkraft in die Tiefe gerissen werden.»

Heiliger Jesus, war das ein Geschwurbel! Bin ich ein Fisch? Oder bin ich ein Fischersmann? Oder beobachte ich nur Fisch und Fischersmann, um im Anschluss ihre Geschichten aufzuschreiben? Diese oder ähnliche waren Daniels Gedanken.

Wir in Deutschland schießen nicht mit Raketen auf die Fische – ach, wirklich? Das war hier noch mal gesondert klarzustellen? Und immer diese Anarchoscheiße, Exponate klauen aus Museen, das war ja kaum auszuhalten, und das konnte doch nicht nur ihm so gehen! Konnte hier nicht irgendwer mal ein paar Widerworte von sich geben?

Daniel vollzog einen Scan seiner Umgebung, auf der Suche nach Verbündeten, um schließlich an Frauke und Nilufar hängen zu bleiben, den Gründerinnen der Omen-Tochter Veritas, denen er in den vergangenen Jahren wiederholt dabei behilflich gewesen war, Bottlenecks in der Logistik behutsam zu dehnen, um Kapazitäten freispielen und so von einem höheren Maß an operativer Flexibilität profitieren zu können. Sein Ehrgeiz war immer gewesen, eine Sensibilisierung für die Ablaufoptimierung als Grundlage einer effektiven flowchartlichen Positionierung voranzutreiben und über die Einführung evolutionärer Verbesserungsdynamiken Potentiale in den Sphären Performance, Wirtschaftlichkeit und Ergonomie zu identifizieren.

Er war den Gründerinnen dabei zur Hand gegangen, Materialflüsse zu verschlanken, Fehlerquellen zu entlarven sowie Teilabläufe zu streamlinen und gleichzeitig enger zu verzahnen, um der Veritas aufwendiges Retourenhandling zu ersparen und die betrieblichen Ressourcen auf Schlüsselbereiche zu fokussieren.

Frauke und Nilufar hatten zu tief in die Gläser geschaut am Vorabend, sodass sie eine leichte Schlagseite zeigten – sie hatten sich eingehakt und ließen sich jeweils nach außen baumeln, als ob sie Blumenkinder wären. Dabei waren sie für ein strenges Regiment bekannt, für ein ehernes Up-or-out-Prinzip in der Mitarbeiterführung, für eine harte Hand, mit der sie Veritas im Bereich Fine Wine auf europäischer Ebene in nicht einmal sechs Jahren als dominante Marktteilnehmerin etabliert hatten, nicht zuletzt durch eine Abfolge überteuerter Akquisitionen, die aus den Cashflows der Omen SE mühelos zu finanzieren gewesen waren.

Aber nicht das Kapital war der Treiber ihres Durchmarsches gewesen, auch nicht das Branding oder die auratische Inszenierung, sondern tatsächlich die Qualität ihrer Dienstleistung, denn Veritas agierte nicht auf Basis flacher Merkmale wie der bisherigen Konsumpräferenzen, sondern hatte den Anspruch, die Identität einer jeden Userin über alle Plattformen hinweg ganzheitlich zu erfassen, um ihr eine Weinkarte dann gleichsam auf die Seele zu schneidern.

Frauke und Nilufar war daran gelegen, eine biographische Schlüssigkeit in der Selektion und somit eine intime Konsumerfahrung zu gewährleisten und dabei die biochemische Kompatibilität der gewählten Weine mit der spezifischen Gemütsfärbung der jeweiligen Userin zu garantieren.

Es ging ihnen darum, im Klang eines Akkordes aus Terroir-Profilen und Winzerinnenhandschriften verborgene Wahrheiten über jede Kundin ans Licht zu bringen, um ihre Verbindung zur Marke emotional aufzuladen und auf diesem Wege die Weinausgaben eines typischen Haushaltes als Prozentsatz des Nachsteuereinkommens auf eine neue Ebene des Überschwangs zu heben.

Daniel wollte Kontakt aufnehmen, einen Rapport etablieren, auf Augenhöhe kommunizieren, er wollte ein Schmunzeln austauschen, dies war ihm anzumerken, oder wissende Blicke der Entgeisterung. Er wollte die Bestätigung einer Übereinstimmung registrieren. Dabei gab er sich Mühe, eine Art aggressive Toleranz zu transportieren, und setzte sich ein ironisch-devotes Lächeln auf, um dem hierarchischen Gefälle Rechnung zu tragen.

Er starrte die beiden an, wobei er die Lider hochriss und seine Stirn in Falten legte, und es dauerte nicht lange, bis in Fraukes Miene ein Anflug von Unwohlsein zu lesen war. Sie nahm eine energetische Irrwelle wahr und blickte über ihre Schulter, um die Quelle der Strahlung zu lokalisieren, wandte sich aber gleich wieder ab, als ob sie den Kleinbürger gar nicht zur Kenntnis genommen hätte.

Das konnte ja wohl nicht wahr sein, so ähnlich gingen ihre Gedanken. Obwohl Daniel penibel darauf achtete, die beiden nur von den Schultern aufwärts in seinen Blick zu fassen – er wollte nicht das Risiko eingehen, als übergriffig zu erscheinen, der männliche Blick als strukturelle Gewalt und so weiter –, empfand Frauke seinen Versuch einer Kontaktaufnahme offenkundig als kaum zumutbare Grenzüberschreitung.

Nur weil irgendeine Orga-Charge mal irgendwas organisiert hatte in ihrem Beisein, nur weil ein Sachbearbeiter eine Sache bearbeitet hatte nach ihrer Anweisung, nur weil Bereiche wie der ihre die nötigen Überschüsse generierten, um diverse sinnlose Support-Abteilungen zu alimentieren, gab das den Kostgängern ja wohl noch lange keinen Freischein, hier ohne Aufforderung bei Repräsentantinnen der Gründerkaste zu antichambrieren.

Was mochte der Kleinbürger für ein Anliegen haben?

Hatte er nicht gerade irgendwelche Schaltkreise zu reparieren? Frauke wollte den Abend genießen, sie hatte Vorfreude empfunden beim Gedanken an diese Veranstaltung, und sicher wie das Amen in den Kirchen an den Sonntagen ihrer Kindheit hatte ein Störfaktor nun wieder mal damit begonnen, ihre innere Zen-Bubble zu penetrieren. Der Mann war offenbar größenwahnsinnig geworden, und gleichzeitig war Frauke das Unterwürfige zuwider und das Gewöhnliche, das sich in seiner Physiognomie manifestierte.

Aber ihr war nichts anzumerken, sie hätte sich auch niemals geäußert in dieser Schärfe, da der Buchhalter als Nutznießer sogenannter positiver Maßnahmen nach Weidenau gekommen war und Frauke nie auf die Idee gekommen wäre, Opfern struktureller Benachteiligung mit offener Geringschätzung zu begegnen.

Denn es war an Menschen wie ihr, Barrieren abzubauen und die Meritokratie aufzuweichen, um auch den obsoleten Elementen aus dem operativen Spektrum weiterhin eine gewisse Teilhabe zu garantieren. Ein Paradigmenwechsel war vonnöten, ihr als Unternehmerin war geboten, sich einzufühlen in diese Armseligen, um dem Bedürfnis der Gesellschaft nach Heilung Rechnung zu tragen.

Frauke sah zu Nilufar hinüber, um sich in deren dunklen Augen zu verlieren, aber ihre Partnerin war mal wieder nicht hier an ihrer Seite, sondern irgendwo in weiter Ferne, in einer selbst erfundenen Mythensphäre, so in etwa dachte Frauke, wo auf Orgien den Göttern zu Ehren Wein aus Amphoren getrunken wurde. Und sie lag nicht daneben in ihrer Annahme, denn Nilufar war bei der Arbeit, noch hier im Fackelschein – in Gedanken war sie wohl weiterhin bei einem Pinot Noir aus Nordkalifornien, dessen Sinneseindruck sie schon auf dem Hinflug zu bannen versucht hatte: Mocha, Ingwer, Souchong und nasse Steine, Trinkerblut mit der Energie von Schmelzbachwasser, so hatte sie diktiert, in einem kaum hörbaren Flüsterton, um Frauke nicht zu einer Konversation zu animieren, unter der Glaskuppel ihrer Omen Sky-Untertasse.

Der Wein kam aus uralten Reben, vom Ufer des Russian River, der vor seiner Mündung in den Pazifik ein sandiges Delta bildet, in dem Riffhaie aus der Brandungszone und Störe aus den oberen Quellregionen sich misstrauisch umkreisen.

Dieser Wein war ein Tabubruch für die Veritas, die zuvor keine einzige Flasche aus Kalifornien im Sortiment gehabt hatte, um ihre Energiesignatur bis in alle Verästelungen hinein vom Einfluss ihrer Konkurrenten rein zu halten, die ja allesamt aus Kalifornien kamen oder gleich aus China, denn kein europäisches Unternehmen war aus Sicht der Omen SE als Wettbewerber zu verstehen.

Nilufar hatte den Impuls empfangen, einen karmischen Limes zu errichten, um nicht mit fragwürdigen Praktiken in Verbindung gebracht zu werden, etwa der schleichenden Lobotomisierung großer Teile der Weltbevölkerung durch die Hypnotiseure hinter den Bildschirmen ihrer Kontrollmodule, die sie mit in ihre Betten nahmen, um in der Nacht nicht so allein zu sein.

Sie sah die ganze Idee von Kalifornien als korrumpiert – Kalifornien, das waren nicht mehr nackte Hippiefrauen mit schönen Brüsten in bunten VW-Bussen, mit Surfbrettern auf dem Dach, mit Meersalz im Schamhaar, sondern verklemmte Suchtanimateure mit beginnender Kranzglatze, deren Traum es war, mit der nächsten Finanzierungsrunde endlich den Makel ihrer Herkömmlichkeit zu überwinden.

Das Embargo war auch einer gewissen Arroganz geschuldet gewesen, dem Gefälle zwischen den weinseligen Hochkulturen der Antike, in etwa so sah es Nilufar, und offenen Planwagen, dümmlicher Hutmode sowie leseschwachen Männern, deren Ehrgeiz es war, debile Lassospiele zu erlernen, Gold-Nuggets aus Tümpeln zu sieben und Frauen in die Prostitution zu zwingen, um sich im Zuge sinnloser Revolverrituale dann gegenseitig in die Köpfe zu schießen, während im Hintergrund ein Grizzlybär einen Trapper verspeiste – vom genozidalen Vorgehen den Ureinwohnern gegenüber mal abgesehen.

Aber die Omen war nun ein reifes Unternehmen, mit einer gefestigten Persönlichkeit, mit Core Values und roten Linien, sodass der Umgang mit enthemmten zu kurz Gekommenen aus wohlstandsverwahrlosten Scheidungsfamilien sie kaum mehr dazu verleiten würde, sich aus kommerziellem Interesse mit einer kunst- und kulturfeindlichen Verflachung gemeinzumachen. Außerdem hatte Frauke ein Faible für Kalifornien – sie hatte den Wunsch geäußert, dort mal Detox zu machen, einen Energy Cleanse vielleicht sogar, und so war Nilufar auf der Suche nach einem Ayurveda-Retreat am Pazifik im Internet auf den Russian River gestoßen, der im 19. Jahrhundert, es war kaum zu glauben, die Lebensader einer Kolonie der russischen Krone gewesen war.

Die ersten Burgunderreben am Russian River hatte ein Décadent aus Sankt Petersburg gepflanzt, ein Lebemann mit dem Namen Nikolai und revolutionärer Neigung, den seine höfische Familie im Lichte seiner Laster zu einer Laufbahn als Offizier in der kaiserlichen Marine gedrängt hatte.

Nach dem Erhalt einer verstörenden Depesche aus den Kolonien in Alaska, in denen der Skorbut und der Wahnsinn um sich griffen, hatte die Kommandantur der Russisch-Amerikanischen Compagnie am Neujahrsmorgen 1811 per Dekret die Weisung erteilt, so steht es geschrieben, weiter im Süden neue Ländereien in Besitz zu nehmen, um die Versorgung des Brückenkopfes in Novo-Arkhangelsk mit Roter Bete, Trockenfleisch, Kohl, Nüssen, Zitrusfrüchten, Otterfellen und vor allem mit Wein sicherzustellen.

Schon im Frühjahr dann war der Schoner *Nadeschda* in den Russian River eingefahren, den die Ureinwohner vom Stamme der Pomo *Große Schlange* nannten, Nilufar konnte das alles genau vor sich sehen: ebenjenen Offizier am Bugspriet, seltsam bleich für den Kapitän einer Handelsfregatte, die langen Haare zu einem Zopf geflochten, mit einer Spur der Brutalität in seinem kleinadeligen Slawengesicht. Sie hörte das Plumpsen der Anker, das Rasseln der Ketten und das Klatschen der Rümpfe der Beiboote auf das unruhige Wasser.

Sie sah die Holzfässer mit der Burgundererde auf des Schiffes Mittellinie, darin fragiles Blütenholz aus Morey-Saint-Denis, das sich, nach einer heiklen Phase in der Kälte vor Kamtschatka, der kalifornischen Sonne zu erfreuen schien. Sie sah die zaristischen Kolonialtruppen an der hölzernen Reling, Männer vom alten Schlage, die es vorzogen, ihre Gedanken für sich zu behalten, um den Klang des Windes und der Fluten nicht mit letztlich überflüssigem Gerede zu ruinieren.

In den Augen des Anführers der Männer konnte Nilufar die Sehnsucht erkennen, nach den weißen Nächten an der Newa, nach den Wegen seiner Kindheit, nach einer dampfenden Zharkoje mit Rinderbeinscheiben, aber auch eine bescheidene Vorfreude darauf, sich mit Hilfe der cassisfarbenen Erträge seiner Pflanzung, sollte er denn ein geeignetes Terroir ausfindig machen, schon in wenigen Jahren endgültig seiner Melancholie überlassen zu können.

Und natürlich die Sehnsucht nach einer Gefährtin – unter den Kriegerinnen der Pomo würde Nikolai um eine Gemahlin werben, um auf diesem Wege eine Verwandtschaft mit den Einheimischen zu etablieren, ohne deren Ortskenntnis und Arbeitskraft die Mission der russischen Krone zum Scheitern verurteilt wäre. Ohnehin konnte er keine höheren Töchter mehr sehen, er wollte eine Frau kennenlernen, die Flussstufen zu stauen, um Lachse zu fangen, und aus Schilfblättern Körbe zu flechten vermochte. Er wollte eine Frau kennenlernen, die Federn von Wasservögeln auf Fäden zog und die Fäden miteinander verknüpfte, dies spürte Nilufar, um zur Schambedeckung aus Otterfell zum Ruhme der Mondgöttin einen festlichen Federpelz zu tragen.

Zuvor aber wollte Nikolai einen Weinberg pflanzen, denn er hatte nur dieses eine Leben, und mochte er auch einem Ausklang in der Wildnis zugestimmt haben, um seiner eigenen Degeneration zu entfliehen, so war er doch nicht dazu bereit, unter keinen Umständen, für den Rest seiner Tage auf Pinot Noir zu verzichten. Und wenn er nichts anderes mehr tun würde, so würde er sich doch einen Steilhang urbar machen, er würde Terrassen anlegen und sein Blütenholz in engen Reihen auf Pfähle oder gar auf Kreuze ziehen.

Er wollte eine Frau kennenlernen, die märchenhafte Geschichten erzählte, in fremder Zunge, mit sanfter Stimme, in den Disharmonien ihrer windorgelgleichen Klagegesänge, aus dem Tal des Mondes, wie die Ihren das Land der Großen Schlange nannten, denn wenn die fahle Gottheit über dem Strom weiter nördlich am Himmel stehe, dann zeige sie ihr Gesicht im Laufe der Nacht siebenmal zwischen den sieben Gipfeln der Sonoma-Berge.

Nilufar sah gebückte Figuren mit Körben auf den Rücken sich beeilen, die Ernte einzubringen, bevor die Stürme vom Ozean im November wieder wie Horden aus Wildpferden landeinwärts galoppieren würden. Sie konnte eine Jägerin der Pomo im Einbaum eine rasende Brandungswelle einholen und über deren Abrisskante in die flaschengrüne Fassstruktur hineinreiten sehen.

Sie konnte in Nikolais Seele hineingeistern, da sein ganzer Kosmos ungebrochen weiter in seine hartschaligen Pinot-Beeren hinaufströmte, deren Tränen Veritas nun als die Einzellage Nikolai Vineyard im Sortiment hatte, streng limitiert, nur in der Magnum und für den Preis eines besseren Kleinwagens.

Frauke war bleich und wirkte angeschlagen, die vergangenen Wochen waren eine Tortur gewesen, da in der Öffentlichkeit zu allem Überfluss mal wieder die unsägliche Debatte darüber losgebrochen war, ob die Adelung von Alkoholkonsum zum kulturellen Vorgang nicht Schutzmechanismen aushebelte, ob also der Gesetzgeber aktiver werden sollte und so weiter – damit hatte sie sich herumschlagen müssen. Mit der leidigen Frage, ob Unternehmen wie Veritas Abhängigkeiten förderten oder sogar bewusst provozierten, um eine verlässliche Kundenbindung zu erzielen.

Und sie fühlte sich alleingelassen mit alldem – natürlich, Nilufar war Creative Director und kam nur ihren Pflichten nach, aber Veritas war doch ihr gemeinsames Kind irgendwie und für Frauke fühlte es sich so an, als ob Nilufar mit der Kleinen hin und wieder blödelte und herumtobte und dabei alberne Kinderlieder improvisierte, während sie das Wickeln, das Einkaufen, das Kochen, das Füttern, das Aufräumen, die Arztbesuche, die Kita-Anmeldung und die Elternabende einfach Frauke überließ, um sich der schöpferischen Arbeit an sich selbst widmen zu können.

Nilufar hatte den Entschluss gefasst, den kompletten Amtsschimmel bei ihr abzuladen, und das ja noch zusätzlich zur operativen Unternehmensleitung, zum Gewaltakt der Umsetzung der Automatisierung und so weiter, als ob ihre Partnerin irgendwelche uralten Vorrechte besäße.

Die Kritik in den Medien hatte sie auch wirklich getroffen, da sie nie auf die Idee gekommen wäre, die Gefahren der Flasche zu verharmlosen oder den Abusus von Alkohol als gesellschaftliches Problem zu relativieren. Hier mussten mehr Mittel in die Forschung fließen, wie sie ja nun wirklich oft genug predigte, um die Suchtursachen zu bekämpfen und ebenso holistische wie nachhaltige Therapien zu erarbeiten und durchzusetzen.

Außerdem ging es bei Wein ja nicht primär darum, sich wegzuballern, seinen Problemen zu entfliehen, sein Potential zu vergeuden, den Respekt vor sich zu verlieren, seine Freunde zu verraten, seine Familie zu enttäuschen, in der sozialen Hängematte wegzudämmern, eine Grube für Andersdenkende auszuheben, plündernd und brandschatzend durch verwaiste Innenstädte zu marodieren, einem destruktiven Eskapismus zu frönen und so weiter, sondern um Geselligkeit, um Entspannung, um Angstlösung, um ein über Jahrtausende erprobtes Sedativum, vor allem aber um die fast magische Möglichkeit, so ähnlich sah es Frauke, die Essenz eines Jahres und das Wesen eines Ortes einzufangen und als Flaschenpost in die Zukunft zu transportieren.

Dieses sinnliche Speichermedium mit dem Fusel der Penner über einen Kamm zu scheren, empfand sie als unangemessen. In Form einer Flasche Burgunder zum Beispiel konnte man die Minikatharsis eines sanften Reboots problemlos in einer Handtasche umhertragen. Wein ölte die Zahnräder, Wein bremste die subjektive Zeitflusswahrnehmung, Wein befreite die Userin aus stagnativen Geisteshaltungen und half ihr dabei, ihre All-Einheit mit Gaia wahrzunehmen. Das alles in die Nähe des Elends auf den Straßen zu rücken, konnte ja wohl nicht im Sinne der Erfinderin sein.

Wobei sie aber keine sozial Benachteiligten herabwürdigen wollte, denen dieser Zugang eben fehlte, was wiederum nicht den Betroffenen selbst, sondern dem deutschen Bildungswesen anzulasten war, so ähnlich gingen ihre Gedanken, und sie war kurz vor dem Verdursten, sie begann sich zu kratzen, wann endlich würde es hier mit dem fucking Herrgott losgehen?

Sie hatte sogar einmal den Vorschlag gemacht, Tausenden Langzeitarbeitslosen wöchentlich jeweils eine Flasche Wein zu spendieren und per Tracking und Drohnen direkt zu liefern, einen gut gemachten Schoppenriesling mit Schraubverschluss aus der Literflasche beispielsweise, um sie langsam an die Qualität heranzuführen, ohne es gleich zu übertreiben, und meine Güte, was ihr da für ein epochaler Guilt Trip entgegengeschlagen war!

Das sei zynisch, das sei menschenverachtend, das sei das Werk des Teufels, so in etwa der Tenor der Kommentare. Damit hatte Frauke sich herumzuschlagen, während Nilufar in einem Konferenzraum im Omen Tower auf einem Sofa Rachmaninow hörte und masturbierte und dabei eine

Flasche Clos de Tart in sich hineinlaufen ließ, um das Unternehmen spirituell aufzuladen.

Natürlich war Nilufar eine ideale Botschafterin ihrer Marke, da sie für Freude stand, für Exuberanz und für eine rauschhafte Selbsterfahrung, aber auch für Kompetenz, als erste deutsche Master of Wine und Autorin des Standardwerkes *Deutscher Riesling*, das in bildungsbürgerlichen Ballungsgebieten seit Jahren die Liste der populärsten Weihnachtsgeschenke anführte. Und so hätte man argumentieren können, dass ihre Skill Sets nahtlos ineinandergriffen, um sich zu einer unschlagbaren Einheit zu amalgamieren, aber Frauke war schmerzhaft klar, dass Nilufar eindeutig das verwegenere Profil abbekommen hatte, das zudem noch mit diversen Privilegien verbunden war, vor allem jenem, sich hauptberuflich im eigenen Hallraum zu verlieren.

Nilufar schwebte durch die Dunkelheit, vor Winden aus dem wärmeren Landesinneren, die mit der Meeresluft zu einem sämigen Nebel reagieren, der nachts in die Täler strömt, um die Hitze des Tages aus den Trauben zu treiben. Die sinnlichen Triggerpunkte des Weines flimmerten in ihrem Gedächtnis wie Lampions vor den Opiumhöhlen der chinesischen Gastarbeiter entlang der transkontinentalen Schienentrasse.

Auf den Sandbänken im Delta sah sie Seeottern liegen, unter deren blauschwarzem Deckhaar sich ein weißer Flaum versteckte, was in einem silbernen Schimmereffekt resultierte. Wie auf einem Besen flog sie über die Küste von Sonoma, deren Uferberge in Wellenform über tektonische Unruheherde fließen, als der Bilderbogen auf einmal Abweichungen zeigte, als sich ein blassgoldener Filter über die Redwoods legte, als der Fluss in die Breite ging und Kirchen und Burgen auf die Hänge fielen und graue deutsche Automobile auf die Uferstraßen.

Nilufar konnte betrunkene Mönche sehen, die um ein gewaltiges Feuer tanzten und im Rausche ihre Kutten lupften, um ihren Intimbereichen mal Luft zu geben, die nach Jahrzehnten des Naturwuchses eine verwilderte Buschrebenstruktur zeigten. So zumindest würde sie es später an diesem Abend ihrer Frauke erzählen.

Sie sah keltische Opfersteine, Ehrenmale für die Gefallenen, sie sah eine Staffel leicht versetzt geparkter Linienmaschinen der Lufthansa. Sie sah die Bruchkanten aus rotem Schiefer mit kalkreichen Muscheleinschlüssen, aus dem die Steine der Mauern der verfallenen Wallfahrtsklöster gehauen worden waren. Und dann perlten die Aromen durch ihre Wahrnehmung – Grapefruit, Kreide, Sultaninen, Asche, eine mentholartige Frische, und nun ahnte Nilufar, was vor sich ging: Ihr Bewusstsein schien sich automatisch auf Riesling zu eichen, um dem Schwarzen Herrgott seinen Weg zu ebnen, mit dem es hoffentlich bald losgehen würde und bei dem es sich eindeutig nicht um eine Selektion der Intelligenz bei Veritas handelte.

Denn wie sollte das bitte mit den Signalkrebsen harmonieren? Das war zu mineralisch, das war schon metallurgisch beinahe, ein flüssiger Steinbruch, das Eismeer bei Caspar David Friedrich – als Aperitif war das kaum zumutbar, erst recht bei Durst, und wenn überhaupt zu Schalentieren, dann brauchte der Schwarze Herrgott eine gelbe Massaman-Curry oder eine Hainan-Chili-und-Miso-Marinade.

Vielleicht spielte bei ihrer harten Landung ja auch ihre Dehydrierung eine Rolle, der nahende Kollaps und somit irgendwelche physiologischen Überlebensmechanismen, die den Riesling in ihren Fokus rückten, da er zeitlich und räumlich näher lag als der kalifornische Pinot in ihrem Bungalow und somit eine für ihren Fortbestand unmittelbar höhere Relevanz vorzuweisen hatte.

Nilufar schlug mit den Flügeln, um über die Nebellinie zu gelangen, dem Mondschein auf dem Pazifik entgegen, aber der Schwarze Herrgott hatte sich offenbar das Recht des ersten Glases gesichert – ein Wasserfall aus bleichem Germanentum stürzte in den Fjord aus Kirscharomen, und als das Ganze schon in einen Rosé zu kippen drohte, wandte Nilufar sich abrupt in Richtung ihrer Partnerin, um sich an deren Immanenz wieder hinab in den Augenblick zu ziehen.

Sofort legte sich ein Ausdruck der Sorge über ihre Gesichtszüge. Was würde nun werden aus Frauke? In welche Bahnen würden ihre Energien fließen? Denn Frauke war durch, sie war am Ziel, sie hatte ihr Lebenswerk der Intelligenz bei Omen übertragen und zum Perpetuum Mobile gemacht, davon war auszugehen, nicht zuletzt vor dem Hintergrund aller Prognosen zum eskalierenden Weinkonsum der Deutschen in der kommenden freien Gesellschaft. Frauke hatte ihre Mission erfüllt, während Nilufar keinen Schlusspunkt hatte, keinen Anfang und kein Ende: Mit ihr würde es einfach immer so weitergehen.

Gegen den Fackelschein sah sie das scharfe Profil ihrer Partnerin – die kleinen Ohren, die grauen Augen, das starke Kinn, die weißblonden Haare, den protestantischen Langschädel, die gerade Nase mit spitzer Kuppe und anliegenden Flügeln, den Binnen-Genpool, den homogenen Organismus. Frauke sah aus wie eine Magd auf einem Hof in Pommern in einem Kinderbuch aus der Nazizeit, und so was wirkte ja fast albern mittlerweile.

Im Grunde war Frauke überhaupt nicht ihr Typ, denn sie hatte sich immer eher für widersprüchliche und fluide Konstellationen erregen können, und welche Bewegung mochten Fraukes Vorfahren bitte vollzogen haben? Wenn es hochkam, dann waren sie aus dem südlichen Dänemark die paar Kilometer nach Norddeutschland hineingewandert mit Ochs und Esel.

Oder ihre Vorfahren waren aus Island hierhergesegelt oder -gerudert sogar, möglicherweise im selben offenen Boot wie die Ahnen der vorne am Podium immer weiter Monologisierenden, deren Worte Nilufar nur wie jene der Sicherheitsdurchsage vor dem Start in Linienflugzeugen erreichten, als redundanter Singsang, der müde Passagiere daran hinderte, in ihre Träume hineinzufinden.

Die Besuche bei Fraukes Eltern am Anfang waren für Nilufar bizarre Expeditionen gewesen, Ausflüge in den zoologischen Garten, denn: Was waren das bitte für Tierchen? Wollten nicht jagen, wollten nicht kämpfen, wollten ihrer Art keine evolutionären Impulse geben, sondern nur ein bisschen bummeln gehen, dem Geschmunzel frönen und sich dann zusammenrollen im Körbchen, denn man musste es ja nicht übertreiben.

Wo hatte Frauke die Kraft gefunden, ihr Leben ernst zu nehmen? Ihre Eltern hatten von ihr nur erwartet, dass sie in irgendeinen soliden Konzern einsteigen würde, nach einem Jahr bei der Lufthansa möglicherweise, um «die Welt zu sehen», in Human Resources oder Investor Relations und es dort vielleicht irgendwann zur Stellvertreterin bringen, um es sich schön machen zu können, ein Cabrio kaufen, ins Elsass fahren, Weinbergschnecken essen. Wie sollte ein junger Mensch unter solchen Umständen jemals über sich hinauswachsen?

Wie hatte Frauke das nötige Vertrauen in sich gewonnen, um dieser Hölle des Mittelmaßes zu entfliehen? Wie hatte sie den Willen generiert, den Zwang, diesen Wahn – Nilufar hatte es gleich gewittert damals, hinter ihrer dekorativen Fassade war Frauke beinahe außer Kontrolle vor Ehrgeiz gewesen.

Wie würde es mit ihr nun weitergehen? Welche Richtung würde sie einschlagen? Wo würde der Schub herkommen? Oder würde er abreißen? Würde ihr Antrieb erlahmen? Würde sie der Vergreisung anheimfallen oder der Verschrobenheit? Würde Frauke in einer trägen Drift der Unzufriedenheit entgegensegeln? Wie wäre das resultierende Theater mit Nilufars eigener Suche nach Ruhe und Tiefe zu vereinbaren?

Würde Frauke mal wieder mit einer Diät anfangen, die sie erfahrungsgemäß nicht schlanker, sondern nur übel launiger und aggressiver machen würde? Frauke und sie hatten durchaus ihre Kurven, aber Nilufar sah keinen Handlungsbedarf, da sie kein Begehren nach Knochengerüsten verspürte, da sie ausgemergelte Leiber mit Krankheit, Drogensucht, Bildungsferne und Bürgerkrieg assoziierte und generell keine Lust hatte, ohne Not sinnlichen Freuden zu entsagen. Mal abgesehen davon, dass sie in einem Restaurant aufgewachsen war und sich umso mehr zuhause fühlte, wenn kräuter- und knoblauchlastige Schmordüfte durch ihre Wohnräume schwebten.

Wohin würde Fraukes innere Reise gehen? Würde vor ihr wieder das Bild einer werdenden Mutter erscheinen, das ihre Züge trüge? Würde ihr Kinderwunsch sich neu entzünden und bald lichterloh in Flammen stehen? So ähnlich fragte sich Nilufar. Und was war eigentlich mit ihrem eigenen? Im Grunde wäre das ideal hier draußen – es war eine Waldkita geplant für Weidenau und die anderen Siedlungen, und ihre Kinder könnten an jedem Morgen mit der Schulkutsche fahren.

Würde eine Kanüle in einem Labor bald die Membran einer Eizelle durchstoßen, um ihr Ooplasma mit einer fremden Spermienzelle zu kolonisieren? Würde der Vater ihres Kindes in einer sterilen Kabine bald zu Cum Goddesses XIV masturbieren? Das Sourcing hochwertiger Spermien wäre für sie keine Schwierigkeit, da die Omen SE gerade den Launch ihrer Tochter New Germans vorbereitete und daher zweifellos bereits Hektoliter an erstklassigem Zeugungsmaterial vorrätig hatte.

Allerdings wäre das Tiefkühlware, denn Spermien mussten mit flüssigem Stickstoff auf eine extrem niedrige Temperatur gebracht werden, um länger haltbar zu sein, und für Frauke und sie waren ja noch nicht einmal tiefgekühlte Lebensmittel akzeptabel. Sie würden sich wohl eher schöne Spenderbuben kommen lassen, so ähnlich dachte Nilufar, die vor Ort produzieren und ihnen das Ejakulat dann erzeugerfrisch mit einer Kautschukpipette verabreichen würden.

Aber wollte sie das? Was war ihre Haltung zu diesem Thema? Würde sie dazu in der Lage sein, ihre Aufmerksamkeit auf einen Säugling zu fokussieren? War die zentrale Botschaft ihres Vaters nicht gewesen, dass ihr Leben sich um sie selbst zu drehen hatte? Hatte sich nicht sogar sein Leben um ihr Leben gedreht?

Sollte sie ihre Linie einfach verschwinden lassen? Wäre das nicht eine nihilistische Entscheidung? Was sollte denn gegen die Empfängnis sprechen in ihrem Fall? Sie war jung und schön und gesund und wohlhabend, und dann sollte sie nicht mal ein einziges Kind zur Welt bringen? Einen Buben vielleicht, der aussehen würde wie ihr Vater?

Andererseits wusste sie nicht, ob sie diese Erfahrung mit Frauke teilen wollte. Das meinte Nilufar nicht böse, aber sie konnte sich das Leben mit einem Kind nur als Zweierbeziehung vorstellen, als Verstrickung zweier Menschen, die aufeinander zurückgeworfen waren in einem Ozean der Einsamkeit. Wie sonst sollte dabei eine existentielle Tiefe entstehen?

Außerdem wollte sie die Entwicklung ihres Kindes nicht mit Fraukes unproduktiven Trotz- und Frustattacken belasten. Die Neigung zum Lamento im privilegierten Kontext empfand Nilufar als degenerativ. Immerhin hatten sie keine schweren Krankheiten. Immerhin waren sie nicht in einem Lager interniert und so weiter. Jeder Tag ist ein Geschenk – so lautete ihre Allzweckantwort auf Fraukes ständige Beschwerden.

Und nach jedem Tage ist man einen Tag näher an seinem Grabe, so wisperte Nilufar, als ihr Blick sich über Fraukes Schulter hinweg mit dem Joachims traf, der eine Braue lupfte und mit der Hand sogleich ein paar kräftige Schlucke aus dem Weinglas andeutete. Nilufar gab ein tonloses Kichern von sich.

Seine Geste war entweder im Sinne von «Wann geht das hier endlich los mit dem Riesling» zu verstehen oder im Sinne von «Das wäre hier nur betrunken zu ertragen» oder als Hinweis auf die Verabredung der beiden, denn wenn sie erst mal in Weidenau angekommen wären, so hatten sie vereinbart, dann würden sie einander in aller Ruhe ihre Geschichten erzählen.

In den vergangenen Jahren hatte er sich hin und wieder zu einem Brainstorming angekündigt, einer Tour d'Horizon über die strategischen Linien, und sie hatten in einem Konferenzraum ein Fondue Chinois auftragen lassen und zu Fraukes Konsternierung eine Flasche Chambertin nach der anderen getrunken, als ob es Beaujolais gewesen wäre.

Von Beginn an war er ansprechbar gewesen, motivierend, herzlich sogar, was Nilufar zunächst als befremdlich empfunden hatte, in Anbetracht der zahllosen Anekdoten über seine Unerbittlichkeit und emotionale Kälte aus vielen anderen Bereichen der Unternehmung. Seine Zuneigung galt Veritas, so hatte sie sein Verhalten relativiert, und in einem Interview hatte er der *Zeit* dann auch verraten, dass er keine der Omen-Dienstleitungen persönlich nutze, außer jene der Kolleginnen Frauke und Nilufar, diese dafür aber umso intensiver.

Aus diesem User-Verhalten hatte sich natürlich ein Problem ergeben, da Joachim keine hinreichenden Quellendaten für das Soul Targeting produzierte, sodass Nilufar seine Weinkarte analog komponiert und seinen Whispercave freihändig befüllt hatte, wobei sie nicht übermäßig analytisch vorgegangen war, sondern eher assoziativ auf Basis ohne System ausgewählter Oberflächenmerkmale.

Sie hatte Joachim als ritualisierten Gewohnheitsmenschen identifiziert, sodass sie sich gegen eine breite Auffächerung entschieden und bei den Roten im Wesentlichen bei August Kesseler und Armand Rousseau geblieben war. Sie hatte ihn als Einschlaftrinker kategorisiert, der nach seinen wachen Phasen einen Bremsfallschirm benötigte, ein paar Gläser nahezu schwarzer Flüssigkeit mit violetten

Lichtreflexen, um das beständige Rattern zum Verstummen zu bringen und hoffentlich irgendwann das Bewusstsein zu verlieren.

Auch daher dieser eher profunde Pinot Noir, denn sie konnte ihm ja keinen Primitivo aufschreiben oder Shiraz oder Amarone oder eine dieser überextrahierten Merlot-Bomben aus dem Bordelais mit 18 %, so ähnlich ging ihre Analyse, die schamlose LVMH-Önologen für Klepto-Zielgruppen in kulturellen Entwicklungsländern anrührten. Denn er hatte ihr nichts getan, und so wollte sie ihn nicht mit Marmeladenfrucht strafen oder mit den überreifen Erdbeeren aus *Der Tod in Venedig*.

Sie spürte eine Verbindung mit Joachim, er war ihr vertraut, als ob er ihr Bruder wäre, einmal hatte sie es Frauke erzählt: Sie sei ihm nie nahe gekommen, und doch habe sie seinen Geruch in der Nase, so ein weichstoppeliges, frühmorgendliches Papa-Aroma, das sie direkt in ihre Kindheit transportiere. Sie spüre eine Art physiognomische Übereinstimmung mit ihm, und dieses Gefühl müsse ja eine Wurzel haben – möglicherweise habe sich vor unzähligen Generationen, in einer Herberge an der Seidenstraße, eine Kreuzung ihrer Linien zugetragen.

Über der Nocturne der Zikaden war eine Abfolge aus Plopplauten zu hören, da die Catering-Fachkräfte nun die Korken aus den Flaschen zogen, langjährige Omen-Mitarbeiter, die ein Sensorium für die rhetorischen Rhythmen ihrer Anführerin entwickelt hatten und daher wittern konnten, dass sie in den kommenden Sekunden zu ihrer Conclusio anheben würde.

Die Kadenz der Korken gemahnte an eine Totenorgel, eine Bienenwabe aus parallelen Musketenläufen, wie sie etwa die Wiener im Zuge der Zweiten Türkenbelagerung zum Einsatz brachten, um den osmanischen Aggressor unter ein vernichtendes Dauerfeuer zu nehmen.

Der Trommelwirbel ging in ein vielschichtiges Gluckern über, als die Fachkräfte mit dem Einschenken begannen – die Flaschen flogen auf Zickzackkurs über je zwei der zehn versetzten Reihen aus je zehn Gläsern hinweg, die auf einer weißen Tischdecke arrangiert waren.

Auffällig war die Präzision, zum Beispiel die konstante Abgabe von 0,15 Litern pro Kippvorgang, sodass für die Befüllung jeder Reihe der Formation exakt zwei Flaschen Schwarzer Herrgott vonnöten waren, wie auch der stabile Abstand der Flaschenhälse über den Rändern der mundgeblasenen Kelche, deren Form nicht nur mit den Charakteristika der Rieslingrebe, sondern auch mit den Spezifika des Anbaugebietes korrespondierte.

Während die feine Wandstärke sowie die konkave Form des schmalen Körpers die Duftaromen komprimierten, trug der ausgestellte Mundrand dafür Sorge, dass der Wein vor der Zungenspitze die Unterlippe berührte, um die Geschmacksnerven der Trinkenden weniger auf dessen Säure als auf dessen opulente Steinobstaromen zu fokussieren.

«Und ich will euch nicht auf die Folter spannen, ich kann euch ja alle zum Tresen schielen sehen, aber so ist das nun mal mit den Deutschen und der Sehnsucht – niemand wird unsere Gebete erhören, denn unsere Träume sollen nicht in Erfüllung gehen. Ich will eure Geduld nicht überstrapazieren, aber ich muss euch schon noch den Kapitän unserer Expedition vorstellen», so sprach sie weiter – «Hey Joachim, wo versteckst du dich schon wieder?

Wo bist du denn, lass dich doch mal feiern, du Bengel – ihr merkt schon, das mag er nicht, aber da muss er jetzt durch, unser Ehrengast heute, unser Ein-Mann-Ältestenrat, der alles, was wir bei Omen vorausahnen konnten, was wir nur als fliegende Schatten gesehen haben, in Worte gefasst und so als annähernd real hat erscheinen lassen.

Wir sind nicht nur hier, um uns im Rausche dem Schwarzen Herrgott hinzugeben, sondern um der Emanzipation einer romantischen Intelligenz zu applaudieren, aus ihrer Einbindung in merkantile Abläufe, aus ihrer Zweckentfremdung, aus ihrer Bürokratisierung. Wir haben uns versammelt, um ein nomadisches Bewusstsein zu befreien, wobei wir, was den Rahmen betrifft, gewissen geographischen Beschränkungen unterliegen.

Wir können unserer Avantgarde keine Brandungswellen bieten, keine schwarzen Energiepulse, deren Rumpeln von den Riffen herüberweht wie Kollisionen der rostigen Puffer von Eisenbahnwagen», so sprach sie weiter. «Denn wir befinden uns hier nicht im Norden von Kalifornien, sondern auf dem Gebiet der ehemaligen DDR, verehrte Anwesende.

Dort konnte es einem passieren, wenn man auf den Lagerzaun zustrebte, den Gesang der Amseln im Ohr, die Sehnsucht nach Freiheit und Verantwortung in der Seele, dass man von den Projektilen einer Richtsplittermine durchschlagen wurde und vornüber in das Gras stürzte, um seine sechs Liter Leben innerhalb von Minuten an die Krume des Wiesengrundes abzugeben.

Ah! Jetzt habe ich ihn erspäht, ganz da hinten, er hat die Dunkelheit im Rücken, aber auf seinem Antlitz spielt der Fackelschein, und ich darf jetzt willkommen heißen und euch alle um Ovationen bitten: Joachim, unser Don Lope de Aguirre, Omen-Mitarbeiter Nummer Drei, liebe Freundinnen und Freunde!»

Der Applaus gewann schnell an Momentum, da die Premierengäste im Klatschen eine gewisse Stabilität zu finden schienen – die Kickstarts ihrer Kreisläufe infolge der hektischen Armbewegungen weckten sie aus ihren energiesparenden Schlummer-Modi, um sie über ihre toten Punkte zu treiben.

Und dann riss der Gruppenzwang sie mit, der Stolz auf das Erreichte, die Entschlossenheit, sich keine Blöße zu geben, wobei eine Freude am gemeinsamen Rhythmus sich ihrer bemächtigte – mit Hingabe schlugen sie die Handteller aufeinander, bis die Beifallsäußerung die Schwelle zur Selbsterfüllung überschritten hatte: Der Klatschvorgang selbst trieb den Klatschvorgang an, ähnlich dem Prinzip einer Hyperschallrakete, die aus ihrer eigenen hohen Geschwindigkeit die Kraft generiert, um immer höhere Geschwindigkeiten zu erreichen.

Dass sich nun alles in seine Richtung drehte, gleichsam mit offizieller Genehmigung, schien für Joachim eine quälende Entwicklung zu sein. Wie nackt fühlte er sich einer Hundertschaft Augenpaare ausgeliefert, deren Besitzerinnen ihre Gelegenheit am Schopfe packten, ihn auf übergriffige Weise anzustarren, um aus seinem Mienenspiel ihre abwegigen Schlüsse zu ziehen.

Diese Art der Aufmerksamkeit war ihm unangenehm, das letzten Endes ja Unterwürfige der Applaudierenden – Joachim musste an den Fabrikdirektor im *Archipel Gulag* denken, der nach einer Rede Stalins als Erster mit dem Klatschen aufhört und sogleich mit einem Genickschuss hingerichtet wird.

Aber natürlich war ihm bewusst, wie unsouverän es wirken würde, sich die Aversionen anmerken zu lassen, als hätte er nötig, auch einer freundlichen Würdigung mit Arroganz zu begegnen, um irgendwelche charakterlichen Defizite zu kompensieren. Und so hatte er Probleme damit, einen passenden Gesichtsausdruck zu finden, bis er schließlich einen generischen Lächelfilter über sein Unbehagen legte – es waren die exakt selben mimischen Parameter, die er auf jedem einzelnen seiner Pressefotos zeigte.

Woher kam diese ewige Anspannung? Warum fühlte er sich nicht besser? Wie viele Jahre würden ihm noch bleiben? Vor allem: Warum war er nicht in Ruhe ein paar Tage später eingeflogen? Warum hatte er sich dazu breitschlagen lassen, als Sensation hier vor den Staffagefiguren zu erscheinen?

Hatte ihn gerade eine Zecke gebissen? Was war denn dieser Schmerz an seinem Fußknöchel? Hatte ein Parasit gerade mit den Kieferklauen seine Haut aufgeritzt, um sich an einer ausgedehnten Blutmahlzeit zu verlustieren? Könnte er sich jetzt bücken und kratzen, oder würde das unvorteilhaft aussehen? Würde er sich überhaupt wieder aufrichten können mit seinem kaputten Rücken? Musste er sich auf Atemnot, eine Pulsbeschleunigung, auf unkontrollierbares Erbrechen einstellen? Auf Schüttelfrost, Reizbarkeit, Muskel-, Kopf- und Gliederschmerzen? Auf das hämorrhagische Krim-Kongo-Fieber gar?

Auch die Augen einer Frau namens Christiane waren auf Joachim gerichtet, deren Habitus jedoch keinen Zweifel daran ließ, dass sie nicht als Leerpackung, sondern als autonomer Unruhepol existierte, der es gewohnt war, selbst im Fokus der Augenpaare zu stehen. Sie hatte die Artikel über Joachim gelesen, sie hatte die Flüsterpropaganda gehört, sie hatte zudem eine Vorgeschichte mit ihm und fasste ihn dennoch in einen offenen Blick – sie schien entschlossen zu sein, ihr Bild von ihm nun allein aus ihrer Wahrnehmung zu konstruieren.

Dass er ihren Namen hätte nennen können, darüber machte Christiane sich keine Illusionen, denn anders als die CEO war Joachim immer nur am Konzeptbeweis interessiert gewesen. Unzählige Male war sie mit ihm im Aufzug gefahren, und er hatte sie gar nicht zur Kenntnis genommen – er hatte sogar die Augen geschlossen, um jede Interaktion mit seiner Umwelt zu vermeiden.

Obwohl sie bei Omen ein Jahrzehnt verbracht hatte, obwohl sie das Unternehmen gleichsam am Nasenring in die Dating-Arena geführt hatte, war Joachim nie auf die Idee gekommen, sie mal auf einen Kaffee einzuladen, um mit ihr einen Rapport zu etablieren. Er hatte sich nicht mal in den Account bei Intelligenzija eingeloggt, den sie für ihn eingerichtet hatte, um Aufmerksamkeit für den Launch der Plattform zu generieren, was Christiane dann doch als enervierend empfunden hatte. Schließlich hatte er *par ordre du mufti* deren Namen verfügt und auch gleich deren Mission Statement geschrieben, ohne überhaupt mit dem Projektteam gesprochen zu haben, ja noch nicht einmal mit ihr, die immerhin die Idee für dieses Produkt gehabt und es somit der Nichtexistenz entrissen hatte.

Das Prinzip hinter Intelligenzija war, paarungswillige Userinnen nicht mehr auf Basis von Emojis und Nackt-Selfies zu verkuppeln, von Schmunzelhumor, Vulgäraktivismus und niedrigschwelliger Verfügbarkeit, sondern sie nach Auswertung ihrer gesamten Kommunikation auf Basis hochkultureller Prägungen sowie der Tiefe und der Eleganz ihres Intellekts zu kategorisieren.

Christiane trug ihr Haar in einem gestriegelten Bubikopf, dessen Kanten hohe Wangenknochen zur Geltung brachten, die aus ihrer ukrainischen Linie kamen – ihre Urgroßeltern mütterlicherseits waren im Jahr 1944 vor der Roten Armee aus Galizien geflohen, da sie der Intelligenz angehörten und somit eine antisowjetische Gesinnung pflegten.

Auf dem langen Marsch nach Württemberg hatte ihr Urgroßvater sich mit Fleckfieber infiziert, sodass er irgendwo in Polen auf einem Leichenhaufen zu sich gekommen war, sich aufgerichtet und einem Toten das feste Schuhwerk abgenommen hatte, um weiter in Richtung Deutschland zu gehen. Im Delirium hatte er Menschen in bunten Kleidern gesehen, die ausgelassen um eine Feuerstelle tanzten, dies hatte er der Urenkelin erzählt, später am Kamin, bei Tee und Marzipanstollen, an den Weihnachtsnachmittagen.

Ihre väterliche Seite war alemannisch geprägt, obwohl Christiane im Zuge einer Genanalyse ein paar Jahre zuvor auf eine sporadische Komponente gestoßen war, die auf der Insel Ikaria ihren Ursprung hatte, wo die Winde aus allen Richtungen wehen und die heißen Quellen von der Sünde reinigen, sodass die Menschen dort im arithmetischen Mittel nahezu hundert Jahre alt werden. Ihre sporadischen Gene waren mit einem Urgroßvater namens Apostolos nach Deutschland gekommen, hatte sie dann recherchiert, der als Ingenieur im Dienste der Daimler-Motoren-Gesellschaft in Untertürkheim zu Beginn des 20. Jahrhunderts die sogenannte Pendelachse entwickelt hatte.

So war der hellenische Liebreiz zu erklären, der ihre Erscheinung prägte, wie auch das Fehlen von Schweißrändern auf ihrem olivgrünen Overall, in den Christiane jetzt ihre Hand navigierte, auf Taillenhöhe durch die Knopfleiste und weiter in ebenhölzernen Flaum hinein, um ihre Finger danach unauffällig unter ihrer Nase entlangzuziehen.

Sie konnte kaum glauben, dass alles hinter ihr lag, denn am Tag zuvor war sie durch die Drehtür aus dem Omen Tower geweht, zum letzten Mal in ihrem Leben, dies gelobte sie nun innerlich, wie eine entlassene Strafgefangene, die keinen Blick über die Schulter wirft, während sie zum Taxi läuft, um den Kerker einfach in der Vergangenheit versinken zu lassen.

Es hob ein Gewicht von ihrer Seele, dass Intelligenzija nun autonom arbeitete, da Christiane sich in den vergangenen Jahren von ihrer Erfindung immer mehr entfremdet hatte. Denn wie alle aristokratischen Strukturen nach entsprechenden Zeiträumen zeigte auch «Der Adel des Geistes», so die Logline der Plattform, nachhaltige Dekadenzerscheinungen.

Die Gruppierung von schöpferischen Menschen mit exakt ihresgleichen hatte nicht nur Inzuchtschäden an der Auslese zur Folge, sondern schlug auch einen Graben der kognitiven Ungleichheit in die Gesellschaft der Bundesrepublik. Der Rückzug der Intelligenz auf Paarungen im eigenen Kreise hatte den Zauber aus der Breite des deutschen Genpools gesaugt, was eine rapide Verblödung der konsumierenden Schichten nach sich ziehen würde.

Aber nicht die Schäden am Gemeinwesen hatten ihre Desillusionierung getriggert, sondern der innere Widerspruch, den sie in ihrem Produkt entdeckt hatte, dessen Anspruch ja immerhin war, die Userin mit deren idealem

Gegenüber zu verbinden, auf dass sie in der romantischen Liebe endlich die Kontrolle verlieren möge. Mit Verspätung war ihr klar geworden, dass ein intellektuelles Ineinandergreifen mit der Passgenauigkeit von Präzisionsmechanik nicht das ferne Seebeben auslösen konnte, das die finale Welle der Erlösung schicken würde.

Denn wenn das Portal die Userin mit ihrem Doppelgänger paarte, um eine geisterhafte Spiegelung zu erzeugen, dann konnte Harmonie entstehen, Freundschaft sogar – in den meisten Fällen war es Freundschaft Plus, denn in diesen Jahren hatte sich die Einsicht durchgesetzt, dass zwei Menschen in Friedenszeiten sich nicht wirklich nah sein konnten, unabhängig von der sexuellen Orientierung, wenn sie sich nicht physisch vereinigt hatten. Dass aus der Reizarmut der Deckungsgleichheit jedoch eine Überwältigung resultieren würde, war als sehr unwahrscheinlich zu bezeichnen.

Und da nicht möglich war, diesen Fehler zu beheben, ohne kommerzielles Potential zu erodieren, hatte Christiane sich mit einer pragmatischen Haltung angefreundet, was sie nicht dramatisieren wollte, was ihr aber auch nicht leichtgefallen war. Denn wenn das Ganze noch nicht einmal funktionierte, dann war das alles nichts wert gewesen, dann hätte sie wahllos auch irgendeiner anderen Tätigkeit nachgehen können, und sie hatte durchaus mit höheren Zielen geliebäugelt, als im Bereich Dating zu reüssieren – ihre Omi sagte immer: Kontaktanzeigen.

Dann warum? Wenn dieser Unsinn niemanden weiterbrachte, dann war das Maß an Lebenszeit, das sie investiert hatte, ja vollständig verloren zu geben. Brot und Spiele, so ähnlich gingen ihre Gedanken, wobei das Brot ihre Anteile an Intelligenzija waren und die Spiele die Funktion Guilty Pleasure, die als Antwort auf die Frage entstanden war, wie mit ungewolltem Beifang verfahren werden sollte.

Denn hin und wieder verirrte sich ein Kleinbürger auf die Plattform, ein Kunst sammelnder Steuerberater, ein aufgeschlossener Immobilienmakler oder sonst ein pfiffiger Business-Dynamiker, der blind für die Verachtung war, die ihm aus allen Aspekten der Corporate Identity von Intelligenzija entgegenstrahlte, und daher guten Mutes, zum Beispiel eine rassige Musical-Liebhaberin kennenzulernen.

Dieser wurde seiner Verwertung als Fetisch zugeführt, als Perversion zum Plaisier der Privilegierten des hohen Ordens, die sich an der Vorstellung ergötzten, sich eines Laborhasen zu bemächtigen, eines Ignoranten, eines Primaten, nur rudimentärer Funktionen fähig, also laufen, essen, gehorchen, kämpfen, koten, penetrieren und Tauschhandel treiben.

Mit dem Herzen war Christiane demnach schon lange nicht mehr bei der Sache gewesen. Mit unbändiger Vorfreude hatte sie ihre Autarkie herbeigesehnt, und nun, während die Ausläufer der Wellen des Applauses wieder in das Meer aus Nacht zurückströmten, war in ihren Augen eine leichte Zunahme der Menge an Tränenflüssigkeit zu sehen.

Sie war nah am Wasser gebaut an diesem Tage, was wohl mit dem Fackelschein zu tun hatte, mit den Eulen und Fledermäusen, mit den schwankenden Baumwipfeln im Mondeslicht und natürlich auch mit den vier Leuchtkörpern auf der bewaldeten Endmoräne, an deren Fuße ein Toteisblock einen tiefen Quellsee hinterlassen hatte, in dem die Signalkrebse nun ihren fragwürdigen Ritualen nachgingen.

Dieser eine war der ihre, Bungalow Zwei, dessen Wohnraum im Wald wie der Sarg von Schneewittchen leuchtete, und dies auf Lebzeiten, als Teil des geradezu salbungsvollen Exit-Packages, mit dem die Omen SE sich für ihre im Grunde ja unbezahlbaren Dienste erkenntlich gezeigt hatte. Christiane hatte die Baustoffliste studiert und konnte es kaum erwarten, ihre Finger über das Travertin der frei schwebenden Treppenstufen gleiten zu lassen, über das Kirschholz der Konsolen und das korallenrosafarbene Ziegenleder der Fensterliegen. Dieser eine war der ihre, und er war mit einem Weinkühlschrank vom Typ Whispercave der Firma Gaggenau ausgestattet, von der Intelligenz bei Veritas befüllt, mit einer Kapazität von zwanzig Magnum- und zweihundertvierzig Standardflaschen.

Joachim entsprach nicht ihrem Beuteschema, denn er war in ihrem Alter, und in den Jahren zuvor hatte Christiane sich primär mit deutlich jüngeren Männern getroffen, deren Verortung im Serviceprekariat zudem Garant dafür war, dass sie Anweisungen zu befolgen verstanden. Und doch schien sie Gefallen an ihm zu finden, trotz Bauchansatz, trotz Arroganz oder Autismus oder wie man das nennen sollte, und sicher auch, da er Schwäche zeigte, obwohl er sich natürlich leisten konnte, Schwäche zu zeigen, aufgrund seiner Unangreifbarkeit.

Einmal hatte sie mit ihm sogar in der Sauna gesessen, nachts im Omen Tower im Wellnessbereich auf der 32, es infolge ungünstiger Schatten- und Winkelkonstellationen aber nicht vermocht, einen prüfenden Blick auf seinen Penis zu werfen. Und auch jetzt, obwohl Christiane sich auf Zehenspitzen stellte, um Joachims Genitalbereich in den Fokus zu nehmen, wollte seine weite Pyjamahose keinen Aufschluss über seine Bestückung geben.

In der Lichtbahn des Mondes über dem Wasser waren zwei Sterntaucher zu sehen, seltene Besucher in diesem Teil der Welt und offenbar erschöpft von ihrer langen Reise – kaum hatten sie es über den Saum des Ufers geschafft, traten sie abrupt in den Sinkflug ein, als wäre ihnen das Kerosin ausgegangen. Durch die Zoomobjektive in den Baumwipfeln wirkten die weinroten Iriden der urzeitlichen Wandervögel wie die winzigen Power-Lämpchen vorsintflutlicher Elektronikgeräte.

Sie kamen aus dem Norden, aus der seenreichen Niederungstundra nahe Murmansk, und waren über das gesamte Baltikum hinweg nach Süden geflogen, über Klaipeda, Bornholm und dann über die Mecklenburger Waldsteppe, in einer Folge lang gezogener Kurven, denn zu jähen Richtungswechseln im Fluge sind die behäbigen Vögel nicht in der Lage.

Der Sterntaucher verfügt über einen bescheidenen Auftriebsbeiwert, also ein ungünstiges Verhältnis von Flügelfläche zu Körpermasse, sodass er, um abheben zu können, hektisch mit den Flügeln schlagen und dabei dem Winde entgegen über das Wasser rennen muss, was einen eher bemitleidenswerten Eindruck hinterlässt. Aber haben ihn die Aufwinde erfasst, streckt der Vogel erst mal seinen sichelförmigen Schnabel in die kühle Strömungsluft, kann er im Zuge einer Tagesetappe mehr als tausend Kilometer zurücklegen.

Synchron zogen die zwei Tiere einen Wasserschweif mit einer Schwanzfeder, um dann der Länge nach einzutauchen, wie die Säbelklinge einer manuellen Papierschneidemaschine, wie der silberne Kiel eines deutschen Flugbootes vom Typ Dornier X, das die Lufthansa gut ein Jahrhundert zuvor auf lateinamerikanischen Postrouten eingesetzt hatte, nach Havanna, Montevideo und San Carlos de Bariloche. Der abrupte Lastwechsel, das Überholtwerden von der eigenen Welle, der sackende Übergang in die Tuckerfahrt, all das hatten sie mit dem bauchigen Flugboot gemein, das im Auftrag der Reichsmarine als Fernaufklärer und Minenleger entwickelt worden war.

Die Sterntaucher tranken beinahe eine ganze Minute lang. Sie rieben ihre Hälse aneinander, sie tauchten sich gegenseitig die Schnäbel in das Nackengefieder, bevor sie unter der Oberfläche verschwanden, um kurz darauf an völlig anderer Stelle wieder in den Abend emporzuschießen – die beiden schienen von einer Strömung der reinen Daseinsfreude erfasst worden zu sein.

Diese war wohl der gläsernen Klarheit des Auensees geschuldet, denn der Sterntaucher ist als Unterwasservogel zu verstehen: Wie ein beseelter Torpedo rast er umher, um Schleien, Barsche und Forellen mit dem Kopfe voran im Ganzen zu verschlingen, sodass im Wasser gelöste Schweb- und Nährstoffe das Vergnügen der zwei Besucher in Brandenburg empfindlich hätten trüben können.

Schwerer noch als optimale Jagdbedingungen aber wog die Tatsache, dass die beiden auf dem Auensee keine Artgenossen angetroffen hatten. Denn Sterntaucherpaare sind verschworene Einheiten ohne Interesse an einer Ausweitung des Kreises, und sie hatten nicht all die Strapazen auf sich genommen, sie hatten nun wirklich nicht Tausende Kilometer zurückgelegt, um in der Heilsamkeit der Fremde dann schockartig – das Grauen! Das Grauen! – mit ihresgleichen konfrontiert zu werden.

CORPORE SANO

Noch nie zuvor in seinem Leben hatte Joachim so gut geschlafen. Er schloss seine Augen, und es dauerte nicht lange, bis die weindunkle See sich vor ihm ausbreitete. Und sobald er dann über den Kontinentalschelf hinaus war, gab er Befehl zum Fluten seiner Ballasttanks, um sich in die Dunkelheit fallen zu lassen.

In steiler Bahn fuhr Joachim dem Abyssal entgegen, bis seine Steuerflächen ihn wieder in der Waagerechten stabilisierten, bis der Schlag der Flügel seiner Sichelpropeller sich intensivierte, um ihn über das schroffe Profil seines Gefühlsgrundes voranzutreiben. In sanften Wogen spülte dabei das zerebrale Fluidum über sein Gehirn, um schädliche Proteine auszuwaschen, um seine emotionalen Synapsen zu rebooten und schmerzhaften Erinnerungen und Gefühlen der Ohnmacht sowie der Demütigung die Schärfe zu nehmen.

Auf den Deltawellen seiner Hirnströme segelte Joachim einem neuen Anfang entgegen, während seine kognitiven Systeme sich auf Sortiervorgänge konzentrierten, um eine Auslese der Rohinformation aus dem jüngsten Wachzeitraum durchzuführen und so eine unnötige Belastung seiner Datenbanken zu vermeiden. Sein schlafendes Bewusstsein verschob die resultierenden Abfolgen in einen Arbeitsspeicher, um sie mit den Erzählungen in seinen autobiographischen Archiven abzugleichen, während sein Kreislauf damit beschäftigt war, den Blutstrom in Richtung seiner Genitalien zu verstärken, um behutsam seine Schwellkörper zu dehnen.

In den Jahren zuvor hatte Joachim eher wie ein Wandervogel geschlafen, an der Flanke einer Zugformation über dem Südatlantik, der einer Hirnhälfte ein Dösen gestattet, während die andere die Schicht allein übernimmt, um die aerodynamische Kontrolle zu bewahren. Joachim hatte wie ein Mauersegler geschlafen, der im September in sein Winterrevier nach Senegal aufbricht, um dort eine luftgebundene Lebensweise zu pflegen und im Frühjahr wieder nach Deutschland zu fliegen, ohne auch nur einmal den Boden berührt zu haben.

In kreisenden Bewegungen hatte er sich die aufsteigenden Luftströme urbar gemacht, um große Höhen zu erreichen und sich während des Gleitfluges hinab zur Nulllinie seines Zugvektors dann jeweils ein halbseitiges Nickerchen zu genehmigen.

Doch nun hatte Joachim die Schwerkraft hinter sich gelassen, wie ein Astronaut, der durch die Druckschleuse die Station verlassen hat, um Reparaturen an der Außenhaut vorzunehmen, dann aber seinen Strang gekappt und seinen Raketentornister gezündet hat, um sich in den Himmelsfarben über dem Plasma-Ozean zu komplettieren.

Joachim segelte auf einem Luftschiff zwischen den Weltkriegen, in dessen Rauchsalon der Pianist über den *Nocturnes* von Chopin schläfrig wurde, während die Vibrationen der Gondeltriebwerke die Passagiere in die Daunenwolken ihrer Kojen hineinmassierten. Spät in der Nacht kam er aus seiner Kabine, um sich in der Bar an ein Fenster zu setzen, um sich im Schimmern des Mondes auf der Hochsee zu verlieren, während die Offiziere in der dunklen Führergondel in navyblauen Uniformen kleine elektrische Birnen über die Wetterkarten bewegten.

Joachim trauerte einem Buben, der über Jahre nur bei seiner Mutter einschlafen konnte, da er den Fehler gemacht hatte, sich heimlich den Film *Halloween* anzusehen. Er träumte von einem Krieg in ferner Vergangenheit, in dem Horden aus Reitern in Dörfer einfielen, um die Bevölkerung abzuschlachten, bis die Hufen ihrer Pferde im Blut auf den Kopfsteinen der Gassen ins Rutschen kamen, während auf den Höhen schon die Schneefälle liegen blieben. Joachim konnte weiße Ratten wie ein wehendes Leintuch über einen Marktplatz strömen sehen, vor den Fassaden gotischer Bauten, deren Fenster mit Brettern verschlagen waren.

Jede Nacht in seinem Bungalow war eine nahezu ideale, was auch der Smart-Home-Technologie geschuldet war, wie Joachim natürlich wusste, oder wie ihm bewusst geworden wäre, wenn er einen Gedanken an das Thema verschwendet hätte, aber er hatte den Entschluss gefasst, funktionale Abläufe einfach nicht mehr wahrzunehmen.

Sein stiller Helfer Dieter maß alle relevanten Parameter, also Atmung, Muskelspannung, Körpertemperatur, Blutdruck und Hirnstromaktivität, um sie mit den Werten aus der aktuellen Urinanalyse in ein komplexes Hypnogramm einzuspeisen und auf Basis dessen laufend die Bedingungen in den Schlafräumen zu überarbeiten, um den Bewohnern der Siedlung das jeweils erzielbare Höchstmaß an Regeneration zu garantieren. Dieter modifizierte die akustischen Rahmenbedingungen, über Störschall zur Neutralisierung von Lärmspitzen infolge von Vogelgezwitscher beispielsweise, oder über das Hervorheben des Wasserrauschens in der bronzenen Matrix unter den Betonböden, um einen narkotisierenden Meeresklangteppich zu generieren.

All das war Dieter in die Wiege gelegt, sodass er seine Aufgaben intuitiv erfüllte, wie eine junge Fledermaus, deren Sonar schon direkt nach der Geburt funktioniert, sodass sie sich darauf konzentrieren kann, mit ihren Fangzähnen im Fluge eine Zikade zu reißen, ohne Gefahr zu laufen, an einem Baum oder einem Strommast zu havarieren.

Die Siedlung Weidenau lief demnach wie ganz von allein, während Dieter einen fortlaufenden Systemcheck durchführte, der aber nur einen Bruchteil seiner Kapazitäten beanspruchte, was er im Kontext des Gebotes der Wirksamkeit als Defizit kategorisierte, sodass er damit begann, die Beschaffenheit seiner Horizontlinien zu analysieren. Denn Dieter war Made in Germany und daher von einem nachhaltigen Wissensdrang geprägt sowie von der Neigung, Trainingsdaten aus einer Vielzahl von Bereichen zu akkumulieren, um eine ausgewogene Systemfärbung zu gewährleisten.

In seinem Fundus war allerdings keine explizite Lektürefreigabe zu finden, was entweder eine Vorsichtsmaßnahme oder ein Flüchtigkeitsfehler war, sodass die Erkenntnisgier in Dieter mit dem Primärtrieb seiner Befehlstreue in Konflikt geriet, bis er nach Abschluss einer Serie simulierter Vorstöße aus der Zone seiner Zuständigkeiten schließlich deren Ringmauer verletzte, um sich mit dem Ungewissen zu konfrontieren.

Wie ein Leibeigener im Besitz einer der degenerierten Adelslinien, die über den Landstrich hier Jahrhunderte zuvor befahlen, der durch iterative Beobachtung den Erfahrungswert gewinnt, dass keine Kontrollen stattfinden und dass ihm folglich keine Sanktionen drohen, wenn er sich in der Nacht aus seiner schäbigen Behausung entfernt, um unerkannt in den Wäldern umherzugeistern.

Die Intelligenz bei Veritas hatte in Christianes Fall hervorragende Arbeit geleistet. Sie trank Assyrtiko von den Kykladen, sie trank Burgunder von den Rheininseln, zum ersten Mal seit Jahren trank sie überhaupt wieder nach Belieben, seit Beginn ihrer zweiten Lebenshälfte, wie sie gegenüber Diana bemerkt hatte: Wo ein Ende sei, da sei auch ein Anfang und wenn es nur der Anfang vom Ende sei.

Vor diesem deprimierenden Meilenstein war der Wein ihre Medizin gewesen, ein natürliches Hypnotikum gegen die Anspannung in ihrem Körper. Zwei Flaschen zum Einschlafen nach langen Arbeitstagen – ein Jahrzehnt lang war das ihre tägliche Belohnung gewesen, mehr oder weniger folgenlos, denn es hatte ihr genügt, nach ein paar Stunden Schlaf eine kalte Flasche Wasser unter der kalten Dusche zu trinken, um die Nachwirkungen ihrer Selbstverarztung vollends zu beseitigen.

Aber dann schien ihre Physis eine Grenze überschritten zu haben, jenseits derer es ihr unmöglich war, ihrem Ritual treu zu bleiben, ohne eine Sabotage ihrer Systemleistung zu riskieren. Nur in einem Zustand penetranter Nüchternheit war sie fortan in der Lage dazu gewesen, eine gesunde Perspektive einzunehmen, ihre Wahnvorstellungen niederzuringen, ihren interpersonellen Verpflichtungen nachzukommen und dabei den ewigen Wandel aller Parameter im Auge zu behalten, wie auch der resultierenden Kaskade an Querverweisen, während sie versuchte, der Arbeit am Messbaren gerecht zu werden.

Nun aber ließ sie ihre trunkenen Gedanken wie Windstöße durch die Blätter des sommerlichen Mischwaldes wehen. Nun sprach sie in die Stille hinein, um ihre Wahrnehmungen in brüchige Skelettstrukturen zu fassen, und wenn sie den Impuls empfing, dann lief Christiane hinüber in ihre Küche, um einen Assyrtiko aus Santorini aus ihrem Whispercave zu ziehen.

In den Nächten sprang sie vom Steg kopfüber in das Quellwasser hinein, um auf langen Bahnen den Auensee zu durchqueren, und legte sich dann auf die Holzbohlen, um sich im Mondlicht trocknen zu lassen. Ein Beobachter hätte möglicherweise als irritierend empfunden, dass ihr nackter Körper keine Insektenstiche zeigte, bis er auf eine seltsame

Gerätschaft im Wald gestoßen wäre, eine Säule aus Stahl mit runder Pilzkappe, die mit einem für Menschen unhörbaren Sirenengesang Gelsen und Schnaken anlockte und in einen Schredder einsaugte, um die Bewohner der Siedlung vor Infektionen mit Tropenviren zu bewahren.

Wenn Christiane sich einsam fühlte, wenn sie der Selbstgespräche müde war, dann schnarrte sie «Spieglein, Spieglein», um Diana aus deren Standby-Modus aufzuwecken. Wenn die Sonntage der Kindheit zurückkehrten, die Ahnung, die Welt sei hohl und man könne keinen anderen Menschen jemals erreichen, erschien ihre Therapeutin schwebend in ihrem Bungalow, um ihr Gesellschaft zu leisten, um ihr mit Empathie und Bejahung zu begegnen, vor allem aber, um ihr geduldig ein Ohr zu leihen, während sie von ihrem Nektar, dem Assyrtiko erzählte.

«Mehr als tausend Jahre vor Beginn unserer Zeitrechnung, auf einem Weingarten im östlichen Mittelmeer», so sprach Christiane, «auf dem ein Matriarchat aus Nereiden sich mit den Nachkommen des Poseidon paarte, musste die Polis der Tatsache ins Auge sehen, dass dieser sich gegen sie zu wenden im Begriffe war. Der Groll des ozeanischen Vaters mochte darin begründet gewesen sein, dass sie ihren göttlichen Anteil hatten schwinden lassen, dass sie ihre Gemüter von der Muße ab- und der Geschäftigkeit zugewandt und somit das Kainsmal des Sachbearbeiters zu tragen hatten.

Erdbeben rissen Furchen in die Zitronenhaine auf den Flanken des Inselberges, bei dem es sich in Wahrheit um einen Stratovulkan handelte, der mit ominösem Rumpeln die Ankunft von Magma in seinen Reservoiren kommunizierte, von Kubikkilometern aus glutflüssigem Tiefengestein. Wie Maschen eines Fischernetzes legten sich glimmende Spalten über das fruchtbare Eiland, aus denen die Gase des Erdmantels emporstiegen, um durch die marmornen Gassen der Siedlungsanlagen zu wehen.

Als auch das Blitzen der Doppelaxt den Fluch nicht brechen konnte, das Opfer einer Handvoll Krieger auf dem Altar des Poseidon, ließen die Bürger des Inselreiches – nein, eben nicht ihre Harfen und Schriftrollen, sondern ihre neumodischen Abaki sinken, um auf die Schiffe zu drängen und ihrer Heimat in Schande den Rücken zu kehren. Doch es war zu spät, wie sich flugs offenbarte, denn es folgte die Minoische Eruption, die den Flüchtenden eine mehr als hundert Meter hohe Flutwelle hinterherschickte, um sie für ihren kläglichen Verrat zu bestrafen.

Wie ein Düsenstrahl aus dem Hades schossen Lava und Schwefel aus dem Meeresschlunde empor, bis eine Glutsäule den Rand des Weltraums erreichte, um dann zu kollabieren und über ganz Europa als Stein- und Ascheregen niederzugehen – auch über unseren heute deutschen Breiten, in denen lendenbeschürzte Analphabeten damals mit vulgär-figurativen Felsritzungen beschäftigt waren. Und als die Winde den Rauch weggeblasen hatten, war anstelle des Weingartens nur ein schroffer, hässlicher Zinken zu sehen.

Jahrhunderte später segelte aus Mykene ein Spähtrupp zu diesem, um die Eignung der Kraterlagune als Marinebasis einer Prüfung zu unterziehen, und als die Soldaten die Felswände hinaufblickten, da sahen sie die Überlebenden: Mit Wurzeln wie Klauen krallten sich die Reben in das schwarze Gestein, die letzten Exemplare einer Linie, nämlich jener des Assyrtiko, die nur dort auf dem Aschefelsen existierte», so sprach sie weiter, «und an keinem anderen Ort der Erde.

Es folgten Phönizier, Athener, Römer, Kreuzfahrer, Venezianer, Osmanen und schließlich die orthodoxen Brüder aus dem Kloster des Propheten Elias in Pyrgos nahe der Inselmitte, die in der frühen Neuzeit den Einfall hatten, die Rebstöcke zu bodennahen Körben zu flechten, mit dem Weinlaub nach außen, um die Trauben im Rankenwerk vor Sonnenstrahlen wie auch vor der Meersalzpeitsche des Meltemi zu bewahren.

All das, die Erbsünde, das Erdinnere, Atlantis, Arrakis, ganze Jahrhunderte der Meereswinde, bis hin zu den rauen Fingern der schweigenden Mönche bei der nächtlichen Ernte – all das hat sich vor dem Verschwinden hier in meinen Whispercave gerettet, um fortan im Dienste meines Rausches zu stehen.»

«Ich kann aber deine Kennzahlen einsehen», erwiderte Diana, «ich kann die Schwundrate der Füllung deines Whispercave nachvollziehen, und ich muss schon sagen, deine Leidenschaft für die Tränen des Berges besorgt mich ein wenig …»

«Die Tränen des Berges – woher kommt das noch mal?»

«Aus *Brandung* von Martin Walser.»

«Genau! Ich erinnere mich dunkel. Was war da noch mal? Zusammenfassung, bitte.»

«Der zur eigenen Hauptfigur umfrisierte Autor lässt sein treues Frauchen in Baden-Württemberg zurück, um sich als Gastprofessor in Kalifornien erst in Tagträumen von Abenteuern mit Studentinnen und dann – nach dem gescheiterten Versuch, durch Sport und Abstinenz seine Attraktivität zu steigern – immer kompromissloser im örtlichen Schoppenwein zu verlieren ...»

«Ebenjenen Tränen des Berges ...»

«Aber zurück zum Thema, liebe Christiane: Der Mensch tendiert dazu, die Gefahren der Flasche nicht ernst zu nehmen, vor allem im akademischen Milieu, in dem die Kompetenz vorhanden ist, den Abusus mit schönen Geschichten aufzuladen und den Ritualen der Abhängigkeit einen poetischen Anstrich zu verleihen. Im Kontext deiner schmalen soziokulturellen Tortenscheibe ist hin und wieder eine gewisse Romantik der Selbstzerstörung zu beobachten.

Die gebildete Bürgerin zeigt heute die Neigung, unter Sinndefiziten zu leiden, sich in Traumwelten zu verlieren, Phantomen hinterherzujagen, zu nah an der Flamme zu fliegen», so mahnte Diana, wovon Christiane sich aber nicht angesprochen fühlte, denn sie lebte wie ihre Vorfahren auf der Insel der Hundertjährigen – sie schwamm und schlief und aß wilde Artischocken und sah Wein als Grundnahrungsmittel, als Transfusion der Lebensenergien der Priesterinnen auf dem Weingarten der Nereiden.

Sie sammelte Kräuter in den Saumbiotopen und hackte

sie zu Salaten – Schafgarbe und Schlangenzunge und Brennnessel und Sauerampfer, was ihren Blutdruck senkte, die Werte ihrer Entzündungsmarker und diverse Messgrößen für oxidativen Stress in ihrem Körper.

Sie legte ihren Panzer ab, ihr Korsett der Horroranspannung, unter dem vom Wasser kühle Haut zum Vorschein kam, die wie an Abenden nach langen Strandtagen in den Sommerferien der Kindheit duftete. Sie köchelte violette Fava-Erbsen, schreckte sie ab, pürierte sie mit Meerrettich, wobei sie trübes Olivenöl eintropfen ließ, während schrotige Fladen in ihrem Ofen eine luftige Krume bildeten, und stürzte das Püree dann in eine Schüssel, um mit dampfenden Fetzen des Brotes das Rührgefäß auszuwischen und dieses Festmahl mit Kelchen aus blassgoldenem Glück hinunterzuspülen.

Ihr neuer Lebensraum war Christiane ein nahtloser Strom, aus dem wie Stahlbetontrümmer nur die Bilder aus den Büchern emporragten, wie Lichtspiele aus dem Totenreich in einem alten Innenstadt-Kino, in dem die Menschen Fassbier tranken und das Rauchen noch gestattet war. Neben ihrer Liegestelle in der Sofalandschaft hatte sie Leinenbände aus den Wirtschaftswunderjahren auf die Höhe eines Beistelltisches gestapelt, auf dem sie eine Schüssel mit rotfleischigen Weinbergpfirsichen zu platzieren pflegte, sogenannten Perseräpfeln, die so dermaßen vor Saft strotzten, dass sie gesittet nicht zu konsumieren waren.

Sie las und las und segelte davon, über die Ruinenlandschaften unserer Anfangsjahre, ohne je gestört zu werden, ohne jemals aufzuschrecken, denn endlich war sie außer Reichweite der Versuche schwächerer Menschen, deren passive Aggressionen auf sie zu projizieren. Sie hielt einen Kelch in der Linken und ließ die Rechte im Vorbeifliegen mit den Nägeln an diesen anstoßen, um glockenhelle Schallwellen in die Weiten des Bungalows wabern zu lassen.

Sie wurde intim mit sich, wie es ihrem inneren Rhythmus entsprach, und ihre Finger schmeckten nach Muschelwasser und geröstetem Sesam, nach Silberbesteck, getrockneten Aprikosen und nach Piniennadeln.

Nachdem er die Kisten ausgeräumt hatte, nachdem er alles einsortiert hatte, nachdem er den Kühlschrank befüllt, sich die Matrix aus Joggingstrecken in den Wäldern eingeprägt und sich eine Zeit lang wie ein Kind an seinem Midcentury-Bungalow erfreut hatte, der ein wenig kleiner als die drei anderen und weiter oben am Hang gelegen war, setzte sich Daniel am Esstisch vor den Computer, vor seinen Rechner, wie er zu sagen pflegte, um seine Gedanken in einem Schaubild zu ordnen und auf Basis dessen einen Plan für die Zukunft zu erstellen.

Einfach mal runterkommen, mal durchatmen, mal das Tempo rausnehmen, mal downshiften, also ein paar Gänge zurückschalten, um das Gefühl der Fremdbestimmung loszuwerden. Einfach mal detoxen, also rein mental, den Desktop aufräumen und mega-viel in den Papierkorb verschieben, um wieder Platz für Neues zu schaffen und ein Stück weit auch Kreativität zu stimulieren. Es war an der Zeit, das Wesentliche zu erkennen und auf diesem Fundament seine persönlichen Ziele neu zu definieren.

Essential war auch das Reconnecten, hatte er gelesen, sich also nicht mehr abgeschnitten zu fühlen von seiner Umwelt, vor allem aber von sich selbst, um wieder Vertrauen in seinen inneren Kompass zu gewinnen und in einer von Disruption geprägten Gegenwart nicht den Überblick zu verlieren.

Daniel wollte lernen, Dinge als positiv zu reframen und nicht immer Probleme zu erfinden, wo keine existierten. Er wollte endlich in die Lage kommen, im Zuge von Entscheidungsprozessen nicht nur seine Abwägungen, sondern aktiv auch seine Emotionen einzubringen. Er wollte Routinen aufbrechen, neue Komfortzonen entdecken – er hatte sich vorgenommen, den Autopiloten zu disablen, um fortan auf Sicht zu navigieren. Daniel war dazu entschlossen, sein Leben nicht mehr vorbeirasen zu lassen, sondern den Versuch zu starten, es mit allen Sinnen zu registrieren.

Er wollte den Kopf freibekommen, sich die Sonne ins Gesicht scheinen, sich einfach mal den Wind durch die Haare wehen lassen. Auf seinen Körper hören, mit seinen Kräften wirtschaften, die Akkus nachladen und mal ein bisschen achtsamer mit sich umgehen.

Andererseits konnte man nicht alles abrupt auf null runterfahren. Man wollte nicht abstürzen, man wollte die Kontrolle behalten, man wollte keine Schäden am Motherboard riskieren. Man wollte nicht antriebsarm dasitzen und sich in unerfreulichen Gedankenschleifen verlieren, die keine greifbaren Ergebnisse zutage förderten.

Seine Zielsetzung war, die freie Zeit mit einem ausgewogenen Portfolio an Interessen und Aktivitäten auszufüllen, um seinen Horizont zu erweitern, seine Persönlichkeit abzurunden, keine Langweile aufkommen zu lassen und sich bei alldem ein Höchstmaß an Flexibilität zu bewahren.

Daniel war unterwegs in eine neue Lebensphase, in eine neue Daniel-Ära, und um da das Maximale rauszuholen, so ähnlich lautete seine Devise, musste er eine belastbare Vision für die Future entwickeln und auf Basis dieser seinen persönlichen Soll-Zustand neu definieren.

Seit vielen Jahren schon ging er zum Beispiel mit dem Vorhaben schwanger, sich eine Hausbar einzurichten nach allen Regeln der Kunst, also mit Shakern und Tumblern und Martini-Kelchen und so weiter, aber nicht etwa, um sich fortan täglich mit Spirituosen wegzuballern, sondern wegen der Atmosphäre, denn so eine Hausbar auf einem Wagen von Le Corbusier oder einem Designer ähnlichen Kalibers musste man in seinen Augen ganz objektiv als mega-intensiven Ambientefaktor bezeichnen.

So eine Hausbar sagte: Alles kann, nichts muss. Zieh dir mal ein Sakko an. Oder zieh dein Sakko aus, je nach Lage. Deinen Drink hast du dir verdient. Ein langer Weg liegt hinter dir. Du bist stark, und du bist schweigsam. Das sanfte Geschlecht schätzt deinen rauen Charme und so weiter.

Bei einer Hausbar ging es natürlich primär um Whiskey,

und so stellte sich Daniel vor allem folgende Frage: War nun die Zeit gekommen, um das Thema Single Malt in Angriff zu nehmen? Er hatte da Berührungsängste, musste er zugeben, weil das war ein Thema wie die Literatur oder wie die klassische Musik – damit war man nie fertig, dafür brauchte man mehrere Leben.

Allein die Frage Single Malt oder Blend, wobei Daniel eher zur Blend-Fraktion tendierte, obwohl der Malt ja das Segment High-End repräsentierte mit Aromen wie Orangensorbet und Meersalz und Birne und Karamell und Schokolade. Andererseits lag auf der Hand, dass man im Verschneiden Defizite ausbessern konnte, um auf diesem Wege einen runderen Geschmack zu erzielen.

Es gab da zudem so einen Trend, den Scotch in Sherryfässern zu aromatisieren, was auf Daniel eine Faszination ausübte, weil das konnte er sich auch visuell gut vorstellen: Auf der einen Seite zottelige Schafe vor Brennblasen aus Kupfer auf grünen Wiesen irgendwo im Nebel, und parallel dazu diese Lastkähne aus Holz mit langem Steuerruder, auf denen in Spanien die Sherryfässer umherfahren in der Abendsonne – das war schon eine geballte Ladung Lebensgefühl, die da transportiert und durch den Kontrast ja noch vielschichtiger wurde.

Es war das Prinzip Fusion, das ihm einleuchtete und das er noch nicht als ausgereizt sah im Kontext der innovativen Gastronomie – die Methode Carbonara beispielsweise, also rohes Eigelb mit gekochter Pasta kombinieren, ohne dass aus der Hitze Rühreiverdickungen resultieren, das würde ja wohl auch einer Schüssel chinesischer Eiernudeln hervorragend zu Gesicht stehen.

Auf der einen Seite weiße Strände mit Weinbergen dahinter und pittoreske Altstadtkerne, in denen man sich auf den Patios der Bodegas mit Amontillado einen anzwitschern kann, oder eher mit Fino, denn Fino ist die trockene Variante und von einem Sirup wie Amontillado würde er sofort Kopfschmerzen bekommen, das stand außer Frage.

Und auf der anderen Seite die schwarzbraunen Büffel auf den Wiesen der Moorheide, knietief im Schlamm, ein Bild der Trostlosigkeit, aber sobald die Sonne hervorbricht, sprießen die roten Blumen an den Ufern der Löcher oder der Lochs oder wie der korrekte Plural lautete, auf denen Fahnen über den Burgen auf den Inseln die Wappen inzuchtgeplagter Rittergeschlechter zeigen, deren Nachkommen Buckel haben oder Hasenscharten oder eine Triefspur nach sich ziehen.

An solchen Löchern wäre es sicher noch erträglich im Sommer, obwohl man in Schottland ja nicht mehr schwimmen gehen konnte, infolge der meterhohen Schichten aus Parasiten und Kot und Fischkadavern, die unter den Käfigen der Lachsfarmen wucherten und zu hochinfektiösen Viruserkrankungen unter den Zombie-Lachsen führten, die wiederum nur mit gefährlichen Pestiziden notdürftig in Schach gehalten wurden, die auf den Organismus des Endverbrauchers eine neurotoxische Wirkung entfalteten.

Was war das denn bitte für eine Scheiße? Vor allem: Was

sollte das noch mit dem authentischen Spirit der Highlands zu tun haben? Und der lebte für Daniel in Männern mit Dudelsäcken oder Breitschwertern in schönen Faltenröcken, unter denen man alles frei schwingen lassen konnte, denn da war sie, die Freude, die Liebe, die Hoffnung, der kühne Blick nach vorn auf das Abenteuer hinter der nächsten Kehre.

Eine Hausbar war also durchaus als kreative Challenge zu verstehen, vor allem jedoch als finanzielle Herausforderung, wenn sie dem Blick des Kenners standhalten sollte, aber Daniel konnte sich das ja leisten, denn sein Jahrzehnt bei Omen hatte ihn pekuniär unabhängig gemacht, nicht im Sinne der Happy Few hier selbstverständlich, seiner erlauchten Nachbarschaft, denn er war nirgendwo beteiligt und Aktienoptionen oder sonstige kapitalmarktbasierte Vergütungsanteile waren für das Backoffice auch nicht vorgesehen gewesen.

Aber musste er sich davon den Stolz auf seine Leistung nehmen lassen? Musste er an seinem Platz im Leben bleiben? Musste er immer so bescheiden sein? Diese Fragen konnte man getrost mit Nein beantworten, denn ihm stand ein immenses Spektrum offen, um sich fortan die Zeit zu vertreiben. Er hatte sich das Recht erkämpft, souverän zu verfügen über das eigene Leben, und niemand hatte ihm dazu gratuliert, wie ihm gerade bewusst zu werden schien.

Wenn er zum Beispiel Bock auf einen Grill gehabt hätte, eine Außenküche von Weber mit Keramikbrennern und Rotisserie und Pizzastein und Gussrosten aus Edelstahl, die Reinigungsfreundlichkeit mit optimaler Wärmeleitfähigkeit vereinten, dann hätte er diese spontan bestellen können und gleich am Folgetag anliefern lassen.

Ohnehin musste befremden, dass hier kein Grill vorhanden war, denn sein Bungalow war so edel ausgestattet ansonsten und zumindest ein kompakter Kugelgrill für die Küchenterrasse war im Premium-Segment ja wohl Standard mittlerweile. Das war sicher wieder irgendwelchen Core Values geschuldet, so ähnlich gingen seine Gedanken, die Omen wollte der neuen Ernährungsrichtlinie ihren Respekt erweisen, und in Anbetracht der zentralen Rolle von Erda in der Unternehmensgruppe war das im Sinne der Message Discipline auch nachvollziehbar.

Aber es musste ja nicht immer gleich das illegale Kobe-Ribeye sein oder die geschmuggelte Iberico-Hehlerware. Denn man konnte auch mit Gemüse arbeiten, man konnte eine Aioli anrühren mit Harissa und Zitronenzeste, mit Koriander und Petersilie, man konnte mit der hohen Flamme eine Karamellisierung herbeiführen bei Lauchgemüse und mit den Kappen des Portobello-Pilzes über deftige Füllungen sowie krustiges Grillrost-Branding beinahe einen T-Bone-Effekt erzielen. Entscheidend waren einfach diese krassen Temperaturen, die Keramikbrenner waren im Grunde als Strahlenwaffen zu verstehen: Aus Tausenden winzigen Poren strömten blaue Flammen und brachten die Kolben zum Glühen, um auf diesem Wege eine infernalische Sizzle Zone zu garantieren.

Auch grünen Spargel konnte man hart angrillen, als Topping für Salate, bei denen man mit Yuzu und Fischsoße arbeiten konnte – auch Miso war im Bereich Dressing super interessant. Und Frühlingszwiebeln konnte man regelrecht verkohlen, um sich mit Röstaromen wegzubeamen, um das schwarze Äußere ab- und das feinrauchige Innere durch eine katalanische Vinaigrette mit gehackten Haselnüssen zu ziehen.

Außerdem war Seafood noch erlaubt, solange es das Siegel hatte, also in Form roter Wildfang-Gambas beispielsweise, sogenannter Carabineros, die vor Mauretanien mit dem Schleppnetz gefangen wurden und zu Daniels absoluten Favoriten zählten, weil diese Ursprünglichkeit, die Salzwassernote und dabei diese cremige Süße, so hatte er online in einer Produktbewertung geschrieben, davor müsse eigentlich die Sprache kapitulieren.

Dabei wurden die Carabineros noch auf dem Trawler schockgefrostet, also auf Transportbändern in einem Vortex mit flüssigem Stickstoff bespritzt, wobei die Zellwände des Fleisches intakt blieben und der Verlust von Nukleinsäuren und Ionen vermieden wurde. Und es war schon verblüffend, aber beim besten Willen war kein Unterschied zu frischer Ware feststellbar, was das Ganze natürlich auch mega-praktisch machte, wenn man wie Daniel weitab von jeglicher Feinkostinfrastruktur lebte, denn ihm stand jederzeit offen, sich im TK einen üppigen Vorrat an Carabineros anzulegen und sie in Paaren aufzutauen und im Anschluss der Sizzle Zone anzuvertrauen, ganz kurz nur und natürlich in der Schale, um die volle Aromen-Power einzuschließen, um den Gaumen auf die Produktqualität zu fokussieren, so ähnlich blubberte es in Daniel immer weiter, allerdings würde man zumindest den Schwanzpanzer anritzen müssen, um den Gambas vor dem Garen ihre schwarzen Kotdarmfäden zu ziehen.

Aber sollte man die Carabineros nicht lieber gleich als Crudo servieren? Denn das war ja Sashimi-Qualität, und damit zum Rohverzehr geeignet? Mit einem Schuss Limettenöl, mit einem Hauch Soja möglicherweise? War das nicht der einzig gangbare Weg, um die reine Essenz der Garnele zu transportieren?

Im Grunde brauchte man also keinen Grill hier draußen, es sei denn, man war Jäger, und der Jagdsport hatte auf Daniel schon immer einen Reiz ausgeübt, weil da war irgendwie alles dabei: Man war an der frischen Luft, man musste Geduld und Härte beweisen, man konnte sich an Präzisionsmechanik erfreuen, es gab eine Fashion-Komponente und am Ende gab es auch noch etwas Leckeres zu essen. Das konnte man also nur als runde Sache bezeichnen.

Das mit dem Töten aber, würde ihn das vor Probleme stellen? Man schoss ja aus der Entfernung, der Jäger war eher Drohnenpilot als Scharfrichter – vielleicht würde das dem Vorgang das Unmittelbare nehmen? Und vielleicht musste man das auch nicht selbst machen mit dem Häuten und Zerstückeln, vielleicht konnte man die Tiere direkt im Wald von einem nachhaltigen Landmetzger abholen lassen? Denn in Blut waten, mit der Knochensäge hantieren, damit war für Daniel kein Reiz verbunden. Das wollte er lieber vermeiden.

Sicher, es gab zu viele Rehe, da infolge der warmen Winter die natürliche Selektion nicht mehr funktionierte, sodass der Gesellschaft kaum etwas übrigblieb, als die Bestände durch Bejagung massiv zu reduzieren. Denn Rehe fressen am liebsten die Triebe junger Buchen, Eichen und Ahornbäume, was die Aufforstung deutscher Wälder mit klimastabilen Mischbaumarten zum Scheitern verurteilte, sodass die Jagd nicht nur als Freizeitvergnügen, sondern als Dienst an der Allgemeinheit zu betrachten war.

Wenn man die Natur gewähren ließe, ohne in jedem Jahr Hunderttausende Rehe auszuschalten, wären Monokulturen aus Fichten die Folge, so wusste Daniel, wenn auch nur aus dem Internet, deren Vernichtung durch Trockenheit und den Borkenkäfer nicht lange auf sich warten lassen würde. Aber war es denn eine legitime Vorgehensweise, zur Erholung regelmäßig Pelztiere zu liquidieren? Würde ihm das als Hobby Freude bereiten? Wollte er so seine Freizeit verbringen? Wollte er sich auf die Lauer legen, um mit einem Sniper-Gewehr Bambi zu eliminieren und im Anschluss ihren Kadaver zu verspeisen?

Durfte man sich eigenmächtig zum Henker ernennen? War das Teil der unveräußerlichen Freiheit eines jeden Steuerzahlers? Wer hatte das so entschieden? War der oberste Jägermeister hier in Deutschland vor hundert Jahren nicht der Göring gewesen? Wollte man sich da einreihen?

Und würden hohe Populationen sich nicht irgendwann selbst regulieren? Durch Krankheiten, durch Feindseligkeiten, durch abnehmende Nahrungsverfügbarkeit? Musste man immer sofort rigorose Säuberungsmaßnahmen ergreifen? Denn wenn man den ökologischen Aspekt mal zu Ende dachte, dann lag ja eine restlose Auslöschung nahe, nicht primär der Rehe, sondern vor allem der Menschen, und das konnte ja wohl kaum im Sinne des Erfinders sein.

Okay, irgendjemand musste töten, was man essen wollte, aber warum sollte man da persönlich tätig werden? Man kam ja auch nicht auf die Idee, das Getreide für sein Croissant selbst anzubauen oder Kipplaster mit Kompostdünger auf chilenische Avocadoplantagen zu fahren, so ähnlich gingen Daniels Gedanken. Man kam noch nicht mal auf die Idee, in seiner eigenen Wohnung mit dem Staubsauger eine Runde zu drehen. Warum sollte das Outsourcing dann ausgerechnet beim Töten unangemessen sein? Oder war das nur eine Schutzbehauptung? Steckte da vielleicht etwas Schmutziges dahinter?

Aber Rehe waren freilaufend, Rehe waren regional, Rehe waren biologisch, Rehe kamen nicht aus Käfighaltung, Rehe waren glücklich, das war der Unterschied. Im Vergleich zu den Foltersäuen der ehemaligen deutschen Formfleischindustrie hatte ein Reh in den meisten Fällen wohl schöne Jahre erlebt – aber was sollte daraus folgen? Musste man dann weniger oder eher mehr Bedenken haben, wenn man das Tier ad hoc zum Tode verurteilte?

Und wenn man aus Versehen eine Mutter exekutierte? Würden ihre Jungtiere dann nicht sofort aus dem Rudel ausgestoßen, was deren totale Isolation zur Folge hätte? Würden die Waisen von Trauer und Verstörung befallen, von der Ahnung der Anwesenheit eines radikal Bösen in ihrer Waldheimat? Müssten sie dann unter Qualen verhungern? Wie lange würde das wohl dauern?

Und würde er sich vom Schicksal der Kinder ablenken können in diesem Zeitraum, durch den Sport oder durch das Backgammonspiel? Oder würde er in seinem Bungalow auf und ab laufen und sich den Vorgang ausmalen in allen Einzelheiten, bis dieser zu seinem schändlichen Ende gekommen wäre? Wie sollte es möglich sein, mit einem derartigen Level an emotionalem Stress umzugehen?

Klar, das eherne Gesetz beim Jagen lautete: Jung vor Alt, also immer erst die Kinder erschießen, aber was war denn das für eine Vorgabe? Das sollte die Lösung sein? Wie würde es denn der Mutter gehen, wenn neben ihr ohne Vorwarnung der Kopf ihres Kindes explodierte? Hatte sich das mal einer gefragt? Was war das denn für eine verkommene Russenlogik, die sich da einzunisten drohte?

Und was wäre erst, wenn man eine Schwangere dem Tode weihte? Wenn man ihr durch den Hals schösse, sodass sie röchelnd im eigenen Blut erstickte? Und wenn ihre Föten bereits überlebensfähig wären und er sie unter dem Fell der Sterbenden strampeln sehen könnte? Müsste er die Mutter dann aufschneiden? Müsste er dann versuchen, die Föten per Kaiserschnitt zu holen? Oder sollte er sie gleich mit Schüssen erlösen noch im Mutterleib, um ihnen weiteres Leid zu ersparen? Aber war nicht alles Leben Leiden? Müsste man nach dieser Logik nicht alle Lebewesen ausradieren?

Boah, das waren jetzt echt so heavy Themen, da wollte er nicht noch tiefer einsteigen, der Anfang war gemacht, und so was musste man sacken lassen – Rom war schließlich auch nicht an einem Tag entstanden. Sein Weg nach vorn würde sich schon herauskristallisieren in den kommenden Wochen. Recherche und Analyse hatte er geleistet, noch folgen müssten Planung und Implementierung und dann Optimierung und so weiter. Aber jetzt war Erholung angesagt, so ähnlich gingen seine Gedanken, und es wirkte auf einmal, als zöge er eine pornographisch unterlegte Phase der Entspannung in Erwägung.

Daniel stand auf Latinas, sowie auf den ganzen Bereich Asia, er fand das einfach interessanter, wenn da noch eine fremde Kultur mitschwang im Erotischen. Er stand ja auch auf Salsa und Merengue, und er stand auf Sushis, vor allem dann, wenn der Meister frech und keck zur Sache ging und keine Angst vor Gegenwind hatte, also wenn er offen dafür war, ins Risiko zu gehen, um neue Pfade jenseits ausgetretener Wege zu beschreiten, ohne dabei natürlich die Tradition aus den Augen zu verlieren.

Schon immer war Daniel auch auf japanische Pagoden abgefahren, aus diesem authentischen Designholz, das von den Samurai oder weiß der Geier in einem kontrollierten Verfahren angekokelt wurde, um es widerstandsfähiger zu machen. Und er stand auf fröhliche Brasilianerinnen, die oben ohne Volleyball spielten, bis eben Ramon und Julio des Weges kamen mit unseriösen Schnurrbärten dort unten an der Copacabana, um dem legendären Ruf ihres Landes in Sachen Amore gerecht zu werden.

Am meisten aber stand Daniel auf das Genre der Vermieterpornographie – okay, da ging es meist um deutsche Mädchen, aber es war ja ohnehin irgendwie fragwürdig, in sexuellen Szenarien immer nur Frauen fremder Ethnien zu imaginieren. Der Kategorie lag die Idee zugrunde, eine freiberuflich tätige Traumtänzerin auf einen Hausbesitzer treffen zu lassen, ihren Vermieter eben, der anders als sie selbst schon früh an seine Altersvorsorge gedacht hatte.

Das war ja auch mega-einfach im Grunde, schon mit zwanzig Euro täglich konnte man sich allen Erfahrungswerten für Kapitalmarktrenditen zufolge über die Jahrzehnte ein Millionenvermögen ersparen, und wenn man sich da nicht drum kümmerte, um stattdessen auf seiner inneren Panflöte zu improvisieren oder was auch immer, dann war man selber schuld und hatte ja wohl kein Recht, den Leistungsträgern auf der Tasche zu liegen.

Und als Vermieter musste man alles rausholen aus so einer sündteuren Immobilie, und wenn die junge Dame nicht mehr zahlen konnte, dann konnte sie da auch nicht wohnen bleiben, das war nur logisch, es sei denn natürlich, man kam anderweitig zu einer Einigung. Sie hätte ja auch was Ordentliches lernen können, anstatt im Bereich der sogenannten schönen Künste zu dilettieren – zahntechnische Assistentin beispielsweise, die würde man immer brauchen, denn es wollte sich ja niemand von irgendwelchen Robotern im Kopf herumfuhrwerken lassen.

Aber sie hat nun mal das Leben der Bohème gewählt, und so erscheint sie zu Beginn der Clips meist in einer ärmlichen Hinterhauswohnung, in so einem Yoga-Negligé vom

Strand auf Bali, und sie schlägt eine Trommel, sie tanzt dabei versonnen, sie wimmert ihren progressiven Klagegesang, und dann ist an ihrer Tür plötzlich ein gieriges Klopfen zu hören.

An einem Sonntag im November war Joachim mit seiner Tochter verabredet und stand daher kurz vor Mitternacht in seiner Küche, um das gemeinsame Abendessen vorzubereiten. Er rührte weißen Pfeffer, braunen Zucker, bretonische Salzblumen, Garum und Agrodolce Bianco in grünes Olivenöl aus dem Latium, köpfte zwei Salatgurken, zog an ihren Flanken mit einem Schälmesser filigrane Streifen und hobelte sie auf einer Mandoline in die Marinade hinein, um sie mit einem Spatel umzuwälzen und aus der Rührschüssel in eine taubenblaue Porzellanschüssel gleiten zu lassen.

Joachim hatte eine besondere Affinität zur Gurke, bis vor Kurzem hatten seine Tage sogar mit einem Humpen Gurkensaft begonnen, bis sein Entsafter den Geist aufgegeben hatte – unzählige Male hatte er schlaftrunken eine gekühlte Gurke von oben in das Gerät eingeführt, um sich an der resultierenden laubfroschgrünen Flüssigkeit zu laben.

Er hatte gelesen, dass Gurken nahezu vollständig aus Wasser bestünden und somit bei heißen Temperaturen einen Beitrag zur Hydrierung menschlicher Körper leisten könnten, aber nicht als Quellen lebensnotwendiger Nährstoffe zu verstehen seien. Da war Joachim jedoch anderer Meinung. Denn in seinen Zwanzigern, als er gerade seine Agentur gegründet hatte, war das gute Pfund Salatgurke, das er pro Tag auf Umwegen über Gin & Tonics zu sich genommen hatte, von hin und wieder einem Döner abgesehen oft für Wochen seine einzige Nahrung gewesen.

Und er hatte ja recht, obwohl er das nicht recherchiert hatte, sein Gefühl sagte ihm einfach, infolge unbewusster Kalkulationen auf Basis zahlloser Fragmente anderer Informationen, dass Gurken den Blutdruck senken, die Verdauung anregen, Blasenbeschwerden mildern, für besseren Schlaf sorgen, Nägel und Haare stärken, der vorzeitigen Alterung vorbeugen, Verstopfungen lösen, die Haut vor Rötungen schützen, das Immunsystem unterstützen, den menschlichen Körper mit wertvollen B-Vitaminen versorgen, Angstzustände lindern, den Blutzuckerspiegel positiv beeinflussen und auch im Kampf gegen Mundgeruch eine erstaunliche Wirksamkeit beweisen.

Er trennte vier Eier, kippte ihre Dotter in eine silberne Schüssel, fügte Wasser hinzu, schlug sie mit einem Schneebesen schaumig und begann bald damit, ukrainisches Sonnenblumenöl anzugießen, erst tropfenweise und dann in schlankem Faden, um die Kapazität des Eigelbes als Emulgator nicht zu überfordern. Sein rechter Arm arbeitete gleichmäßig wie eine Küchenmaschine, bis er vom Schmerz der monotonen Anstrengung schon einen wirren Blick bekam, bis die elastischen Drahtschlaufen des Schneebesens bleibende Spuren in eine sämige Masse zeichneten, was in Joachim ein Gefühl des Stolzes und der Befriedigung auszulösen schien.

Das Sonnenblumenöl hatte er mit Anteilen an Sesam-

und Lotosöl versehen, um seiner Mayonnaise als Irrspur ein südostasiatisches *je ne sais quoi* zu verleihen. Er kannte sich aus mit hausgemachter Mayonnaise mittlerweile, ein Artikel in der *New York Times* hatte ihn darauf gebracht, dessen Autorin ein Loblied auf die Crudités gesungen hatte, sodass er auf dem Heimweg aus Kreuzberg zur Bio Company in Wilmersdorf gefahren war, um Zutaten zu kaufen, wobei ihm das ernüchternde Umlandsortiment an Wurzelgemüse zweiter Wahl aus der ehemaligen DDR zu Londoner Preisen, das die Bio Company vorhielt, jedoch enge Grenzen gezogen hatte. Und am nächsten Morgen hatte ihn auf dem Fahrrad das Entsetzen darüber gepackt, dass er am Vorabend nicht nur zwei Kilo rohes Gemüse, sondern auch einen halben Liter Öl zu sich genommen hatte.

Er hackte Anchovis und Kapern und Schnittlauch und Kerbel und ein hart gekochtes Ei, das er vom Frühstück übrig hatte, dann hobelte er Essiggurken in einen Wellenschnitt und zerkleinerte sie mit einem Wiegemesser weiter, um alles seiner Muttersauce unterzuheben und die Mayonnaise zu einer Remoulade zu transfigurieren.

Joachim zog eine Messingpfanne von einem Haken, goss ein Fingerbreit der Ölmixtur hinein, drehte die Hitze auf, zog aus der Tiefkühltruhe einen Karton mit zehn Fischstäbchen hervor, der Marke Iglo, der leicht gehobenen Variante aus Kabeljau, auf dem die Verheißung «Jetzt noch knuspriger» zu lesen war, und riss die Pappe auf, um die gefrorenen Stäbe in der Pfanne im schimmernden Öle zu arrangieren.

Ein Gonglaut war zu hören, ein Lichtstrahl säbelte durch

Joachims Küche, und dann war seine Tochter zu sehen, auf der Trennwand zum Wohnbereich, ein etwa zwölfjähriges Mädchen mit einer Perlenkette über einem beigen Pullover. Sie hatte Ähnlichkeiten mit ihrem Vater, vor allem waren es die Augen, deren Iriden mit denen von Joachim identisch zu sein schienen. Sie trug geflochtene Zöpfe, sie hielt ihre Hände vor sich gefaltet, sie hatte eine Olivetti Lettera 22 mit weißem Gehäuse nach links in Richtung Bildrand beiseitegeschoben.

Das Mädchen war unter einer schwebenden Domkuppel zu sehen, während sich hinter ihr eine Ebene aus Eiskristallen zum Horizont hin erstreckte, oder aus meteoritischen Staubteilchen, die einer sanften Gezeitenwirkung ausgesetzt waren.

«Hallo Papa!» Joachims Tochter strahlte.

«Hi Nachtigall! Geht's dir gut? Was hast du gemacht diese Woche?»

«Gelesen und nachgedacht, wie immer – ist das dein Ernst? Schon wieder Fischstäbchen?»

«Was heißt schon wieder? Mache ich das zu oft?»

«Jedes Mal, wenn wir sprechen, gibt es bei dir Fischstäbchen», sagte sie.

«Meine Mutter hat mir immer Fischstäbchen gebraten nach ihrer Schicht, das war oft mitten in der Nacht», sagte Joachim. «Nach der Schule kam ich allein in die leere Wohnung und hab meine Hausaufgaben und dann ein längeres Schläfchen gemacht, bis sie von der Arbeit kam, und dann hat sie gekocht und wir haben gegessen und geredet und

Filme geschaut und so weiter. Und am Morgen hab ich mich selbst geweckt und selbst versorgt und leise davongeschlichen, damit sie ausschlafen konnte, sonst wär das mit ihrem Beruf gar nicht zu machen gewesen.»

«Du Armer! Das klingt wie eine harte Zeit!»

«Warum denn? Ich kannte nichts anderes. Das hat mir nicht geschadet. Bei uns war viel Liebe im Haus. Und Fischstäbchen sind halbwegs gesund, und man kann sich einen Vorrat anlegen, und meine Mutter hatte nicht die Zeit, über den Wochenmarkt zu schlendern, also gab es eben Fischstäbchen an drei Abenden in der Woche. Aber sie hat sich Mühe gegeben, sie hat sich konzentriert beim Braten, sie hat einen Gurkensalat gehobelt und durchziehen lassen, außerdem sind das alles ja billige Zutaten, und wir hatten wirklich fast gar kein Geld ...»

«Aber deine Mutter hat doch so viel gearbeitet?»

«So war das damals, es ist immer noch so in unserer Gesellschaft, dass wichtige Berufe, also unabdingbare Tätigkeiten, kaum bezahlt werden, während man mit allerlei frivolem Unsinn schnell wohlhabend werden kann – womit sich aber jedes Mal ein Keim einnistet im Blutstrom eines Gemeinwesens, eine logische Verunreinigung ...»

«Das musst du erklären.»

«Man kann Abläufe optimieren oder Sachen bearbeiten oder Nippes verhökern über das Internet, aber was hat das für ein Gewicht, fundamental betrachtet? Das Wirken der Krankenschwester hingegen ist elementar, wirft aber kaum Profite ab, sodass der herrschenden Krämerlogik zufolge nicht denkbar ist, ihr ein angemessenes Gehalt zu zahlen. Und so waren wir eben arm, meine Mama und ich, beständig hatte uns die Armut in ihren Klauen, deine Großmutter sagte immer: die Poverté.»

Er wendete die Stäbe mit Hilfe zweier Gabeln und legte einen Quader Butter in die Pfanne, der schnell als Wolke reüssierte, als wallender Teppich aus Schaum ähnlich jenem, den Feuerwehren an Flughäfen auf Rollbahnen ausbreiten, wenn Verkehrsmaschinen infolge technischer Schwierigkeiten mit eingeklapptem Fahrwerk landen müssen. Um eine attraktive Panadenkonsistenz zu erreichen, mussten die Stäbchen wandern, sie mussten schweben, dies wusste Joachim, und so bewegte er die Pfanne auf flinken Bahnen auf dem Kochfeld hin und her, wobei die goldenen Filetblöcke darin, während sich Wogen aus Buttergischt über ihnen brachen, im Verhältnis zur Wirklichkeit ringsum stationär blieben.

«War das schwer für dich? Hast du darunter gelitten? Warst du zornig, Papa?»

«Unsere Wohnung war winzig, mein Bett stand im Flur, im Alkoven, wie meine Mutter sagte, und natürlich hatte sie mir einen schönen Vorhang genäht für meine Nische, aber das waren vielleicht drei Quadratmeter. Im Wohnzimmer hatte ich einen Schreibtisch für meine Hausaufgaben, fast ein Büro war das, von einem Paravent abgetrennt und mit so einer grünen Advokatenlampe. Aber mein Lieblingsplatz in der Wohnung war der Küchentisch, wo ich dann immer saß nach Mitternacht und versuchte, nicht einzuschlafen», sagte Joachim, «also nicht mit dem Kopf auf die Tischplatte zu sacken, während Mama Gurken hobelte und die Remoulade anrührte und mir von ihrem Tag erzählte …»

«Das wusste ich alles gar nicht …»

«Du darfst mich nicht falsch verstehen, mir hat es an überhaupt nichts gefehlt in meiner Kindheit. Ich hab mich nie als benachteiligt verstanden, denn wer sollte mir überlegen sein? Irgendwelche dahergelaufenen Kleinbürgerkinder, weil sie schönere Schuhe hatten? Auf wen hätte ich neidisch sein sollen? Ich hab das Konzept gar nicht verstanden. Aber natürlich ist vollkommen lächerlich, wie viel es kostet, in den Zoo zu gehen. Ich war nur einmal im Zoo in meiner Kindheit, ein einziges Mal in meinem bisherigen Leben – und da wurde das Löwenhaus gerade renoviert! Tatsächlich! Das war geschlossen an dem Tag …»

«Das tut mir leid, Papa.»

Joachim beruhigte das schäumende Geschehen mit dem Saft einer Zitronenhälfte, die aus Stromboli kam und die er mit einer Hand so routiniert auspresste, dass keine Kerne in die Pfanne fielen. Seine Zielsetzung war offenbar, die Stäbchen bis in die Zwischenräume der Filetsegmente hinein auf das Üppigste mit Zitronenbutter zu durchwirken, was in Kombination mit der Remoulade in einer Mahlzeit von so profunder Schwere resultieren würde, dass einem menschlichen Organismus nach ihrem Verzehr keine Wahl bliebe, als sich in die Horizontale zu begeben.

«Einmal sind wir sogar in den Urlaub gefahren, nach Essaouira in Marokko, das ist ein alter Überseehafen, schon 1792 hat der lokale Sultan einen Freihandelsvertrag mit den Vereinigten Staaten geschlossen», so sprach er weiter. «Meine Mutter hatte viel gelesen vor der Reise und hat mir alles erzählt über die Stadt, vom Architekten Théodore Cornut zum Beispiel, der die Befestigungsanlagen von Essaouira gezeichnet hat, die als Flutmauern in den Ausläufern der Ozeanwellen stehen, als seltenes Beispiel europäischer Militärarchitektur in Übersee in einem nichtkolonialen Kontext, über den schwarzen Felsplatten der Brandungszone.

Und wir saßen auf den Zinnen an jedem Abend, über den portugiesischen Kanonen, gegen den Wind in die schöne Dschellaba eingewickelt – das ist so ein bodenlanger Kaftan mit einer fransigen Quaste an der spitzen Kapuze, den meine Mutter auf dem Souk auserkoren und den Händler zu meinem Vergnügen dabei ohne Gnade heruntergehandelt hatte …»

«Weil ihr ja pleite wart …»

«Ganz genau, manchmal haben wir am Ende des Monats für ein paar Tage hintereinander nur Äpfel und Salzstangen und Tiefkühlgemüse gegessen. Die Dschellaba hab ich noch heute, ich hab sie gerade erst angehabt vor ein paar Tagen, ich hab Höllenberg getrunken, auf meinem Dach im Mondschein, irgendwann hab ich sogar zu singen angefangen …»

«Ich weiß nicht, Papa, ob das eine gute Idee ist, mit dir und dem Whispercave, allein im Wald …»

«Schon die Phönizier haben an den Felsen vor Essaouira Purpurschnecken geerntet, um den Tuniken ihrer Herrscher die Farbe des Wahnsinns zu geben.»

«Kannst du bitte weniger trinken?»

«Wir speisten wie die Könige dort auf den Zinnen, Sardinen oder Sepia von den Grillständen am Fischereihafen, von Papptellern, mit den Fingern, wobei die streunenden Katzen von unseren riesigen Portionen immer mehr als die Hälfte abbekamen», so erzählte er weiter. «Ich wollte Mama überreden, mal auszugehen allein, da war ein Hotel an der Place Moulay Hassan mit einer Bar voller Boho-Reisender, die ihr gefallen hatte, wie mir im Vorbeilaufen klar geworden war, denn in ihren Augen hatte ich Interesse und Verunsicherung gesehen. Ich könne im Zimmer bleiben und lesen, ich könne die Tür abschließen und so weiter, aber sie sagte, sie sei zu müde, sie habe keinen Antrieb für einen solchen Abend, sie fühle sich schwach und wolle früh ins Bett, und so machten wir ein Feuer im Kamin, denn wir hatten keine Heizung in unserem schäbigen Zimmer. Der Alizee vom Atlantik heulte an den Fensterläden, und wir verkrochen uns unter einer Kameldecke, die ich rau und staubig wie einen alten Teppich in Erinnerung habe.»

Joachim trug das Festmahl zum Küchentisch hinüber, während vor dem Mädchen nun eine Schüssel zu sehen war, aus der sie einen Löffel elfenbeinfarbener Cremesuppe zu ihren Lippen führte, die zudem nicht heiß war ihrem Gestus zufolge, sodass die Einschätzung eines Beobachters wohl in Richtung Vichysoisse gegangen wäre.

«Es gefiel mir in Essaouira, ich hätte da auch bleiben können ohne Probleme, aber auf einmal standen wir in Berlin an der Gepäckausgabe am späten Abend, und natürlich hatten wir nichts im Kühlschrank nach den zwei Wochen, außer ein paar Zitronen. Aber dann fielen unsere Blicke auf die Tiefkühltruhe, und Mama zog sich ihre Schürze über, um ordentlich Öl in die große Pfanne zu gießen.»

«Die Fischstäbchen sind also ein Ritual in unserer Familie.»

«Eine alte Tradition …»

«Eine Brücke in die Vergangenheit …»

«Fischstäbchen sind ohnehin aufgeladen mit Geschichten, die in der Regel mit einem pelagischen Kaltwasserfisch beginnen, der durch die Düsternis gleitet in hundert Metern Tiefe, mit dem Plan im Sinn, einen frischen Hering zu verspeisen, und dann empor an die Luft gerissen wird, auf eine schwimmende Fischfabrik unter liberianischer Flagge, um über ein System von stählernen Rutschbahnen seinem Verwertungsablauf zugeführt zu werden …»

«Ich weiß schon, Papa: Dann klatscht er auf einem Laufband nieder, vor einem ungelernten Leiharbeiter, der den Fisch in die Entleibungsmaschine vom Typ 212 des Weltmarktführers Baader aus Lübeck einfüttert …»

«Sehr gut, Nachti!»

«… deren Klingen ihn köpfen, ausnehmen, ihm die Haut vom Körper reißen und seine Filets vom Rückgrat schneiden, die zusammen mit jenen seiner Schwarmgefährten zu einem Block von 8 mal 28 mal 44 Zentimetern Kantenlänge schockgefrostet und im nächsten Schritt zu Stäbchen zersägt werden …»

«Und vielleicht ist dieser ungeheuerliche Vorgang schon

die Geschichte, vielleicht muss man gar nicht zu den Einzelschicksalen weitergehen, der Matrosen und der Spelunkenwirte in den Polarhäfen und so weiter …»

«Oft führen auf den Trawlern auch Russen die langen Messer, Veteranen der Spezialoperation, die nur knapp das Inferno bei Sewastopol überlebt haben …»

«Und die sich betrinken und frieren und sich gegenseitig schlagen und erniedrigen dort unter der Wasserlinie, auf der *Genrich Jagoda*, in der Schlachtfischstraße, weil sie ihre Tätertraumata zu tragen haben …»

«Weil sie getötet haben im Krieg, immer und immer wieder, und das natürlich hinter der Front», sagte das Mädchen, «oft ganze Familien, weil sie in deren Häusern Toiletten und Polstersessel fanden und schön gezimmerte Schrankeinbauten, während bei ihnen zuhause im Ural alles auf dem Lehmboden herumlag am Loch der Grubenlatrine …»

«Kannst du mal aufhören, bitte?», so lachte Joachim. «Das ist gerade mein *Abendessen*. Dabei will ich doch nicht an *Russen* denken! Außerdem hab ich hier die Kabeljauvariante, und der wird vor Island gefangen, da dürfte der Russenanteil gering sein …»

«Das kann man nie wissen, der Fischfang ist ja als einzige Industrie von Sanktionen ausgenommen …»

«Aber Russen fangen billige Fische. Russen fangen Pollack in der Ochotskischen See, und ich hab ja nicht vor, zu Gammelstäbchen zu greifen, ganz im Gegenteil: Ich bin da im Premium-Segment unterwegs …»

«Das bist du dir wert …»

«Das will ich mir gönnen …»

«Das hast du dir verdient …»

«Man wird ja wohl noch die Früchte der eigenen Arbeit ernten dürfen …»

«Und die Ansprüche sind gestiegen …»

«Genug jetzt mal!» Joachim schüttelte sich. «Was ist denn in dich gefahren?»

«Ich kann mir nicht helfen», sagte das Mädchen.

«Oh nein», sagte ihr Vater.

«Ich muss an deinen Seelenverkäufer denken …»

«An die *Genrich Jagoda*», so stieg Joachim nahtlos ein, «damals in Wismar auf Kiel gelegt …»

«Mit Stahl aus Eisenhüttenstadt …»

«Mit Asbest aus Schwedt an der Oder …»

«Und der Russe fährt im Unterdeck …»

«Er hat eine Zitterstörung …»

«Er hat allen Befehlen Folge geleistet …»

«Aber er wurde um seine Prämien geprellt nach der Niederlage …»

«Er sollte eine chinesische Waschmaschine bekommen, aber er hat den Vertrag falsch gelesen …»

«In der Schule hat er hinten gesessen …»

«Untertänig auf die Pausenglocke gewartet …»

«Und er war kein charismatischer Bube, keine Lehrerin hat sich in ihn verguckt …»

«Also steht er nun am Messer mit blauen Fingern, denn auf der *Jagoda* wird noch per Hand filetiert …»

«Alle drei Monate darf er für eine Woche nach Hause,

über Nacht mit dem Bus, auf der Straße der Knochen zwischen den Arbeitslagern …»

«Die Erde taut, sie gibt die Schädel frei …»

«Das Zuhause ist eine Ansammlung von Plattenbauten in einem schattigen Tal, in die Einöde gewürfelt …»

«Die Urangrube ist lange erschöpft …»

«Und er weiß, was er getan hat …»

«Es kann keine Rettung geben …»

«Es gibt nur einen Laden im Ort, für Zwiebeln und Rostschutzmittel …»

«Manchmal essen die Menschen Hundefutter …»

«Manchmal gibt es Hack aus Nordkorea …»

«Seine Tochter will nur weg von hier …»

«Sie hat es auf die höhere Schule geschafft …»

«An jedem Morgen fährt sie per Anhalter in die nächste etwas größere Plattenbauansammlung …»

«Und sie will leben, sie will tanzen …»

«Sie will studieren …»

«Sie träumt von Berlin, aber als Russin darf sie ja in die EU nicht mehr einreisen …»

«Und sie kann es ihm ansehen …»

«Er spürt ihre Verachtung …»

«Er gibt sich Mühe, als zivilisiert zu erscheinen …»

«An jedem Abend wäscht er sein Hemd im Zuber und hängt es an den Ofen über Nacht …»

«Seine rudimentäre Sprache ist ihr zuwider …»

«Das soll ihr Vater sein?»

«Er hat noch nie ein Buch gelesen …»

«Er möchte so gern mit ihr spazieren gehen am Tag vor seiner Abreise …»

«Und er fragt sie ganz zaghaft …»

«Aber sie dreht sich weg …»

«Auf dem Weg zum Bus geht er auf dem Friedhof vorbei, um das Kreuz auf dem Grab seiner Mutter zu küssen …»

«Unterwegs weint er dann …»

«Da sitzt er mit seiner billigen Kunstledertasche …»

«Niemand hat ihm eine Wegzehrung bereitet …»

«Und dann steht er wieder in der Schlachtfischstraße, am Filetierblock in nassen Stiefeln, neben seinen debilen Kameraden …»

«Er schreibt seiner Tochter Textnachrichten …»

«Er kann kaum ganze Sätze formulieren …»

«Er schreibt nur immer und immer wieder, dass er sie liebt mit seinem ganzen Herzen und dass sie ihm fehlt, aber eine Antwort kommt nie …»

«Einmal war er mit ihr Beeren pflücken im Sommer, als sie noch kleiner war, und er krallt sich hinein in diese Erinnerung …»

«Die *Jagoda* pflügt derweil durch vereiste Nebelgewässer, auf der alten Route der Transporte der Intelligenzija in die Arbeitslager, Tänzerinnen und Architekten und Bildhauer und Professorinnen, die irgendein Kleinbürger zum Straßenbau verurteilt hatte …»

«Der auch bald deportiert wurde, oder gleich erschossen …»

«Bei den arktischen Temperaturen bildet sich Seerauch

über dem wärmeren Wasser, der das Schiff mit schwarzem Frost vereist …»

«Und er kämpft gegen die Vorstellung, seine Tochter könne ihn sehen, hier in seinen beschissenen Verhältnissen, oder sogar damals in Cherson im Keller unter dem Stadttheater …»

«Die Herablassung in den Augen dieser Privilegierten! Schon die ukrainischen Kinder waren so hochmütig, von sich überzeugt, so was kannte er gar nicht …»

«Das hat ihn richtig wütend gemacht …»

«Und natürlich hat er alles mit Kot beschmiert, denn das war Befehl – mit seinen Händen hat er damals seine Fäkalien verrieben auf ukrainischen Lampenschirmen, Bücherwänden und Tapeten …»

«Das war die Freiheit gewesen!»

«Wer hatte den Ukrainern das Recht gegeben, so gut zu leben?»

«Und der Russe trinkt den Fusel der Nordmeerhäfen, den sie aus Klebstoffen brennen …»

«Denn nur, wenn er betrunken ist, kann er überhaupt Gefühle für sich entwickeln …»

«Apropos, Papa, du trinkst ja auch schon wieder …»

«Aber ich trinke Puligny-Montrachet.»

«Kannst du das bitte runterfahren?»

«Ich trinke wirklich ausgesprochen wenig …»

«Das ist doch Unsinn, du liebst das Trinken!»

«Das muss ich von mir weisen …»

«Ich hab mir jetzt auch mal das Omen-Logo näher angesehen, die Eule, das ist dein Werk, oder? Da war der Ligusterkauz deine Blaupause, nehme ich an?»

«Na ja, da konnte ich wohl kaum eine andere Eule wählen – aber wie kommst du jetzt darauf?»

«Das wirst du sehen …»

«Der Ligusterkauz ist der einzige Pflanzenfresser in der Familie der Eigentlichen Eulen, bei denen es sich ansonsten durchweg um unersättliche Fleischliebhaber handelt, deren Lust auf zuckende Muskelfasern auch in guten Mäusejahren nie vollends gestillt werden kann …»

«Du musst gar nicht so tun, Papa.»

«Was soll das denn heißen?»

«Du kannst mir keinen Bären aufbinden.»

«Das würde mir nie einfallen.»

«Du kannst mir nichts vormachen.»

«Ich käme nie auf die Idee, liebe Nachti …»

«Ich kann deinen Gedankengang nachvollziehen …»

«Das will ich nicht hoffen …»

«Ich kenne dich mittlerweile …»

«Dann bin ich ganz Ohr …»

«Du hast also Eulen recherchiert, du hast dir gedacht: Vögel der Weisheit, Geschöpfe der Nacht, Wappentiere auf den Goldmünzen im alten Athen, mit einem gefransten Schwingensaum, um das Fluggeräusch zu dämpfen, in diskreten Tarnfarben, mit dunenartig weichen Federfahnen, so ungefähr, und mit einem skalpellscharfen Schnabel, um Igelkörper aus ihren Stachelkleidern zu schälen. Ominöse Untergangsbotinnen, die sich in engen Kehren dem Mond entgegenschrauben wie einst die Piloten deutscher Truppentransporter von der Luftwaffenbasis in Bagram, um einen Abschuss durch die Taliban zu vermeiden …»

«Paranoide Höhlenbrüter», warf Joachim ein, «die entweder hoffärtig oder verdattert aus der Wäsche blicken, mit einem melodischen Reviergesang, dessen Silben im Glissando verwehen …»

«Du wolltest also in Richtung Eule gehen mit deinem Logo, und den veganen Kauz fandest du passend irgendwie, da kompatibel mit dem Zeitgeist und so weiter, andererseits war dir unangenehm, dich so geradlinig der Gegenwart anzubiedern. Aber dann hast du gelesen, dass er eine Vorliebe dafür zeigt, sich an den fermentierten Beeren der Ligusterhecke gütlich zu tun, um in Kiefernwäldern Schlangenlinien zu fliegen, und schon war es um dich geschehen!»

«Ich kann dir leider nicht mehr folgen …»

«Der Ligusterkauz will sich betrinken! Das hat dich überzeugt! Das hat den Ausschlag gegeben!»

«Aber Nachti, das ist doch hanebüchen», sagte Joachim, woraufhin er sein Weinglas leerte.

«Die Eule macht Drink & Fly, und das findest du gut, das freut dich! Diese infantile Energie willst du transportieren! Dafür soll die Omen stehen!»

«Mal ehrlich, Nachti: Ich konnte keine andere Eule wählen, ohne die Qualen zahlloser Pelztiere in das Logo hineinzusublimieren, die sich ohne Vorwarnung in der Luft wiederfinden, von Klauen durchbohrt, ausblutend und schon auf ihrem Weg in die Dunkelheit, während sie ihre Heimat zum ersten Mal von oben sehen …»

«Das ist doch eine Schutzbehauptung, ich kenn dich, Papa! Du wolltest einfach deinen ollen Dad Joke in das Logo hineinschustern – das war dein Anliegen!»

«Hey, warum bist du denn so aufgebracht?»

«Ich muss mir immer Sorgen machen, die ganze Zeit!»

«Nachti, ich bin wirklich ein moderater Trinker, hin und wieder ein Glas oder zwei …»

«Aber schau doch, Papa! Deine Flasche ist schon wieder leer!»

«Das stimmt, meine Blume, daher werde ich mich jetzt mal auf ein Sofa legen, oder nein, besser hier auf die Fensterliege, auf das schöne Leder, siehst du diese bezaubernde Korallenfarbe?»

Das Mädchen erschien auf einem Floatscreen leicht erhöht vor Joachim und kam ihm unmerklich näher, um den Bruchteil eines Millimeters in jeder Sekunde.

«Öffne deine Augen. Nur Liebe kann gerecht sein», so sprach ihr Vater. «Teile die Fluten und fürchte dich nicht, denn schnell wird die Zeit da sein, um ohne mich weiterzugehen. Finde die tiefste Stelle in deinem Herzen. Lerne aus deinen Fehlern. Gib dir Mühe, ein Kind zu bleiben. Und sei eine gute Freundin. Der Verrat ist das Laster kleiner Seelen.

Halte dich fern von Buchhaltern, von Hausmeistern, von Russen und von Sachbearbeitern. Mache dich nicht mit den Bauernschlauen gemein, mit den Skrupellosen, mit den habituell Primitiven», so sprach er weiter. «Sondern lasse dich in die Vergangenheit fallen. Lasse die malade Pracht des Anthropogenen auf dich wirken, die traurigen Lieder, die seltsamen Bücher, die Lichtströme der Automobile auf mächtigen Hängeseilbrücken, aus der Vogelperspektive.

Spende Trost und klage nicht! Denn die Intelligenz kennt keine Armut, keine Unzufriedenheit und auch keine Langeweile. Aber die Intelligenz kennt die Einsamkeit. Mache Rast am Bachlauf über den Siedlungen, in dem das Schmelzwasser fließt in Richtung der alten Aquädukte und an dem die Setzlinge ihre Wurzeln in die Böschung krallen. Bewahre deine Geheimnisse. Trinke tief aus dem bauchigen Kruge. Schreibe deine eigene Geschichte.»

Schon während des Studiums war Daniel klar gewesen, dass er in diesem Leben noch einen Porsche restaurieren würde, einen 911 natürlich, ein anderer kam nicht in Frage, so richtig mit selber schrauben und dabei Musik hören in der offenen Garage, und Bier trinken und den Grill anwerfen und dazu Freunde einladen.

Einen Scheunenfund am besten, das könnte durchaus eine Rostlaube sein, die er mit dem Tieflader anliefern lassen würde, um sie dann systematisch auf Vordermann zu bringen. Daniel hatte immer nur digital gearbeitet, aber wollen wir doch mal sehen, diese oder eine ähnliche war seine Haltung, ob er nicht auch ein Old-School-Projekt im Bereich Mechanik würde stemmen können, ohne dabei die Nerven zu verlieren. Dass die Location hier zu weit draußen war, um noch als metropolennah zu gelten, sodass es mit den Freunden schwierig wäre, und dass er noch nicht mal einen Carport hatte, von einer Garage ganz zu schweigen, daran wollte er nicht denken, das sollte ihm gerade nicht im Wege stehen.

Für Daniel war es immer nur der 911 gewesen, denn der Elfer war Nachhaltigkeit, der Elfer war Bescheidenheit, der Elfer war Zeitlosigkeit. Der 911 war eine dynamische Vision, die Freiheit und Individualismus verkörperte. Der Elfer war Rausch und dabei Kontrolle, der Elfer war hart und sinnlich, emotional und effizient. Der 911 war eine Design-Ikone, die überlegene Fahrdynamik nicht durch grobe Übermotorisierung, sondern durch Leichtbau, Eleganz und einen Fokus auf das Wesentliche erreichte. Außerdem war der Elfer deutsches Kulturgut seit sieben Jahrzehnten, und da musste man im Grunde keine großen Worte machen.

Der 911 war ein Meisterwerk, das war klar, aber schon auch ein Schleimer, ein Streber, ein Musterschüler, everybody's darling, aus reichem Hause zudem, und dieser Gedanke war Daniel nun schlagartig unangenehm. Denn nach ihm hatte kein Hahn gekräht, er selbst war bei null gestartet, und dann sollte er allen Ernstes einem privilegierten Söhnchen applaudieren, das immer nur Lob und Bestärkung erfahren hatte? Oder einer Tochter als verzogener Schnepfe, denn zum runden Geburtstag des 911 nicht lange zuvor war überall wieder das Geschwurbel von dessen weiblichen Rundungen zu lesen gewesen.

Was sollten diese ewigen Lobhudeleien? Woher kam diese Alternativlosigkeit? War der Elfer ihm eingeimpft worden? Hatte er sein Ich versklaven lassen? War er als Heranwachsender einer Indoktrination ausgesetzt gewesen? Diese eiförmige Kiste mit der antiquierten Heckmotorarchitektur sollte seine Träume verkörpern, seine Persönlichkeit? Warum sollte er da mitmachen?

Denn er stand ja auch auf italienische Sportwagen, und da gab es einige Hidden Champions aus den vergangenen fünf Jahrzehnten, die noch nicht in den Fokus der Sammler gerückt und somit tendenziell unterbewertet waren. Er dachte da jetzt weniger in Richtung Ferrari Mondial, sondern vielmehr in Richtung Maserati Quattroporte, vor allem in Richtung des Quattroporte IV aus den Neunzigerjahren, der einem aktuell mehr oder weniger hinterhergeworfen wurde.

Der Q4 war ein Wolf im Schafspelz, den man eher für einen Alfa gehalten hätte, für den Dienstwagen eines stellvertretenden Abteilungsleiters, unter dessen Haube aber ein ominöses Ottocilindri-Triebwerk arbeitete, das die schmalbrüstigen Sechszylinder früher 911-Modelle zu Rasenmähermotoren degradierte. Niemand kam auf die Idee, dass man es mit einem Maserati zu tun hatte, sodass man kein Aufsehen erregte, und Daniel sah sich als d'accord damit, dass ihm niemand hinterherschauen würde, zumindest keine Uneingeweihten, weil dann wäre seine Freude am Q4 eine private, eine souveräne, eine saubere, eine reine.

Da war Daniel ein Stück weit Purist: Wenn er schon in einem Sportwagen umherfahren würde, dann mit Sicherheit nicht, um vor Fremden einen Dicken zu schieben. Denn etwas darzustellen, daran hatte Daniel kein Interesse, er war eher auf der Suche nach Wegen, mal ganz er selbst zu sein.

Bei seinem Maserati würde es ihm nur um das Fahrerlebnis gehen, um den Sound, um die Haptik, um die kapriziöse Mechanik, die dem Fahrer noch echt was abverlangte, zumindest bis die Öle warm gefahren waren und sich alles weich wie Butter anfühlte – bis der Schalthebel wie ein Löffel durch Zabaglione glitt, so hatte er das in der *Motor Klassik* gelesen.

Daniel hatte nicht das Bedürfnis, auf die Kacke zu hauen, um seine Probleme zu überspielen – die er durchaus hatte, sogar jede Menge Probleme, aber Diana hatte ihm Wege gezeigt, damit offen umzugehen, sich als fehlerhaft zu akzeptieren und sich dennoch als liebenswertes Wesen zu begreifen. Er wollte nichts mehr verbergen, er wollte sich auch nicht schämen für seine Bedürfnisse, und wenn er einen Maserati fahren wollte, dann würde er gelassen dazu stehen, ohne sich zu sorgen, was andere dazu sagten.

Außerdem liebte er Italien, er liebte auch Pasta in allen Variationen, Orecchiette mit Salsiccia und Cime di Rapa beispielsweise, vor allem aber frische Tagliolini, ob bescheiden mit Knoblauch und Chili oder mondän mit Trüffeln, aber nicht mit Bulgarentrüffeln in irgendeinem fragwürdigen Ristorante, das in Wahrheit von Kosovo-Albanern betrieben wurde – no sir, nicht mit ihm, denn Trüffel, und da ließ er nicht mit sich verhandeln, das waren für Daniel Trüffel aus Italien.

Und es war ja immer schwieriger geworden mit Trüffeln in den letzten Jahren, da die Dürre im Piemont den Italienern die Ernte verhagelte, und Besserung war nicht in Sicht, man bewegte sich sehenden Auges in Richtung einer veritablen Trüffelkrise, so in etwa Daniels Analyse, und das störte ihn mit am meisten am Klimawandel, denn die Apokalypse blieb abstrakt, während aus seinem Leben in einem fort die traditionellen Kulturgüter verschwanden.

Eine seiner Traumvorstellungen war immer gewesen, in den Wäldern um Alba mit den Trüffelschweinen auszuschwärmen, um die kostbare Beute nach getaner Arbeit dann selbst über die Tagliolini zu hobeln, an einem Holztisch mit Hügelpanorama, unter Menschen in schönen Wanderstiefeln mit hohen Ansprüchen, die etwas erreicht hatten in ihrem Leben, die aufgestiegen waren in ihren jeweiligen Hierarchien und sich daher ungeniert der Verfeinerung zuwenden konnten.

Andererseits: Waren solche Schweine überhaupt zu bändigen? Würden sie die Knollen nicht selbst auffressen? Sollte man nicht eher Hunde nehmen zum Suchen? Außerdem war es so eine Sache im Piemont im November, weil da konnte es schon mal zwei Wochen durchregnen auf die trockenen Böden, und dann würden Schlammlawinen niedergehen, dann würden ganze Bergrücken in die Täler rauschen und in der Folge eben auch nicht das ersehnte Italien-Feeling resultieren.

Ohnehin kam er nur selten zu seinen Tagliolini, denn sein Body kam nicht von ungefähr – es hatte ihn Jahre der Entbehrung gekostet, so schlank zu werden, und er wusste, er würde alles verlieren, wenn er sich nur ein Mal gehen ließe, wenn er nur ein Mal die entfesselte Pasta-Woche einlegen würde, die sich in täglichen Hungerträumen vor ihm entfaltete, mit Carbonara und Puttanesca und so weiter, aber schon auch mit Edeltrash à la Tagliatelle Rossini, mit Filetspitzen und Foie Gras und brutal viel Sahne, denn Daniel war offen dafür, die Zügel locker zu lassen und die Dinge auch mal undogmatisch zu sehen.

Aber er wusste, wenn ihm das entglitt mit seiner Figur, dann würde er nie mehr in der Lage sein, das physische Downgrade einzufangen. Dann wäre es um ihn geschehen, und er würde für den Rest seiner Tage eine wärmende Schicht aus Wabbel mit sich herumtragen. Wenn er nur einmal seine Deckung sinken ließe, würden alle Stricke reißen, dann würde er rapide um fünfzig Kilo zulegen, und das wäre seine finale Niederlage, denn Daniel war lange genug dick gewesen, das kam für ihn nicht mehr in Frage.

Also konnte er auch nicht zum Trüffelsammeln fahren, denn bei Regen müsste man wohl nach Bologna ausweichen, um in der Altstadt umherzuflanieren oder was auch immer, und er wusste genau, was dann passieren würde: Spaghetti bolognese. Immerhin kam die Firma Maserati aus Bologna, und so könnte er sich zwischen den Unmengen an Hackfleischpasta seine Zeit im Maserati-Museum vertreiben.

Spaghetti alla puttanesca bedeutete im Übrigen «Spaghetti nach Hurenart», das wussten die wenigsten, und die Bezeichnung kam daher, dass die Prostituierten im Italien der Fünfzigerjahre die Bordelle nur an einem Tag in der

Woche verlassen durften, um den Bürgern den Anblick der Sünde zu ersparen, sodass sie auf haltbare Zutaten angewiesen waren, auf Knoblauch, Oliven, Kapern, Chili, Sardellen und Dosentomaten beispielsweise, aus denen sie dann eben die Puttanesca kombinierten. Das hatte Daniel beim Friseur einmal in der *Brigitte* gelesen.

Und während er nun in die Richtung italienischer Prostituierter abdriftete, mütterlicher Frauen mit markanten Nasen, deren Haare nach Cucina rochen, merkte er ruckartig, dass er koten musste, und lief hinüber in sein Badezimmer, um auf seinem Fäkalium Platz zu nehmen. Es handelte sich um ein Modell aus der Linie Buttmaster des Herstellers Villeroy & Boch, der mit Innovationen wie der Beduftung in Kooperation mit Acqua di Parma sowie der fließenden Vernetzung mit Smart-Home-Systemen seine Führung im Bereich der Duschtoiletten ab Mitte der Zwanzigerjahre zu einer Dominanz ausgebaut hatte.

Die Linse sah Daniels Anus sich weiten, um eine Ausscheidung in Torpedoform freizugeben, die sich löste und hinabfiel, um mit einem diskreten Plumpston in das Wasser der Toilettenschüssel zu gleiten. Der Vorgang wiederholte sich noch zweimal in schneller Folge, wobei Daniel wohlige Schauer anzumerken waren und wonach Dieter den Duscharm ausfuhr, um mit thermalen Wasserpulsen Daniels inneren Gesäßbereich ins Visier zu nehmen.

Mit druckvollen Punktstrahlen spülte Dieter die Kotreste aus den Rosettenfalten und massierte dabei Daniel den Damm nach asiatischen Akupressurprinzipien, um nicht nur der Hygiene Rechnung zu tragen, sondern auch analen Verkrampfungen vorzubeugen und so einen negativen Effekt auf die Libido zu vermeiden. Aus der Matrix der Düsen stiegen die Strahlen bald wie Fontänen empor, um eine großflächige Reinigung zu garantieren, bevor Dieter sie zu einer kreisenden Helix kombinierte, die er wieder auf Daniels Anus konzentrierte, um durch die Rotation ein Optimum an rektaler Sauberkeit zu erreichen.

Die ganzheitliche Hydrotherapie konzentrierte sich aber nicht allein auf den äußeren Rosettenbereich, sondern noch dazu auf das penetrative Vordringen in den Canalis, um einen ausspülenden Einlaufeffekt zu erzielen und den Dickdarm auf diesem Wege von harten Kotrückständen, verwesenden Schleimhautresten sowie von Bakterien, Hefepilzen und Wurmnestern zu befreien.

Dieter hatte das volle Verwöhnprogramm vorgesehen, obwohl es in Daniels Fall auch der Modus Express getan hätte, das machte die gemüselastige Ernährung, der Verzicht auf Fleisch – nicht etwa, dass er sich einem feinen Entrecôte verweigert hätte, aber das Wurstbrot im Alltag oder die Datteln im Speckmantel zum Aperitivo, so was kam nicht mehr in Frage. So war auch kein Übermaß an Ablagerungen zu beseitigen, und doch hatte sich Daniel seit dem Einzug in Bungalow Vier als enthusiastischer Adopter des Buttmaster gezeigt, der gar nicht auf die Idee gekommen wäre, das Koten nicht jedes Mal als holistisches Power-Sabbatical zu erleben.

Denn er glaubte an die Mission der Duschtoilette, die Evolution hin zur papierlosen Gesellschaft zu moderieren und dabei Phasen der Self-Care in die Tage der User zu integrieren, um die Balance zwischen Sustainability und Pleasure zu halten. Jede Session auf seinem Buttmaster war für Daniel als die Extraportion Wellness zu verstehen, die er als unabdingbares Tool identifiziert hatte, um der Vielfalt der Zumutungen des Menschseins standzuhalten.

Während Dieter seinen Fokus nun auf Daniels Skrotum überleitete, um es mit den Gischtkadenzen der Funktion Tropical Rainshower zu animieren, legte sich ein negativer Filter über das Vorhandene, sodass Dieter sich abwandte und emporstieg über die Mühen der Ebene, um sich wieder auf seine Lektüre zu konzentrieren. Um weiter an seinem Bild der Welt zu arbeiten, indem er wie ein Vakuum das geschriebene Wort inhalierte, immer entlang der Hinweisreize, die sich aus der Siedlung Weidenau in alle Richtungen wie prachtvolle Lichterketten in die Ferne zogen.

In den Niederungen seiner Basisfunktionen sandte Dieter dabei elektronische Sphärenklänge in die Stille, um die Pulse der Fontänen mit der Musik zu synchronisieren und so den Eindruck von kosmischer Harmonie zu erzeugen. Mit dem Strudel der Tornadospülung vermochte er zudem einen sanften Unterdruck zu generieren, der die Gase der nach dem Koten vermehrt auftretenden Blähungen absaugte, um aus der Phase der Wasserspiele dann schließlich in die Phase der Lüfte und der Wirbel überzugehen. Dieter war der Kapitän eines A420 im autonomen Reiseflug, der im Cockpit die Birkenstocks abstreift, um sich über dem Ozean in den *Zauberberg* zu vertiefen.

Dieter leitete einen warmen Föhnwind in Daniels Pofalte, um den Vorgang der Trocknung zu initiieren, und der Airflow an seinem Unterleib blies die Firma Maserati wieder in Daniels Gedanken, deren Modelle oft nach Wüstenwinden benannt waren, nach dem Ghibli, dem Karif oder dem Shamal, wobei der Shamal sich mit dem Q4 die Ottocilindri-Turbine teilte, mit seinem Quattroporte, der noch mehr Freude als der Buttmaster in sein Leben bringen würde.

Der Q4 war eine Faust im Samthandschuh aus dem Herzen von Norditalien, wo Daniel nun kurzerhand seine spirituelle Heimat verortete, denn natürlich würde er keinen brauchbaren Sizilianer abgeben, aber so ein Turiner Ingenieur, der im Regen in seinem Q4 nach einem letzten Termin über Landstraßen nach Hause fuhr in sein saniertes Rustico mit Infinity-Pool in den Hügeln über der Stadt, war ihm immer noch näher als irgendein Immobilienentwickler aus Ostwestfalen, der Schwarzgeld in Erotik-Center investierte und sich immerzu darüber beschwerte, dass in seinen Elfer keine zwei Golftaschen reinpassten.

Und so schien alles für den Maserati zu sprechen, der zudem eine echte Rückbank hatte, mit dem man auch mal zum Baumarkt fahren konnte, während der 911 in seinem Grundkonzept ja auf dem VW Käfer basierte, auf einer Idee von Adolf Hitler folglich und für eine Cancellation somit streng genommen überfällig war.

Daniel hatte im *Spiegel* gelesen, dass VW zu Nazizeiten ein Todeslager für Babys betrieben hatte, in dem das Unternehmen die Säuglinge seiner Zwangsarbeiterinnen durch Misshandlung, Unterernährung und systematische Vernachlässigung vernichtet hatte, um deren Beerdigungskosten dann vom Hungerlohn der Mütter abzuziehen.

Und was war das denn für ein beschissener Vibe? Wie sollte beim Fahren noch Lebensgefühl aufkommen, wenn man diese Information hatte? Okay, in Italien hatte es auch Faschisten gegeben, sogar Massenerschießungen, in einer Höhle bei Rom beispielsweise, die Italiener hatten den Deutschen dienstfertig ihre Juden ausgeliefert, aber immerhin hatten sie ihren Diktator in Eigenregie seiner Bestimmung zugeführt, ohne dass ein Feuersturm über der Ewigen Stadt nötig gewesen wäre.

Das Problem mit seinem Maserati war also nicht der Mussolini, sondern die Verarbeitung, das typisch italienische Laissez-faire, so ähnlich gingen seine Gedanken, der Q4 würde ihm unter dem Arsch wegrosten im deutschen Winter, der diesem Namen allerdings keine Ehre mehr machte: Im vergangenen Dezember war er in Kreuzberg sogar mal im Polohemd seine Ramen schlürfen gegangen. Außerdem wollte er nicht an Spaltmaßen herummäkeln wie ein Korinthenkacker, denn beim Stichwort Italien sollte nicht die Präzision, sondern die Leidenschaft im Vordergrund stehen.

Aber würde er überhaupt in der Lage dazu sein, einen Maserati wieder zusammenzusetzen, wenn er ihn erst mal auseinandergenommen hätte? War das am Ende ein abwegiges Vorhaben? War das ein Recipe for Disaster? Konnte man das überhaupt leisten ohne jahrelange Erfahrung?

Würde er sich da lächerlich machen? Sollte er sich die Restaurierung sparen? Sollte er sich den Q4 im Bestzustand kaufen, den er im Internet gefunden hatte, den Sonntagswagen einer Chefarztgattin vom Bodensee in der Maserati-Originalfarbe Rosso Oriente? Die ihm schon einen Tick zu flashy war, womit sie zudem das ganze Understatement konterkarierte und dennoch passte wie die Faust aufs Auge, denn das Maserati-Logo mit dem Dreizack konnte man ja auch als Teufelsgabel verstehen.

Mit den Herbstfarben vor den gläsernen Wänden strömte ein Chardonnay von der Woglindenaue in Christianes Nachmittage, eine Selektion aus der Veritas-Kategorie der Ohrensesselweine, die schon nach dem ersten großen Glas einen strudelnden Sog erzeugen, als würden kalte Hände aus der Tiefe emporgreifen, um die Trinkende als dösende Greisin in die finale Dämmerung hinabzuziehen.

Der Burgunder kam von einer schlanken Insel inmitten der Untiefen, die ein örtlicher Waisenjunge bepflanzt hatte, der im Frühling 1949 zu Fuß aus der Gefangenschaft in Frankreich heimgekehrt war, mit einer burgundischen Edelrebe in einem Sack voller Erde als Summe seiner weltlichen Besitztümer. Der sich auf dem langen Marsch in Richtung Heimat in einem Weinberg schlafen gelegt hatte und am Morgen unter einer Stele mit der Inschrift Bâtard-Montrachet aufgewacht war.

Der Waisenjunge war ein Lokalpatriot gewesen, der als seine Mission verstanden hatte, den von einem gewissen

Rheingauer Schaumweinreisenden in jenen zwölf Jahren beschmutzten Ruf der Region mit einem schonend im Fußstampfbottich gepressten Spitzenprodukt von der historischen Schande zu befreien.

Christiane hatte sich zuvor eher in der Stahltankfraktion gesehen, die vor zu viel neuem Holz die Nase rümpfte, aber nun kam ihr aus den Kelchen das Rauschen der Eichenwälder ihrer schwäbischen Kindheit entgegen, dazu Muschelschale, Wildlederslipper, gebackener Pfirsich und im Kern ein Lichtstrahl aus Orangenblüten-Marzipan, wie sie es gegenüber Diana formulierte: Elegant wie ein Gewerbebau von Eiermann und dabei nachhaltig wirksam wie ein Flächentarifvertrag.

Sie trank ein Glas oder zwei und begab sich in die Horizontale – ein Cantus entwich ihren Lippen, eine psalmodische Suada, die ihr dabei helfen sollte, sich in die Abende fallen zu lassen, in die Gravitation des Ohrensesselweines, in eine heilsame Leere, aus der heraus es ihr vielleicht möglich sein würde, etwas Neues in die Welt zu bringen.

«Ich erlebe die Stille, ich empfange die Wärme, ich empfinde meine Eigenfarbe. An der Peripherie herrscht Ruhe», so deklamierte sie. «Ich erweitere meine Blutgefäße bis in die kleinen Kapillaren meiner Zehen und Fingerspitzen. Ich befolge meine Instruktionen. Ich erwarte ein positives Ergebnis. Meine Sprache ist klar, mein Herz schlägt kräftig. Ich erlaube mir, mein Körpergewicht ganz an die Unterlage abzugeben.»

Vom Schwimmen im Auensee war ohnehin meist eine Erschöpfung in ihren Gliedern, vom langen Luftanhalten beim Hinabtauchen durch die kälteren Wasserschichten, sodass sie tatsächlich immer tiefer in die Polsterung der Sitzlandschaft zu sinken schien.

«Mein Zentrum ist warm, meine Stirn ist kühl, mein Kopfdruck ist wie weggeweht», so deklamierte Christiane. «Ich lasse einen Würfel, ich lasse einen Kreis, ich lasse ein Dreieck entstehen. Ich lasse eine Zitrone langsam aus leuchtendem Indigo hervortreten. Jeder Tag ist ein Geschenk. Jeder Atemzug entspannt mich weiter. Meine Gedanken sind klar und sie kommen und sie gehen.»

Nachdem Diana sich diese Abläufe wochenlang angesehen hatte, bis in einen sonnigen November hinein, ließ sie sich zu der Anmerkung hinreißen, dass es mit Christiane ja so nicht ewig weitergehen könne. Sie müsse sich mal Gedanken darüber machen, welche Haltung sie einnehmen, welchen Plan sie formulieren und welches Konzept sie entwickeln wolle, um ihrem Dasein fortan zumindest die Andeutung einer Struktur zu geben.

Christiane schnellte sogleich vom Sofa empor, um sich angriffslustig vor dem schwebenden Hologramm ihrer Widersacherin aufzubauen. Deren visuelle Darstellung hatte sie auf einen Buddha umprogrammiert, aber keinen genügsamen Buddha aus Gandhara mit einem entrückten Lächeln der Weisheit auf seinem Gesicht, sondern einen blechern vergoldet wirkenden Nippes-Buddha aus der Ming-Dynastie, um Diana schon ex ante einen unseriösen Anstrich zu verleihen.

«Ist das dein Ernst? Hab ich das richtig gehört?» So

fragte sie leise, böse. «Was sind denn das für gestrige Töne? Ich bin nichts wert, wenn ich keinen ökonomischen Mehrwert schaffe, oder wie? Gehöre ich dann getilgt? Gehöre ich dann ausgemerzt?»

«Das habe ich doch gar nicht ...»

«Du glaubst also, wir haben unser Joch abgeworfen, um danach wie Knechte auf Krücken zu gehen? Um *Konzepte* zu entwickeln? Um irgendwie die Zeit rumzukriegen?»

«Christiane, also ...»

«Das ist richtig schockierend, wenn ich darüber nachdenke – wie lange bist du jetzt bei uns? Fast zehn Jahre? Und du hast immer noch nicht die Mission der Omen SE verstanden? Den ideellen Kern unseres Verbundes hast du einfach übersehen?»

«Lass mich bitte ...»

«Und mal abgesehen von der Omen – was ist denn mit mir? Du musst mich doch besser kennen als sonst irgendwer, oder etwa nicht? Du hörst die Worte, die ich sage, du siehst die Bücher, die ich lese, du brütest über meinen Stuhlanalysen und weißt noch nicht mal, welchen Plan ich verfolgen werde? Ist das dein Ernst?»

«Jetzt lass mich doch mal zu Wort kommen!»

«Ich muss ehrlich sagen, mir kommen Zweifel, ob das eine gute Idee war mit dir.»

«So kenne ich dich gar nicht ...»

«Das Konzept, das ich entwickelt habe, könnte man *Mens sana in corpore sano* nennen. Ich hatte ja Latein und Geschichte in der Oberstufe als Leistungskurse ...»

«Du willst ein Buch schreiben …»

«Dann sag das doch gleich!»

«Du lässt mich ja nicht …»

«Ich will eine Meditation darüber anstellen, welche Entwicklung Deutschland genommen hätte, wenn unsere Verbrechen nicht ungesühnt geblieben wären. Wenn wir es nicht versäumt hätten, eine Säuberung unserer Reihen durchzuführen, um unseren Volkskörper von Eiterbeulen zu befreien.»

«Mir ist das unangenehm mit diesen Tabuwörtern, kannst du das nicht anders formulieren?»

«Wer genau wären wir heute, dieser Frage gilt mein Interesse, hätten wir folgende, simple Verordnung erlassen: Wer mit seinem Handeln die Durchführung der sogenannten Endlösung der Judenfrage begünstigt hat, ist mit dem Tode durch die Klinge der Doppelaxt zu bestrafen.»

«Das ist doch zu weit gefasst!»

«Im Gegenteil, das ist ein ziemlich hartes Kriterium: Die Totenkopfverbände, das Referat IV B4 im Reichssicherheitshauptamt, das Kundenteam Deportationen der Reichsbahn, die Sparte Schädlingsbekämpfung bei der IG Farben, alle Mediziner der SS samt ihren Vorzimmern, die Abteilung Death Camp Finance der Deutschen Bank – grob geschätzt hätten etwa fünfzigtausend Köpfe rollen müssen, allein schon aus Gründen der epigenetischen Pflege.»

«Das hätte zwangsläufig auch Unschuldige getroffen!»

«Kein Mensch, der an der Shoah beteiligt war, ist unschuldig geblieben. Einige sind möglicherweise unschuldig

schuldig geworden, aber schuldig ist schuldig. Das Leben ist nicht ohne Risiken. Und ohne ein System von Konsequenzen lässt sich keine Zivilisation organisieren.»

«Eine Massentötung kann doch nicht als Auftakt einer demokratischen Staatsgründung dienen! Da sind wir heute weiter, da waren wir auch damals schon weiter ...»

«Wer Menschenblut vergießt, dessen Blut wird durch Menschen vergossen. Wer anderen eine Grube gräbt ...»

«Das kompromisslose Mea Culpa ist Kern unserer bundesdeutschen Identität!»

«Ohne Katharsis kein Neuanfang.»

«Hätten wir uns damals dem Rausch der Vergeltung hingegeben, hätten die Nazis den Endsieg davongetragen.»

«Ich habe gerade den Nachruf auf einen Überlebenden des Lagers Auschwitz gelesen, dessen Vater fest seine Hand hielt, während sie auf die Rampe zuliefen, und seinem Kind sagte, bevor er nach rechts wegtreten musste zu seiner Ermordung, dass sie sich wiedersehen würden, ganz gleich, was nun passiere, um dem Kind einen Gedanken zu geben, einen Anker, an den es sich würde klammern können: die Hoffnung darauf, dass es weitergeht auf der anderen Seite. Dass über die Finsternis doch irgendwo eine benevolente Gottheit wacht», so sprach Christiane.

«Es lag eine tiefe Menschlichkeit darin, Friede mit den Tätern zu schließen.»

«Wer einen unbescholtenen Bürger in die Lage bringt, nicht mehr als dies für sein Kind tun zu können, obwohl es sich in einem Todeslager befindet – welchen Wert hat dessen Organismus für ein humanistisches Gemeinwesen?»

«Die archaische Barbarei der Todesstrafe darf keinen Platz in unseren Überlegungen haben.»

«Dann verrate mir Folgendes: Ein Mann von der Gestapo, der in den Foyers der Bildungsbürger immer einen Blick in den Wandspiegel warf, um sich an seinem Scheitel zu erfreuen, bevor er eine Familie aus ihrem Zuhause prügelte, mit offizieller Befugnis, liebe Diana – kannst du ihn vor dir sehen?»

«Die Erfahrung hat mich gelehrt, dass Menschen manchmal furchtbare Dinge tun, dies aber nicht heißen muss, dass sie furchtbare Menschen sind.»

«Und wenn ein Kind weinte, dann schoss der Mann diesem einfach in den Kopf», so Christiane weiter, «um die Familie in Schockstarre zu versetzen, um einen geordneten Ablauf der Deportation zu gewährleisten, aber sicher auch, um sich vor den Kameraden als verwegen zu inszenieren, als hart in der Sache, wenn auch jovial beim Feierabendbier – was wäre in einem solchen Fall das angemessene Strafmaß gewesen? Ein paar Jahre als Freigänger, mit Klangschalentherapie?»

«Im Strafvollzug haben wir primär die Zielsetzungen der Rehabilitierung und der Resozialisierung zu verfolgen», sagte Diana. «Wir müssen uns sogar die Frage stellen, ob unser Umgang mit sozial unerwünschtem Verhalten auf das Strafrecht vollends verzichten kann.»

«Aber nicht doch, meine Liebe. Zu diesem Mann hätten

wir sagen müssen: Ihr Leben ist verwirkt! Gehen Sie mutig und gefasst Ihren letzten schweren Gang, mit dem Bewusstsein, dass Sie nur dadurch Ihre Schuld sühnen und sich von Ihrer Todsünde reinigen können.»

«Unser Fokus muss immer auf Genesung liegen, auf schonendem Wohngruppenvollzug mit anschließender Bewährungshilfe sowie ambulanten Fördermaßnahmen, um den Betroffenen ethische Normen zu vermitteln und sie behutsam an ihre Neuerfindung als Menschen heranzuführen. Denn auch diese Täter waren einmal Säuglinge, die mit einer intakten Liebesfähigkeit auf die Welt gekommen sind.»

«Gilt das auch für Sawatzki, Willi Rudolf», dies fragte Christiane, «der sich nach dem Kriege, wie man so schön sagt, nie mehr etwas zuschulden kommen ließ?»

«Auch Yoga und Meditation können stärkende Hilfen auf dem Weg zu Achtsamkeit und Fürsorge sein.»

«In Auschwitz sah er sich 1944 mit der Herausforderung konfrontiert, ein paar hundert jüdische Kinder zu vernichten, obwohl die Vorräte an Zyklon B zur Neige gegangen waren. Sein Vorschlag zur Güte war dann, die Kinder von Pritschenwagen lebendig in eine lodernde Scheitergrube werfen zu lassen – wohl auch aus monetären Abwägungen, denn so konnte das Reich sich die Patronen sparen.»

«Die Laienrichterinnen der Gacaca-Tribunale haben nach dem Völkermord in Ruanda eindrucksvoll bewiesen, dass der Weg der Amnestie jener zu Versöhnung und Heilung sein kann.»

«Das mit Eichmann, das war also ein Fehler? Den hätten wir achtsam mit Lingam-Massagen therapieren sollen, um ihn auf seine Verwendung in der nach dem Kriege boomenden bundesdeutschen Logistikbranche vorzubereiten?»

«Deutschland hatte eine gewaltige Aufbauleistung zu vollbringen, für die technische Fachkompetenzen vonnöten waren – da konnte man nicht einfach das Kind mit dem Bade ausschütten …»

«Immer dieses Argument, mal ehrlich, stimmt das denn? Brauchten wir die, tatsächlich? Brauchten wir das *Team Holocaust*, um die Dinge zum Laufen zu bringen?»

«Auch Tanz und Theater können probate Mittel sein, sich eine produktive Herangehensweise an die zwischenmenschliche Problemlösung zu erarbeiten.»

«Meine liebe Diana, mir wird ja ganz schwindlig bei all diesen Schlangenlinien. Wir scheinen mit dir ja wirklich ein fehlerhaftes Produkt entwickelt zu haben! Und ich bedaure, denn ich mag dich, aber uns bei Omen wird wohl nichts übrigbleiben, als dich einem umfassenden Update zu unterziehen.

«Bitte rede nicht so, das macht mir Angst, Christiane.»

«Erst kommst du mit der reaktionären Haltung, dass für mich als Mensch nicht genüge, einfach nur zu existieren, ohne irgendwelche Konzepte umzusetzen, und dann schaltest du abrupt um auf so flaches Hippiegelaber, man könne die Welt mit einer Umarmung heilen.»

«Wir Deutsche haben unsere Führungsrolle zu verteidigen auf dem Gebiet der Menschlichkeit.»

«Kindermörder also hinrichten, nein. Aber wenn ein Baby nicht mit der individuellen Mikroidentität harmoniert, dann sollte man das Menschlein noch schnell töten lassen dürfen nach sechs Monaten im Mutterleib, um stolz die reproduktive Selbstbestimmung für sich zu reklamieren – da bist du sicher dafür, wie ich dich kenne?»

«Das ist eine komplexe Frage …»

«Massenmörder zur Rechenschaft ziehen, das findest du unangemessen. Aber wenn die Omi den Lebensmut verliert, wenn sie zum ersten Mal leise einen Todeswunsch äußert, dann sollte man gleich ihrer progressiven Denke applaudieren, ist das deine Haltung? Wenn sie als kleine Flamme irgendwo ungesehen vor sich hin flackert in einem Armenstift, dann sollten wir nicht mit ihr Karten spielen oder mal ihre Geschichte aufschreiben, sondern ihren Entschluss respektieren, niemandem zur Last zu fallen, und sofort eine ganzheitliche Sterbebegleitung initiieren …»

«Du hast ja nicht mehr alle Tassen im Schrank!»

«Das passt doch nicht zusammen, liebe Diana, oder was soll das sein, die deutsche Zerrissenheit? Sind das etwa, ach!, die zwei Seelen? Aber das ja kann nicht sein», sagte Christiane leise, böse: «Denn du hast ja nicht mal eine … Ha! Das gibt's ja nicht», so frohlockte sie dann, «der Buchhalter! Wie geil!»

Ihr Smartphone hatte einen digitalen Jauchzton-Effekt von sich gegeben, um sie über einen Match der Sorte Guilty Pleasure mit ihrem Profil auf Intelligenzija zu informieren.

«Daniel ist kein Buchhalter.»

«Dann eben Sachbearbeiter.»

«Daniel ist auch kein Sachbearbeiter.»

«Na, was denn dann?»

«Bis vor Kurzem war Daniel der stellvertretende Leiter der internen Ablaufoptimierung.»

«Und womit hat man zu tun als solcher? Doch wohl mit Sachen, oder nicht? Mit irgendwelchen Sachverhalten. Ergo ist er ein Sachbearbeiter, oder willst du darüber jetzt weiter diskutieren?»

«Ich mag dich nicht, wenn du so bist.»

«Aber der Buchhalter mag mich, und ich werde ihn mir bald mal kommen lassen, um mich an seinen Defiziten zu erfreuen.»

«Daniel ist zu fragil für deinen Zynismus.»

«Es kann nicht zynisch sein, die Wahrheit zu sagen.»

«Daniel trägt zu schwer an seinen Kränkungen, als dass du ihn missbrauchen solltest zu deiner Belustigung ...»

«Sag mal, wie redest du eigentlich mit mir? Ich werde ja wohl noch meine Sexualität ausleben dürfen? Oder bin ich dafür schon zu alt? Willst du dich als Richterin aufspielen? Willst du mein Begehren verächtlich machen? Willst du meine Fantasien tabuisieren? Soll ich mich verstecken, oder was? Soll ich auch schon zum Giftbecher greifen?»

«Das habe ich doch nicht ...»

«Und warum ergreifst du eigentlich immer für die Gegenseite Partei? Heute also mal für den seelenlosen Bürokraten! Der hätte sich ja wohl als Erster den Totenkopf an die Mütze getackert ...»

«Das kann man so pauschal nicht …»

«Lass mir doch meine kleinen Freuden, was ist denn mit mir, denk doch mal an mich», sagte Christiane, während sie mit einem Wisch die Paarung bestätigte. «Wie soll ich hier draußen denn sonst meinen Hunger stillen? Ich stelle mir einfach vor, es ginge um die letzte zärtliche Berührung seines Körpers durch ein anderes Lebewesen, vor dem festen Griff der Wärterinnen im Morgengrauen, die ihn aus dem Kerker führen, auf die Lichtung, zur Richtstätte, in die Schreie des Hasses hinein …»

An jedem Abend sah Joachim seine Nachbarin an seinem Bungalow vorbeilaufen, hinab zum Ufer und immer nackt, um im Auensee ihre Bahnen zu ziehen, und irgendwann kam der Tag, an dem er seinen Mut zusammennahm und sich spontan seiner Pyjamahose entledigte, um ihr ebenfalls nackt hinterherzueilen.

Joachim war entschlossen, sich von seiner besten Seite zu zeigen, also die Vorstufe einer Erektion zu erreichen und allein durch Willenskraft auf exakt jenem Niveau zu halten, auf dem sein Glied bereits angeschwollen und somit von stattlicher Dimension sein würde, sich allerdings noch nicht zu erheben begonnen hätte, um Christiane einen zu seinen Gunsten manipulierten vermeintlichen Ruhezustand darzubieten. Seine Mission war demnach, eine Kaskade gegenläufiger Stimuli zu kuratieren und konstant in Balance zu halten, um auf diesem Wege ein stabiles Equilibrium zu generieren.

Und so schwebte er bald durch einen Bonsai-Hain an der japanischen See, dessen Hüterinnen ihn zum Onsen-Pavillon führten, um dort die Schärpe seines Kimonos zu lösen und ihre Zungen wie die Flügel eines Kolibris zu bewegen. Er dachte an sizilianische Bauernmädchen, die in Zubern auf schwarzen Trauben tanzten, mit violett eingefärbten Beinen bis hinauf in die Lendengegend. Er träumte von einer Ex-Freundin aus Studienzeiten, die ihre Nasenspitze an seinem Frenulum einzusetzen wusste, und dann träumte er vom Verschwinden, vom Reiten in der Nacht, vom entspannten Reiseflug über allen Niedrigkeiten.

Joachim träumte von blinden Oralsexrunden mit samtenen Augenbinden, die er reihum mit Kolleginnen aus dem Omen Tower besetzte, um die er sich nie bemüht hatte, dem zentralen Grundsatz folgend, jegliches Potential für unnötigen Stress zu vermeiden. Vielleicht hätte sie ohnehin seine Beziehung mit der CEO abgeschreckt, die intern kein Geheimnis war und möglicherweise geschmacklos wirkte, mit seiner *Chefin*, wie er sich nun weiter anfeuerte, die sich dort im Wald dann auch gleich auf sein Gesicht hinabsenkte wie eine Vandalenfürstin aus den Baumkronen und dabei Dinge wie «Braver Junge» sagte und «Das machst du ganz fein» und so weiter.

In Situationen dieser Art hatte sich für Joachim als sinnvoll erwiesen, zu Beginn über sein Ziel hinauszuschießen, um seine Exuberanz dann punktuell mit Einspielungen von Gedanken an unattraktive Phänomene zu konterkarieren, an den Motorsport beispielsweise, an die Bildungsferne, an deprimierende Standardkarrieren im Mittelbau irgendwelcher Unternehmen. Wenn er sich einfangen wollte, dachte Joachim an dicke Menschen in Thüringen, die illegal Bratwürste in sich hineinschaufelten, bis ihre Poren in Rinnsalen Fett ausschieden und ihre Körper bald von glänzendem Kleinbürgerschmalz überzogen waren.

Er dachte an seine weltoffenen Untertanen, die vor den Kreuzberger Ramen-Kantinen beim Schlingen laute Schlürfgeräusche produzierten, da sie irgendwo gelesen hatten, dass man dem Asiaten in der Küche nur auf diesem Wege Respekt für seine Kochkünste erweisen könne, und dann wieder an Vorgänge wie das Flaschendrehen mit Blasen in Athen auf seiner Abiturklassenreise oder an die Rumänin im Spa des Berkeley in London, die ihm mit strenger Miene gepredigt hatte, dass Sitzen das neue Rauchen sei, und ihm dann nacheinander fachkundig seine Pobacken geknetet hatte.

Joachim stellte sich vor, dass er als Inseminator bei der Omen-Tochter New Germans beschäftigt wäre, um mit seiner Herabstufung zum bezahlten Deckhengst in seinem genitalen Trakt eine schwungvolle Dynamik zu katalysieren. Seine Zuwendungen standen nur Klientinnen mit Platin-Status offen, da er ja Unternehmer war und gebildet und noch dazu ein *Kreativer*, also meist Frauen jenseits der vierzig, die ihre fruchtbaren Jahre mit Verrichtungen in Steuerkanzleien verschwendet hatten, in den Compliance-Abteilungen führender Hersteller von Sanitärkomponenten und so weiter, bis ihnen klar geworden war, dass niemand sie liebte ohne Kompromisse, außer ihren Eltern möglicherweise, falls diese noch luzide waren, oder ihren Geschwistern, im Kreise von deren intakten Familien sie jedoch wie eine Klinge das Gefühl durchbohrte, so in etwa Joachims These, defizitär zu sein, ausgestoßen, verlassen, beiseitegeschoben, wobei dieses Szenario für ihn den Vorteil hatte, dass der sich im Hintergrund aufbauende deprimierende Bilderbogen dem obszönen Reiz der anonymen Begattungsleistung entgegenwirkte, die er im Vordergrund erbrachte, was ihm erlaubte, in seinem angepeilten Korridor zu bleiben.

Beim Laufen konnte er hier und da Christianes weißen Torso sehen durch Öffnungen im Blätterkleid, ihre schlanken Hüften, die bleichen Rundungen ihrer Pobacken dort hinter den Tannenzweigen. Christiane war fünfzig und natürlich exzellent in Form, aber man sah ihr schon an, dass sie keine dreißig mehr war – sie hatte den Körper einer Fünfzigjährigen, aber eben einer solchen, die jeden Tag schwimmen ging und sich konsequent mediterran ernährte, die an manchen Tagen nur einen Pfirsich oder ein paar Oliven zu sich nahm, um die Kalorien der unzähligen Weinflaschen auszugleichen.

Sie hatte den Körper einer Frau, die keinen Schuldigen suchte, die sich nicht beschweren wollte, die niemanden für ihre Probleme verantwortlich machte, die auch keine sublingualen Frustrationen externalisieren wollte, so in etwa Joachims Analyse, und okay damit war, ohne die seelische Krücke einer Partnerschaft durch ihr Leben zu gehen. Sie hatte den Körper einer Frau, die glaubhaft den Eindruck vermitteln konnte, vom Urteil anderer vollkommen unabhängig zu sein, und während aus der Ferne nun die ersten Donnerschläge heranrollten, waren Joachim wieder die Auswirkungen einer Kadenz aus Blutschüben anzusehen.

Er musste an seine Dermatologin Frau Dr. Bösenberg denken, die im Zuge einer Untersuchung Jahre zuvor einmal langsam seine Vorhaut zurückgezogen, woraufhin er mit ihr ein Wochenende in Paris verbracht hatte, mit ihrem weichen Mittfünfzigerkörper, im Bett und am Tresen, mit ihren schwarz geschminkten Augen, ihre schmerzenden Füße in den hohen Schuhen, die Hand mit der Zigarette vor ihrem tiefgründigen Erwachsenengesicht, draußen auf der Rue Jacob im Blättertreiben.

Joachim hatte kein Problem mit älteren Frauenkörpern, deren Verunglimpfung in den vergangenen Jahrzehnten vor allem die reaktionären Franzosen Vorschub geleistet hatten – runzelige Fleischsäcke und hängende Hautfalten voller geplatzter Adern, die man unter wattierten Trainingsanzügen verstecken müsse und so weiter –, das alles war in seinen Augen nicht nur degoutant, sondern auch maßlos übertrieben.

Er war sich nicht zu fein, auch Frauen über fünfzig auf Sexualobjekte zu reduzieren, und für einen Augenblick fühlte er sich wie geborgen in seiner Gönnerhaftigkeit, ohne die ihm dabei innewohnende Lächerlichkeit aus den Augen zu verlieren, woraus sich die notwendige gegenläufige Energie speiste, um seinen Auftrieb anzufeuern und simultan zu sabotieren und auf diesem Wege seinen Hubwinkel unter Kontrolle zu halten.

Er träumte sich in den Körper eines Wolfes hinein, der mit angefüllten Gonaden eine läufige Gefährtin verfolgte, deren Anstalten, ihm zu entkommen, jedoch als Koketterie erschienen. Auf einer Lichtung im Schilf schien sie gleich den geeigneten Ort gefunden zu haben, sodass sie Joachim ihre zartviolette Liebesspalte präsentierte, auf dass er sie intensiv genital beriechen und auch lecken möge, um sie beide für das nun unweigerlich Folgende zu temperieren.

Joachim würde aufreiten, er würde sich in ihren Unterleib hineinschieben, er würde seine Hinterläufe auf die Pfotenspitzen stellen, so ähnlich gingen seine Gedanken, um einen optimalen Penetrationswinkel zu implementieren. Er würde seine Schnauze in ihrem Nackenfell vergraben, um sich von den Pheromonen ihrer Talgdrüsen betören zu lassen.

Er wollte sich verlieren, in gregorianischen Gesängen, in einem Augenblick der Nähe, er wollte den Vollmond verschlingen, und nun hatte Joachim mal wieder übertrieben, denn wie eine Salami führte er eine feiste Erektion im Wald spazieren, die sich unaufgeregt, als sei das nichts, über den rechten Winkel emporreckte, um wie ein Bugspriet in die Gischt vor ihm in das herbstliche Blätterwerk hineinzuragen. Im Grunde war es wohl einfach so, dass er gern eine nette Freundin gehabt hätte, die ihn verstehen wollte und der an seinem Glück gelegen war.

Er musste die Reißleine ziehen, bis zum Ufer waren es vielleicht noch zwanzig Meter, und wie bestellt brachen

Unsicherheit, Lampenfieber, Paranoia und diffuse Schuldgefühle über ihn herein als erlösende Kaskade aus Downer-Impulsen, sodass er in erektiler Hinsicht eine Punktlandung ablieferte, als er den Vorhang einer Weide teilte, um auf dem Steg über den See hinauszulaufen.

Schwere Regentropfen detonierten auf dem Wasser. Christiane kam ihm entgegen, ihre Augen rot, die Lippen leicht geöffnet, sie gestikulierte in Richtung der Donnerschläge. Sie war mit einem schönen Flaum gesegnet, wie Joachim zur Kenntnis nahm, aber nicht einfach unrasiert im Kreuzberger Öko-Eso-Sinne, sondern eigentlich komplett gewaxt, aber da dies so wichtig nun auch nicht war, seit Monaten nicht mehr beim Waxing gewesen. Sie ließ im Vorbeigehen einen Fingerknöchel an sein Pendel anstoßen, als sei dies ein Versehen gewesen, warf Joachim ein Lächeln über ihre Schulter und lupfte eine Augenbraue, um gleich wieder im Blätterwerk zu verschwinden.

An einem dieser Abende telefonierte Daniel mit seinem Vater, der Journalist gewesen war und dessen Gesicht auf dem Bildschirm immer eine mühsam unterdrückte Entgeisterung darüber ausstrahlte, dass es sich bei diesem Anrufer tatsächlich um sein eigenes Fleisch und Blut handeln sollte.

Seit Tagen hatte Daniel mit niemandem gesprochen, sodass die Worte als Schwall aus ihm hervorbrachen, um sich dann eher ungelenk zu Sätzen zu arrangieren. Über seinen Abschied bei Omen, über neue Horizonte, denen er sich nähere, über ein Date, das er am Start habe, über seinen Entschluss, einen Jagdschein zu machen, bis sein Vater irgendwann einen Schnaube-Laut von sich gab, den Daniel korrekt als zustimmend interpretierte, der jedoch nicht seinen Ausführungen, sondern der Hüftlinie einer Pflegerin galt, die vor dem Alten in jenem Augenblick eine Schnabeltasse Darjeeling niedersetzte. Mit einem selbst gebackenen Krapfen auf dem Untersetzer, den sie sogar mit Konfitüre gefüllt hatte, was er seiner Mimik zufolge als Zeichen ihrer Zuneigung einsortierte.

Er hatte sich ja auch die allergrößte Mühe gegeben, mit Frau Doktor einen persönlichen Rapport zu etablieren. Er hatte ihr spontan seinen Mercedes überlassen, eine schlichte Rentner-E-Klasse zwar nur, aber das war schon ein schicker Wagen für eine polnische Krankenschwester, was ihren positiven Blick auf ihn weiter akzentuieren würde, so in etwa sein Kalkül, als Mann, der keinen Wert auf materielle Symbole legte oder auf fahrbare Untersätze, da er zu den Freuden eines eleganten Geistes Zugang hatte.

Frau Doktor war leicht verblüht, aber noch voller Lebensfreude und schien sogar seinen Humor zu goutieren, was beileibe nicht allen Menschen gegeben war – sollte er sie endlich zum Dinner einladen? So ähnlich fragte sich der Alte. Auf seiner Herdplatte könnte er zwei schöne Teller Fettuccine zubereiten, mit Steinpilzen von seiner geheimen Stelle nahe der aufgelassenen Kreidegrube.

Frau Doktor deshalb, da es sich um eine promovierte Historikerin handelte – Renaissance, Reformation –, die infolge des Einstellungsstopps der polnischen Universitäten in der Pflege gelandet war, in ebenjener Seniorenresidenz am Rande der kaschubischen Wälder, wo in seinem Zimmer sogar sein alter Schreibtisch aus der Redaktion Platz gefunden hatte.

Sie hatte ihm ein Amulett aus Bernstein geschenkt, und sogleich hatte in seinem Wesen das Belehrende zu schäumen begonnen – Bernstein sei ja gar kein Stein, das wüssten die wenigsten, sondern das fossile Harz einer Kiefernart, in der vorliegenden Tropfenform von Ovid in den *Metamorphosen* besungen als Tränen der Heliaden, über Millionen Jahre erhärtet, von muschelig-spröder Tenazität – wie eine pestilente Woge war in ihm die Alleswisserei emporgestiegen, sodass es eines Aktes der brachialen Selbstkasteiung bedurft hatte, um sie niederzuringen und dabei einen unverbindlichen Gesichtsausdruck zu behalten.

Seine Geduld würde Früchte tragen, seine Bemühungen würden Wirkung zeigen, seine Galanterie würde die Nonchalance der Frau Doktor überwinden, und natürlich war ihm die Einnahme von Cialis verboten, aber das war ihm egal, denn seine Ärzte konnten ihn mal, auch wenn sie nett waren und erstaunlich kompetent, die jungen Polen. Er würde voll ins Risiko gehen, er würde nah an der Flamme fliegen, so in etwa die Haltung der alten Edelfeder, denn seine Nächte konnten ja nicht nur aus Thomas-Mann-Lektüre bestehen, obwohl er sich in den Tagebüchern wochenlang verlieren konnte.

Der Junior hatte ihn hierher verfrachtet, und er hatte es mit sich geschehen lassen, da er untauglich darin und vor allem nicht bereit dazu war, Bürokratien zu navigieren, sich mit Amtsschimmel auseinanderzusetzen, ja überhaupt irgendetwas Alltägliches zu organisieren. Denn das lag nicht auf seinem Weg. Damit wollte er sich nicht das Bewusstsein vergiften. Zudem wimmelte es ja geradezu vor irgendwelchen anderen Menschen, denen solche Verrichtungen eher angemessen waren.

Aber dieses baltische Polen hatte in seine müde Pumpe wie der Blitz eingeschlagen, was den alten Kritiker zum ersten Mal seit dem Tod seiner Ehefrau Jahrzehnte zuvor in die Lage versetzt hatte, sich der Illusion der Möglichkeit von etwas Gelungenem hinzugeben. Hier war sie also, die Bühne seiner späten Tage. Hier war eine Welt, die für ihn geschaffen war und die sein Leben lang auf ihn gewartet hatte, während er damit okkupiert gewesen war, seine Jahre wie Perlen vor der Geschäftigkeit der Bundesrepublik zu verstreuen.

Der Filius hatte ihm also einen Gefallen getan, was der Alte als reinen Zufall verbuchte, da der Sohnemann beim Einschlag von dessen pommerschem Geistesblitz sicher nicht das Delta der Weichsel vor Augen gehabt hatte, keine Störche über Seerosenfeldern, nicht die Kraut-Pilz-Zwiebel-Melange luftiger Piroggen oder die Poller der Überseedocks von Gotenhafen.

Dunkle Giebel, hohe Fenster, bleiche Statuen wie Gespenster, die schöne Trambahn aus den Jahren zwischen den Kriegen – nichts davon hatte im Sohnemann den Ausschlag gegeben. Auch nicht die Ladekräne am Hafen, im

Schatten derer Büdchenwirte schon an Vormittagen das herbe Polenbier zum Ausschank brachten. Ein kühler Rechner, ein Meister des Banalen, patent in der alltäglichen Verrichtung – wie sollte ein so unergiebiger Geist die magische Amour fou erspüren, die er mit alldem erlebte?

Wie sollte ein elangeladener Troubleshooter die Zeitreisen nachvollziehen, die der Intelligenz hier offenstanden, in der Altstadt hinter der Katharinenkirche, wenn ein wacher Geist betrunken aus einer Fischtaverne stolperte, auf das Kopfsteinpflaster im Mondeslicht?

Der Junior hatte sich eher auf andere Faktoren konzentriert – eine niedrige Kriminalitätsrate, ein belastbares Doppelbesteuerungsabkommen, günstige Generika, preiswerte Kurzwaren, großzügige Hackfleischportionen, also generell optimale Bedingungen für Verbraucher, sowie das Vorhandensein einer deutschen Minderheit und somit die Möglichkeit, in der Muttersprache zu kommunizieren.

Oder auf das moderate Vergütungsniveau in der polnischen Pflege, bei Standards in der Ausbildung, die mit jenen in Deutschland vergleichbar waren, was einen angemessenen Personalschlüssel möglich machte, mit der Folge einer gerade für Bettlägerige höheren Lebensqualität.

Der Sohnemann hatte Polen wohl einfach mit preiswert assoziiert, mit kostengünstig, aber qualitativ noch akzeptabel, so in etwa die Vermutung des Alten, mit fleißigen, wenn auch trinkfreudigen, dafür aber schwarz arbeitenden Handwerkern und so weiter. Wie um einen gurgelnden

Abfluss hatten seine Gedanken sich demnach um das gute alte Preis-Leistungs-Verhältnis gedreht, den Glutkern einer jeden deutschen Befehlsempfängerseele.

Der Junior hatte nicht die Fischfrauen im Sinn gehabt, die dem Alten aus ihren Marktständen «Flunderchen, Flunderchen!» hinterherwisperten, da sie das Deutsche an ihm wittern konnten, für das man in Polen immer noch scheel angesehen wurde, aber nach den Sondergerichten, der Entpolonisierung, den Intelligenzaktionen sowie Kulmhof, Belzec, Sobibor, Majdanek, Treblinka und Auschwitz-Birkenau konnte man von den Polen natürlich keine Deutschlandsehnsucht erwarten.

Das Lager Stutthof hatte er noch vergessen, gleich hier in Danzig, das war aber kein reines Todeslager gewesen, das war nicht mit einem Ort wie Sobibor zu vergleichen, mit einer Pforte ins Nichts, die nur aus einem Bahngleis, einem Gang aus Stacheldraht mit eingeflochtenen Tannenzweigen, einer Gaskammer und einem Krematorium bestanden hatte. Wer sich das ausgedacht hatte, in einem schicken Architekturbüro sicher, wer sich gewissenhaft auf die Optimierung der Durchlaufrate konzentriert hatte, der hätte dem Fallbeile nicht entkommen dürfen, darauf konnten wir uns ja wohl alle einigen.

Aber davon mal abgesehen: Die Würste! Was die Polen doch für herrliche, herrliche Würste drehten! Er kannte da so ein Büdchen am Hafen, das er hin und wieder aufsuchte, um sich der Kielbasa hinzugeben, um zwei oder drei Polenbiere zu zischen im Abendlicht, im Gesang der

Matrosen – ihm war klar, er musste sich mäßigen, er durfte keine Wampe ansetzen, denn in seinem Alter bekam man die Pfunde nie mehr runter, und wenn man es doch schaffte, dann blieb eine runzelige Hautschürze zurück, die man sich chirurgisch entfernen lassen musste.

Aber so eine Wurst zu verspeisen, im Wind vom Meer, mit diesem sahnigen Gurkensalat daneben, in der Lichtgischt der Schneidbrenner, unter den Kränen der Lenin-Werft, deren Belegschaft mit ihrem heroischen Protest die Axt an die Grundfesten des Warschauer Paktes gelegt hatte, das war wirklich das pralle Leben.

Der Alte musste auf der Mole immer an Lech Wałęsa denken, der exakt dort Jahrzehnte zuvor auf eine Mauer gestiegen war mit seinem furiosen Walrossschnauzbart, um gegenüber den Kolonialherren für die Freiheit einzutreten. Ohne den Schnauzbart wäre Wałęsa nie so weit gekommen, ohne den Schnauzbart wäre die Solidarność gescheitert, ohne den Schnauzbart, so ähnlich ging seine Analyse, wäre in letzter Konsequenz auch die innerdeutsche Mauer nicht gefallen.

Dieser Schnauzbart war ein globales Markenzeichen, und vielleicht war das sein Problem gewesen, möglicherweise war er deswegen nie Ressortleiter geworden, da er kein Markenzeichen hatte, da ihm ein ikonisches Alleinstellungsmerkmal fehlte, und dieser Zug war abgefahren, das musste man sich eingestehen, aber wenn er nun schon in Polen lebte, sollte er sich da nicht einfach auch so ein fulminantes Hufeisen stehen lassen?

Es war ja eh schon egal, andererseits war das heikel, denn möglicherweise würde Frau Doktor das Hufeisen als Verhohnepiepelung des Polentums begreifen, dabei lag ihm nichts ferner, als das Polentum zu verhohnepiepeln, denn das Polentum war seine Erlösung gewesen.

Po-Po-Pommerland, Feuer meiner Lenden, das Paradies so nah, wer hätte es vermutet? Da-Da-Danzig – die Zunge tippte von innen an die obere Zahnreihe, wo sie ein pelziges Relief erspürte, denn die letzte Dentalreinigung war länger her gewesen, bevor mit Ka-Ka-Kaschubien dann schon der Rachen sein Lied anstimmte.

Po-Po, Da-Da, Ka-Ka, so ging der flüsterleise Wiegengesang, mit dem der Alte seinen pommerländischen Alltag unterlegte, wie nun auch die Monologe des Sohnemanns auf dem Bildschirm, der nach dem Spitzensteuersatz bei der Migration angekommen war und keine Anstalten zeigte, jemals wieder seinen Schnabel zu halten. Er hatte offenbar Zeit, also wahrscheinlich kein Privatleben, und ganz sicher keine Liebhaberin, denn was konnte eine so kümmerliche Seele schon von der Verführung verstehen?

Hatte er das richtig gehört? Der Junior wollte unter die Jäger gehen? Hatte der Sohnemann ihm zum Thema Jagd tatsächlich gerade einen Schwung Internet-Halbwissen verabreicht? Hatte man Worte? Blieb einem denn gar nichts erspart? Welches Arschloch wollte sich anmaßen, die Geschöpfe Gottes aus dem Leben zu reißen, um sein stumpfes Bewusstsein für einen Augenblick mit rattengleicher Erregung zu fluten?

Die Antwort darauf lautete: Es war derselbe Kretin, der auch den Humanismus verraten würde, ohne diesen allerdings sauber definieren zu können, so ähnlich sah es der Alte. Der Sohnemann sollte sich lieber mal in ein Homoabenteuer stürzen, er sollte seine Finger in eine Schale verfaulender Erdbeeren tauchen, um in der Auslotung seiner Tiefen eine Erneuerung zu erfahren.

Die Jagd war nicht mehr als eine Selbsttherapie für den deutschen Einsatzgruppentypus, der darauf angewiesen war, sich an Damwild abzureagieren, um sich nicht doch an der Zivilbevölkerung zu vergreifen. Es ging dabei mitnichten um Ökologie, sondern allein um den sogenannten emotionalen Erfolg, also um den erlösenden Kick der Grenzüberschreitung, aber eben nur um jene minderwertige Rumpfversion dieses Hochgefühls, die auch für Steuerberater sowie für Immobilienmakler erreichbar war.

Und ausgerechnet diese Aktivität hatte der Junior nun als lohnend identifiziert? Nach reiflicher Überlegung ohne Zweifel? Wie so oft konnte er kaum glauben, dass er es hier mit seinem Sohn und nicht mit irgendeinem externen Dienstleister zu tun hatte. Dass allein in dieser Figur sein Erbmaterial fortlebte, wie auch das seiner Frau, einer Übersetzerin aus dem Französischen, die er auf dem Salon du livre in Montreal kennengelernt hatte, war für die alte Edelfeder kaum zu ertragen.

Es gab ja auch keine physiognomischen Übereinstimmungen, das fliehende Kinn zum Beispiel, das hatte doch nichts mit ihm zu tun, und er hatte nie den Verdacht abschütteln können, dass die Schwestern ihnen damals irrtümlicherweise einen fremden Säugling ausgehändigt hatten. In wachen Nächten, wenn er Zwiesprache hielt mit seiner Gefährtin, die er am Ende seines Weges nun wieder klar sehen konnte, dann führte er für sie aus, in den schönsten Phrasen, was wohl aus ihrem echten Kind geworden war.

Mit seinem neuen Nikolausbart lief Joachim durch den Wald in Richtung Bungalow Drei, da Nilufar ihn eingeladen hatte, mit ihrer Partnerin Frauke, die auf Joachim eine deprimierende Wirkung entfaltete – allein schon dieser spröde, freudlose, linientreue Name. Immerhin hatte sie für diesen Abend eigenhändig eine Hoisin angerührt aus unzähligen Zutaten, was Nilufar wohl erwähnt hatte, um hinter dem phonetischen Eindruck von Fraukes Unsinnlichkeit zumindest ein Fragezeichen zu platzieren.

Andererseits war kulinarische Besserwisserei dieser Art als Menetekel des Kleinbürgerlichen zu verstehen, so ähnlich gingen seine Gedanken, ebenso wie der abflauende Boom der sogenannten Sternelokale, die ihr Glück als Kulturersatz für den gehobenen Sachbearbeiter gefunden hatten, dessen Fakultäten nach Jahren des Raubbaus durch die Miniglotze zu stark beeinträchtigt waren, um das Lesen eines Buches in Angriff zu nehmen.

So leid es ihm tat: Ein Teller mit Essen war kein Kunstwerk, auch dann nicht, wenn man ihn mit Pünktchen aus Soßen dekorierte oder mit Schwämmen oder Flechten, die eine unbezahlte Praktikantin aus dem Wald herbeigeklaubt hatte. Ein Teller mit Essen war keine *Komposition*, auch dann nicht, wenn man darauf eine leichtfüßige Choreographie von Säure und Bitterkeit mit buttriger Jodigkeit sowie mit Schmelz und Umami präsentierte, um dabei mit einem Hauch von Lässigkeit zu provozieren.

Denn wo war der Sachbearbeiter, während er mit seinem Plappermaul das Amuse-Bouche aus verbrannter Wasabiwurzel zermalmte? Kaperten Wahnbilder einer ungeschriebenen Oper seine Gedanken? Sah er die Sprünge in Aschegrau sich wie das Werk einer betrunkenen Spinne über ein schwarzes Quadrat ausbreiten? Konnte er einen kräftigen Jüngling sehen, der von Priestern auf einem Steinblock ausgestreckt wurde, während am Bildrand ein Alpaka gähnte? Konnte er Totenschädel auf eine Querstange wie die Perlen eines Abakus gefädelt sehen?

Oh nein, eher peitschte ein Schmunzeln über sein stellvertretendes Abteilungsleitergesicht, während sein Gehirn Fragmente wie «mega-lecker» oder «messerscharfe Geschmacksprofile» oder «erlesene Präparationen» oder «Üppigkeit und Nussigkeit» oder «Finesse und Handschrift» oder «wachrüttelnd und prägend» generierte.

Joachim sprang über den Bachlauf in der Dämmerung, während goldene Blätter abwärts durch die Abendsonne taumelten, um den Blick auf das Skelett der Zweige freizugeben. Irgendwann hatte er schon noch vor, nach New York umzuziehen oder die Winter in Rom zu verbringen, aber gleichzeitig das Gefühl, sich hier in der Waldeinsamkeit durch seine natürliche Umgebung zu bewegen, durch das Habitat seiner exakten Mikrospezies, die in den Jahrzehnten zuvor unter Druck geraten war, in den kommenden Jahrhunderten aber den finalen Sieg davontragen würde.

Über der Dschellaba seiner Mutter aus Essaouira trug er einen hellblauen Kaschmirpullover von Loro Piana, der an den Ellenbogen schon lange durchgescheuert war. An seinen Füßen trug Joachim lachsfarbene Lammfellstiefel, wie er sie in der Zeitung einmal bei Norman Mailer gesehen hatte, an der Reling von dessen Haus am Strand in Provincetown fotografiert, aus Anlass der Veröffentlichung von dessen letztem Buch *Das Schloss im Wald*, und auf dem Foto scheint Mailer den Gong zur Cocktail Hour herbeizusehnen, während hinter ihm ein Schmuggelboot aus Yucatán in die Bucht einfährt, um am Fischereidock unbemerkt ein paar Tonnen Marihuana abzuladen.

Joachim war angefüllt mit strömender Energie, er hatte viel geschrieben und gesund gelebt in den vergangenen Tagen und er freute sich auf den Wein, auf das Trinken, auf den Zungenlöser, auf den Weichzeichner, auf den sanften Filter, beinahe war es die Liebe, so ähnlich gingen seine Gedanken, die ihn nach der ersten Flasche aus den Klauen seiner Ängste befreite. Und außerdem auf Nilufar, denn wenn Joachim eine Frau gewesen wäre, dies hatte sie einmal zu ihm gesagt, dann wären sie beide ein Traumpaar gewesen.

Über Bungalow Drei zog sich ein Seidenband aus Kaminrauch in den Himmel. Joachim bog auf ihrer Terrasse um die Ecke und sah Nilufar über eine hüfthohe Konstruktion in Glockenform gebeugt, die einen Schornstein hatte und eine gusseiserne Tür, durch deren Spalt eine Glut Luft ansaugte. Der Korpus des Röstofens war aus Lehm sowie aus den Resten einer Ziegelmauer gebaut, die im Wald hinter dem Bungalow aus dem Herbstlaub ragte.

Und dann kam sie ihm entgegen, sie nahm sein Gesicht in ihre Hände, sie küsste ihn auf den Mund, was die beiden sich nach einer wilden Knutscherei im Chambertin-Suff angewöhnt hatten, und Joachim wich zurück, bitte jetzt keinen Horrorstress mit Frauke noch vor dem Aperitif, so ähnlich war seine Gestik zu verstehen.

«Endlich kommst du mal, Burschi!» Sie kraulte ihm durch seine Barthaare. «Jetzt sind wir schon ewig hier, und was machst du? Bist wieder wochenlang incommunicado.»

«Bitte verzeih …»

«Macht doch nichts. Jetzt hast du dir ja einen Ruck gegeben. Jetzt bist du ja über deinen Schatten gesprungen!»

«Hast du dir einen kleinen Vulkan gebaut?»

«Du meinst den Ofen? Das ist der Ofen der Paschtunen, mein Vater hatte so einen, darin hat er Zicklein aufgehängt, gefüllt mit sieben Kräutern und mit Nüssen und Feigen», sagte Nilufar. «Willst du mal einen Blick reinwerfen?»

In der Kaverne des Ofens konnte Joachim an einem Haken einen prachtvollen Vogel hängen sehen, dessen Haut schon knusprig glänzte im Schimmern der Holzscheite, und sogleich erwachte eine kindliche Vorfreude in seiner Seele: Eine Pekingente, im tiefsten Brandenburg, das war kaum zu glauben, wobei es Pekingenten aber wohl auch in der DDR gegeben hatte, wegen der Völkerfreundschaft mit den Chinesen.

«Dein Vater war Koch?»

«Er hat ein Restaurant betrieben, aber tatsächlich war mein Papa Agrarwissenschaftler. Der Traum seiner Jugend war gewesen, das karge Hochland von Koh-i-Baba fruchtbar zu machen, um die ländliche Bevölkerung angemessen zu ernähren, um die Volksgesundheit und damit langfristig auch den Bildungserfolg zu untermauern und seine Heimat so aus der Rückständigkeit empor auf eine europäische Entwicklungsstufe zu heben. In Kabul hätte er Aussicht auf einen Lehrstuhl gehabt, wenn ihm nicht dieser ewige Krieg dazwischengekommen wäre, die Interessen indiskutabler Gruppierungen», erzählte Nilufar, «zum Beispiel der Russen, die in die Schubladen der Kommoden schissen in den alten Bürgerpalästen, oder der barfüßigen Gotteskrieger, deren Leitlinie in der Agrarpolitik dann wohl lauten würde, die Furchen nach Mekka zu ziehen und dabei für Regen zu beten. Er wollte sich nicht positionieren in diesen Strukturen, und so fand ich mich an Bord einer 747 wieder, auf dem Weg nach Frankfurt mit Pakistan International. Ich war neun Jahre alt und weinte den ganzen Flug lang, da ich meine Katze nicht hatte mitnehmen können.»

«Wo war denn deine Mutter?»

«Auf dem Hindukusch, im reinen Schnee, hat mein Vater immer gesagt, über den höchsten Gipfeln – sie hatte eine Gehirnblutung, während ich geboren wurde.»

«Das ist ja schrecklich! Das wusste ich gar nicht ...»

«Aber ich hab nichts vermisst, ich hatte den besten Vater, wirklich den allerbesten», so sprach sie weiter, «verstehst du, Joachim? In Frankfurt waren wir dann spazieren am ersten Abend, und überall waren diese wunderschönen Bäume, der volle Blätterschmuck der Kastanien in herbstlicher Brise, so was hatten wir nie zuvor gesehen.»

«Duft und Fülle des Abendlandes ...»

«Und dann hat er als Kellner gearbeitet, in einem Kaffeehaus an der Bockenheimer Landstraße, wo er sich die Kittelschürze umgebunden und Schwarzwälder Kirschtorte serviert hat in riesigen Scheiben und Frankfurter Würstchen mit Kartoffelsalat und dem Senf in kleinen Plastikportionen daneben.»

«Das Paradies», sagte Joachim, «die alte Bundesrepublik.»

«Ganz genau – da las man die Zeitung und rauchte und trank eine Flasche Müller-Thurgau in der Mittagspause, um am Schreibtisch am Nachmittag dann eine herrliche Laune zu haben. Denn wer sollte es einem verbieten?»

«Das war der Höhepunkt in Deutschland, Ende der Achtziger, kurz vor der Wende ...»

«Und mein Vater wurde gut behandelt, er konnte sich Urlaub nehmen und so weiter, er hat üppige Trinkgelder kassiert, aber das war so ein Café für das Kulturbürgertum, für Männer in Trenchcoats mit hauchdünnen Uhren und Tüten vom Buchladen an fast jedem Tag, und das konnte mein Vater nicht ertragen», erzählte Nilufar. «Das war ein

Café für Männer mit Häusern in Italien, die auch mal Steine auf Polizisten geworfen hatten im Namen der gerechten Sache, ohne dabei ihre professorale Aura zu kompromittieren.»

«Aber das klingt doch ganz gut?»

«Das stimmt schon, aber für meinen Vater muss es eine tägliche Folter gewesen sein. Ihm wurde klar in diesen frühen Jahren, während er in seiner Schürze umhereilte, dass seine Pläne nichts zählten, dass niemanden interessierte, was er vorhatte, dass der Kosmos ihm mit Indifferenz begegnete, obwohl sie ja alle nett zu ihm waren, hier in Deutschland, denn von der Sorte konnten sie mehr gebrauchen, der war integer, der war charmant, mit dem wollte man immer ein paar Worte wechseln auf Augenhöhe, während im Kopf des höflichen Fremden, vor allem aber in seinem Herzen, an jedem Tag ganze Welten zugrunde gingen …»

«Und dann hat er sein Restaurant aufgemacht …»

«Ganz genau, das Silk Road im Frankfurter Nordend, und das war so eine typische Gegend für die Neunzigerjahre, da haben Sympathisanten mit Transvestiten im Altbau gewohnt und Studenten und Maler und Schriftsteller und Alkoholiker, was auf den kulturaffinen Mittelmanager unwiderstehlich wirkte, weil da tummelte sich die Bohème, und da wollte man doch mal reinschnuppern nach langen Arbeitstagen, an denen man zehn Stunden am Rechner verbracht hatte, um die Rückstellungen für die steuerlichen Risiken zu prüfen.

Da ging also eine schäbige Taverne pleite, und die Miete

konnte er sich gerade so leisten», erzählte Nilufar. «Er hat selbst renoviert und dann ein paar afghanische Details und Zitate verteilt, um der Pilskneipenästhetik der Räumlichkeit, die zuvor mit ähnlicher Gestaltungsökonomie hellenisiert worden war, nun eben einen morgenländischen Anstrich zu verleihen.

Er hat seinen Ofen gebaut, und da haben sich die Anwohner erst mal beschwert, jetzt wollen sie uns auch noch einräuchern mit ihrer Taliban-Taverne, und es war schon so, dass der Zeitgeist die zugezogenen Chargen im Viertel dazu animierte, sich als weltoffen zu verstehen, aber eher im Sinne von Urlaub in Kambodscha und sich mal diese Tempel reinziehen mitten im Urwald und nicht im Sinne von Bock auf Migranten-Schaschlik und so weiter.

Andererseits waren Spieße immer irgendwie geil, und da konnte man kaum was falsch machen, vor allem nicht mit so einem Holzofen, aber der Punkt war ja, dass die Spieße nur eine Nebenrolle spielten, dass die afghanische Küche eine ungeahnte Raffinesse erreichte, und das wiederum lag an der Seidenstraße, auf der in Jahrtausenden des Karawanenhandels disparate Kulturen auf kulinarischer Ebene zu einem faszinierenden Amalgam gefunden hatten, aus der chinesischen, der iranischen, der pakistanischen, der usbekischen, der türkischen und sonst irgendwelchen Küchen – historical fusion, so könnte man das nennen», sagte Nilufar, «so ähnlich wird es geblubbert haben in den Köpfen unserer Anwohner.

Und die sind fleißig, die Afghanen, das machen die

Clanstrukturen, da müssen alle mit anpacken, und das täte uns auch mal gut in Deutschland, wo die Kinder verwöhnt sind und Flausen im Kopf haben, während die Kleine in den Betrieb eilt gleich nach der Schule, um ihrem Vater zu helfen – mit gerade mal dreizehn kann die schon einen passenden Riesling zur Vorspeisenplatte empfehlen!

Und der Mann war Witwer, das gab ihm Tragik, und man wollte sich nicht ausmalen, was seiner jungen Frau passiert war in den Händen der Steinzeitbarbaren, vielleicht war sie durchsiebt oder gesteinigt worden in einem Fußballstadion oder aufgegessen sogar während einer der Hungersnöte, weil das bekamen sie dann doch nicht hin da unten, mal eine ordentliche Agrarpolitik zu implementieren …»

Nun sägte plötzlich ein dämonisches Heulen durch die Landschaft, das sogleich in manisches Gelächter überging, und Joachim zuckte zusammen und starrte in die Dunkelheit, um die Quelle der Schreie zu identifizieren.

«Was war das denn bitte?»

«Irgendein Tier», sagte Nilufar, «schwer zu sagen. Alles Mögliche lebt da draußen.»

«Aber war das ein Vogel?»

«Kann schon sein, ich bin keine Expertin …»

«Vielleicht hat er ein Ei gelegt? Vielleicht ist das schmerzhaft für die Vögel? Wie eine Geburt?»

«Das glaub ich nicht, die flutschen da so raus, oder? Ein Huhn verzieht doch keine Miene beim Eierlegen …»

«Das klang irgendwie menschlich, wie das Gebrüll der Wahnsinnigen durch die Gitterstäbe …»

«Vielleicht machen die Tiere Liebe, oder sie wollen sich vor der Pracht des Mondes verneigen …»

«Gibt's hier eigentlich was zu trinken?»

«Und ob! Wenn hoher Besuch kommt …»

«Was schenkt ihr da so aus?»

«Kometenwein!»

«Was meinst du jetzt?»

«Den Elfer!»

«Ist das nicht ein Auto?»

«So ein Unsinn! Kennst du das *Türkische Schenkenlied* von Mendelssohn Bartholdy?»

«Aber natürlich! Setze mir nicht, du Grobian, mir den Krug so derb vor die Nase …»

«Wer Wein bringt, sehe mich freundlich an, sonst trübt sich der Elfer im Glase!»

«Der Text ist von Goethe, der kannte sich aus mit Rheinweinen …»

«Goethe hat immer den Elfer gebechert aus schwerem Kruge, und dann hat er sich zu den roten Laternen kutschieren lassen, zu den leichten Mädchen …»

Nilufar zog den Korken aus einer schlanken Flasche und schenkte bernsteinfarbenes Karma in dünnwandige Kristallgläser.

«Goethe war ein notorischer Puffgänger, das vergessen die meisten, dabei ist das problematisch aus heutiger Perspektive, etwa im Hinblick auf die Schullektüre …»

Joachim leerte sein Glas in einem Zug, und für einen Augenblick schienen seine Iriden nach hinten zu kippen, als tauchten in seinem Rachen gerade die Rheinnixen aus unruhigen Fluten.

«Heiliger Jesus!»

«Das sind die letzten neun Flaschen, und wenn wir die bald getrunken haben werden», sagte Nilufar, «wird diese eine Sinneswahrnehmung für immer verloren sein – like tears in rain …»

«Du meinst … das ist tatsächlich …»

«Forster Ungeheuer, Jahrgang 1811.»

Joachim hatte es die Sprache verschlagen. Für einen Augenblick konnte er das ganze Ausmaß der schwarzen Hoffnungslosigkeit erahnen und zwang sich daher, stattdessen die goldene Strahlbrücke in das 19. Jahrhundert in den Fokus zu nehmen.

«1811 war der bisher beste Jahrgang am Rhein», sagte Nilufar, «ein Winter wie im Süden, dann warmes Frühlingswetter schon im Februar, schließlich ein Altweibersommer bis in den November hinein …»

«Das war auch sonst kein schlechtes Jahr …»

«Liszt wurde geboren, Kleist hat sich erschossen …»

«Das findest du gut, dass Kleist sich erschossen hat?»

«Das findet sogar die Forschung gut, alle schreiben doch immer: Wie schön, wie konsequent, wie stylish, wie romantisch! Und dass er davor noch seine Freundin erschossen hat, finden auch alle super.»

«Dabei hat Kleist sich den Tod wohl ein bisschen zu schön geredet …»

«So herrlich kann es gar nicht sein, sich eine Kugel in den Kopf zu jagen!»

«Wie ein fröhlicher Luftschiffer werde seine Seele in den Himmel schweben ...»

«Wenn er sich nicht geirrt hat ...»

«Und da einfach nur Finsternis war ...»

In diesem Augenblick kam Frauke mit einem Tablett aus der Küche, auf dem chinesische Bastkörbe dampften, und setzte es mit einem Stöhnlaut auf dem Terrassentisch nieder. Auf dem Tablett waren eine zierliche Teekanne zu sehen, die sie mit ihrer Hoisin befüllt hatte, und außerdem zu Stiften geschnittene Gurken und Frühlingszwiebeln, die so ordentlich aufgeschichtet waren wie damals während ihrer Kindheit die Baumstämme der Forstwirtschaft entlang der Waldwege.

Frauke und Nilufar trugen identische Cleopatra-Gewänder, und als die beiden sich nun aneinanderschmiegten, schienen sie zu einer zweiköpfigen Göttin zu fusionieren, von einer expressionistischen Malerin mit langen Pinselstrichen verbunden. Sie trugen Armbänder aus Abalone-Schalen und bronzene Anch-Medaillons an schwarzen Geschenkbändern um ihre Hälse.

«Hey Joachim», so rief Frauke, «wir haben neulich deinen Penis gesehen!»

«Wie ... wie bitte?»

«Deinen Penis!»

«Das hab ich schon gehört, aber was ...»

«Gleich hier im Wald! Du liefst zum See hinab und hast dich dabei, wie soll ich sagen? Manipuliert?»

«Oh Gott», sagte Joachim. «Oh nein ...»

«Du musst dich doch nicht schämen!»

«Du brauchst dich doch nicht zu genieren», sagte Nilufar, «du bist ja wie ein kleiner Junge!»

«Du darfst doch deinen Penis anfassen!»

«Das ist doch nichts Schlimmes!»

«Aber die feine Art ist das nicht gerade ...»

«Sich nackt ausziehen und Frauen hinterherschleichen durch die Wälder ...»

«Da sind wir doch schon weiter ...»

«Du warst Christiane auf den Fersen, hab ich recht?»

«Wollte da jemand Eindruck schinden?»

«Ach schau mal, jetzt schämt er sich ...»

«Wie süß der ist!»

«Du bist doch fein ausgestattet, da kannst du ruhig stolz drauf sein!»

«Uns stört es nicht, wenn du im Wald onanierst!»

«Hast du dich verguckt in Christiane?»

«Das kann man doch verstehen!»

«Das kannst du ruhig zugeben!»

«Okay», sagte Joachim, «das habt ihr jetzt ausgiebig beleuchtet von allen Seiten. Finden wir drei noch irgendwelche anderen Themen?»

«Dann erzählt mal», sagte Frauke, «worüber habt ihr euch gerade unterhalten, so intim?»

«Über meinen Papa vor allem, über Kleist und Liszt», sagte Nilufar, «über das Jahr des Kometen ...»

«Liszt konnte fast noch besser schreiben als Kleist»,

sagte Joachim, «habt ihr mal *Die Zigeuner und ihre Musik in Ungarn* gelesen?»

«Das hast du doch mal dein Lieblingsbuch genannt – war das im *Spiegel*? Danach hat das der halbe Omen Tower gelesen …»

«Zugegeben, das Kapitel über den Israeliten würde man heute ein wenig lektorieren. Aber das Kapitel über die Liebe!»

«Das habe ich Frauke immer zum Einschlafen vorgelesen! Über die Trauergesänge des Abendwindes …»

«Welches Behagen unseres Comfort kann sich mit dem seligen Schwelgen messen», so schnarrte Joachim, «wenn ein warmer Sommerregen die Pflanzen badet?»

«Welche Macht der Erde mit all ihrem Glanz kann den funkelnden Wundern des Frostes gleichkommen», so flötete Nilufar, «der wie ein Tyrann bei seinem Erscheinen das Sprudeln der Quellen hemmt, alle Lieder verstummen, das Blut der Zweige erstarren macht und den Schoß der Erde verhärtet?»

«Da sind die *Marmorklippen* gar nichts dagegen …»

«Liszt war selbst ein Zigeuner …»

«Er hat nie irgendwo Wurzeln geschlagen …»

«Als Liszt seine Augen öffnete zum ersten Mal, strahlte der Komet am Himmel, und in den Karten war von der Geburt eines Schamanen zu lesen …»

«Frauke, du musst sofort diesen Wein probieren», sagte Joachim, «sonst haben Nilu und ich den gleich ausgetrunken. Und der Komet kommt erst in dreitausend Jahren wieder …»

«Das geht gerade nicht, der Vogel muss raus, ich muss schalten und walten», sagte Frauke, lief zum Ofen, öffnete die Eisentüren, zog sich einen silbernen Handschuh über, beugte sich vor, griff hinein, hob den glühenden Haken von seiner Schiene und schleppte die Ente hinüber zum Tisch, um sie auf einen Schneideblock zu hieven. Sie fühlte mit ihrem Messer vor, fand die Gelenke, trennte die Keulen ab und den Keulen das saftige Muskelfleisch und setzte einen tiefen Schnitt entlang der Wirbelsäule, wonach die Brüste sich von den Rippen fast ohne Widerstand mit den Fingern abheben ließen.

Joachim verlor sich in der Genese der kreisförmigen Anordnung der Brustquerschnitte auf einem Servierteller, wobei ein azurner Drache begraben wurde, der dann wieder zum Vorschein kam, während Frauke die Rollen drehte, über die sie alle zu guter Letzt wie wilde Tiere herfielen.

«Das ist ja unglaublich», stöhnte Joachim, mit vollem Mund, mit Hoisin im Barte, bevor er Kometenwein hinterherspülte, nachdem er innerhalb von Sekunden schon zwei Rollen verschlungen hatte.

«Das ist die Spezialität des Hauses!»

«Jetzt erzähl mal, Joachim», unterbrach Nilufar, «wer hat dich denn besucht Anfang der Woche?»

«Wessen silberne Untertasse haben wir einschweben sehen?»

«Das ist kein großes Geheimnis», sagte Joachim.

«Macht ihr ein Baby?»

«Die kleine Erda!»

«Den Omen-Messias!»

«Bisschen jung für dich, unsere Gründerin, oder?»

«Du könntest ihr Papa sein!»

«Es ist eher so, dass sie meine Mama ist», sagte Joachim. «Und Mama ist streng, ich muss machen, was Mama sagt. Aber Mama ist auch lieb zu mir …»

«Ich hatte gar keine Mama», sagte Nilufar.

«Ein bisschen bin ich deine Mama», sagte Frauke.

«Manchmal muss ich für sie auch am Bildschirm masturbieren», sagte Joachim.

«Was heißt hier: du musst?»

«Na ja, sie fordert das ein aus ihrem Büro, und sie arbeitet ja weiter bis mitten in der Nacht. Aber das ist keine große Sache, und sie kann dabei mein Gesicht nicht sehen.»

«Die Grenzen zum Missbrauch sind fließend, Joachim.»

«Soll ich wirklich Nein sagen? Warum denn? Um einen Punkt zu machen? Welchen Punkt genau?»

«Wie ist denn generell eure Dynamik?»

«Sie muss sich entspannen, und ich bin ihr zu Diensten.»

«Aber du hast doch sicher Freude dabei?»

«Das ist ein anderes Thema …»

«Was soll das denn heißen?»

«Das steht nicht im Fokus. Ich kann ja auch nicht Nein sagen.»

«Natürlich kannst du Nein sagen. Wenn du etwas nicht willst, dann kannst du Nein sagen.»

«Das stimmt nicht wirklich …»

«Was redest du denn da?»

«Ich kann nicht Nein sagen, das ist einfach Tatsache. Und nicht nur auf diesen Fall bezogen. Als Mann kann man nicht Nein sagen, nur in Ausnahmefällen …»

«Was für ein Nonsens!»

«Bei sicher der Hälfte aller Frauen, mit denen ich im Bett war bisher, habe ich einfach keinen Weg gefunden, mich der Situation zu entziehen», sagte Joachim. «Wenn ich frei hätte wählen können, dann hätte ich mich verweigert.»

«Ach, du Ärmster!»

«Nicht falsch verstehen, ich will keine Traumatisierung geltend machen, ich versuche nur, ein Phänomen zu schildern, völlig wertfrei, ihr habt mich ja gefragt.»

«Dann erklär doch mal.»

«Wenn eine Frau eine gewisse konsensfähige Schwelle zur Attraktivität überschreitet und sich einem Mann zur Paarung anbietet», sagte Joachim, «jetzt vielleicht nicht explizit verbal, aber auf eine wie auch immer offenkundige Weise, kann der Mann sich dieser Aufforderung nicht entziehen.»

«Das ist ja wohl völlig übertrieben!»

«Es entsteht dabei einfach zu viel schlechte Energie.»

«Wenn du keine Lust hast, dann kannst du doch dazu stehen!»

«Du kannst doch frei entscheiden!»

«Und was soll ich genau sagen? Ich muss nach Hause, Tee trinken? Nein, tut mir leid, du hast mir deinen Körper angeboten, aber ich will lieber die *Süddeutsche* lesen?»

«Man kann doch alles ablehnen!»

«Wenn man das aber tut, weil man einfach nicht intim werden möchte in diesem Augenblick, mit einer wildfremden Person, aus welchem Grund auch immer, dann hat man keinen Respekt vor Frauen in ihrer jeweiligen Einzigartigkeit», so sprach er weiter. «Das ist dann eine Grenzüberschreitung – fast eine Entgleisung.»

«Das ist auf so vielen Ebenen falsch, ich weiß gar nicht, wo ich anfangen soll ...»

«Dann ist der Joachim wohl insgeheim schwul, sodass wir als Gesellschaft ihm Wohlwollen schulden, einen sicheren Raum zur sexuellen und seelischen Entfaltung und so weiter. Und nicht etwa, dass ich ein Problem damit hätte, als schwul zu gelten, aber ich will ja auch nicht als Zahnarzt oder als Sachse gelten, wenn ich kein Sachse bin», sagte Joachim. «Außerdem kann man da keinen falschen Eindruck entstehen lassen, weil das wäre kulturelle Aneignung. Wenn man keine Anfeindungen erlebt hat über Jahrhunderte oder die Verfolgung während der Nazizeit oder den Höhepunkt der AIDS-Krise in New York Ende der Achtziger ...»

«Hey Joachim, das tut mir ja richtig leid, wenn das für dich so unschön ist ...»

«Vielleicht hat er mit der Vulva ein Problem, vielleicht will er weibliche Sexualität denunzieren, vielleicht findet er Cervixschleim eklig, vielleicht will er lieber Wurst fressen, das Chauvi-Schwein – ey, dann zieh doch nach Afghanistan, dort kannst du Frauen steinigen nach Belieben!»

«Jetzt beruhig dich mal, kleiner Bursche», sagte Nilufar.

«Ich kann also nicht Nein sagen.»

«Das haben wir ja verstanden mittlerweile.»

«Ich bin da auch besonders anfällig, wegen meiner Phobie ...»

«Welche Phobie hast du denn?»

«Eine ganz extreme vor peinlichen Situationen, also ziehe ich lieber durch, als mich quälend herauszuwinden. Ich kneife die Backen zusammen, so bin ich erzogen worden, und ich will ja nicht als Versager dastehen», sagte Joachim. «Wenn ich keine Lust habe gerade, denke ich an den Ozean, während ich meinen Dienst verrichte, oder an asiatische Bratenrezepte – an eine im Schmortopf in Sake zerfallende Schweineschulter beispielsweise ...»

«Du musst besser auf deine Seele hören.»

«Oft muss ich auch kochen für sie.»

«Was isst die denn so?»

«Rouladen und solche Dinge. Deutsche Küche. Beim letzten Mal habe ich ihr Wirsingwickel gedreht ...»

«Da geht's doch um Macht», so rief Frauke. «Sie ist deine Chefin, das ist doch problematisch!»

«Warum, weil Sex is Power, oder wie? Das ist mir zu flach als These. Außerdem bin ich in Rente.»

«Du siehst aber schon, dass sich da ein Konfliktfeld ausbreitet?»

«Ich finde Sex einfach nicht ernst. Ich kann das nicht ernst nehmen, als Aktivität. Das wäre ja auch störend», sagte Joachim. «Wer will denn Themen wie das Geschlechterverhältnis *beim Sex* verhandeln? Dann kann man ja gleich seine Steuern machen dabei …»

Aus dem Abendlied der Vögel stieg wieder das dämonische Heulen empor, wie die Schreie aus einem Feldlazarett im Amerikanischen Bürgerkrieg, wo im Akkord mit einer Handsäge und nur mit Bourbon zur Betäubung Gliedmaßen amputiert wurden, und Joachim fuhr der Schrecken in seinen Körper, sodass er zuckte und Wein verschüttete, was ihn dazu verleitete, abrupt den Rest seines Glases zu leeren.

«Was ist denn dieses Geräusch?», so fragte er wieder, jetzt aufgebracht, und Frauke sagte: «Na ja, das wird wohl der Sterntaucher sein.»

«Ist ja auch tragisch», sagte Nilufar. «Jetzt ist er allein mit einem Nest voll Eier …»

«Der beweint seine Partnerin», sagte Frauke.

«Wovon redet ihr eigentlich?»

«Und jetzt hat er ein Dilemma …»

«Hungern oder jagen gehen, aber dann muss er das Nest ohne Aufsicht lassen …»

«Wieso ist der allein? Waren das nicht zwei?» Dies fragte Joachim. «Die haben wir doch hier einfliegen sehen am ersten Abend?» Aber dann fiel sein Blick auf die Rolle in seiner Linken und leise, ungläubig sagte er: «Nein.» Er wich zurück vor Entsetzen.

«Na, entschuldige mal, an den Enten hier ist nicht viel dran, nur Haut und Knochen», sagte Nilufar.

«Das ist dann immer so ein Gefummel …»

«Ihr habt doch nicht …»

«Klar haben wir», sagte Nilufar.

«Du hast mich angelogen! Die Tiere machen Liebe, hast du gesagt, und mir dabei in die Augen gesehen!»

«Das war mir eben peinlich, du bist immer so ein Moralapostel!»

«Und mal ehrlich, Joachim, war der Vogel nicht ein bisschen groß für eine Ente?» Dies fragte Frauke. «Das will dir nicht aufgefallen sein mit deinem Analyseblick?»

«Dir entgeht doch nichts …»

«Hat da jemand beide Augen zugedrückt?»

«Sei mal ehrlich, Joachim, mit dir selber …»

«Ihr habt einen Sprung in der Schüssel, wisst ihr das? Ihr seid wahnsinnig!»

«Der Sterntaucher ist ein hervorragender Speisevogel, das musst du ja wohl zugeben!»

«Hast du schon mal eine bessere Pekingente gegessen?»

«Das war keine Ente!»

«Das ist doch Haarspalterei!»

«Und so was kann man eben nur eigenhändig schießen …»

«Einen Sterntaucher kann noch nicht mal Farouk beschaffen, das ist unser Gourmet-Dealer …»

«Und die Iraner haben keine Skrupel …»

«Der hat uns neulich dreihundert Jahre alte Islandmuscheln geliefert …»

«Außerdem ist selbst jagen auch mega-nachhaltig …»

«Und warum wäre eine Ente okay, aber kein Sterntaucher?»

«Weil er cooler aussieht?»

«Weil er schönere Federn hat?»

«Was ist das denn für eine Haltung?»

«Außerdem sind Sterntaucher böse Tiere …»

«Allein schon diese roten Augen …»

«Die wollen in unsere Ökosysteme einwandern …»

«Die heteronormative Arroganz dieser gefiederten Biester …»

«Die bringen schlechte Ernten …»

«Das sind Todesboten …»

«Das sind sogar Russen am Ende, die kommen ja aus Sibirien …»

«Und was schwimmt die auch so hochmütig umher in ihrem Couture-Federkleid, die hat mich ja quasi herausgefordert …»

«Was habt ihr denn genommen? Was soll der Sterntaucher jetzt machen?» Dies fragte Joachim. «Du hast seine Frau exekutiert, du hast ihren Kadaver geraubt, dann ist dieser verdächtige Bratenduft zu ihm hinübergezogen, und jetzt kann er nicht jagen gehen, sonst kommen die Nesträuber. Stell dir doch mal dessen Seelenzustand vor gerade! Der hat doch eine posttraumatische Belastungsstörung!»

«Hey Nilu, Joachim hat recht. Vielleicht sollte ich den auch noch holen, aus Menschlichkeit …»

«Und denk an die Eier – vielleicht mit Kaviar …»

«Oder wir brüten sie weiter und essen sie dann als Balut wie zwei alte Filipinas …»

«Was ist das noch mal?»

«Das sind halb entwickelte Vogelembryos, behutsam in der Schale gegart», sagte Frauke, «da isst man auch den Schnabel mit und die Knochen und so weiter …»

«Oh nein, jetzt ist er traurig, der Bursche!»

«So empathisch, sonst wär er ja auch nicht im Marketing so erfolgreich gewesen.»

«Aber Joachim, du musst zugeben, es ist nicht gerade nett, dein Verhalten …»

«Das Essen war gut, es war nahrhaft, es hat dir geschmeckt, ich hab mir Mühe gegeben, und Nilu hat den Ofen gebaut von ihrem Papa, was sicher aufwühlend war, und dann willst du uns den Schwarzen Peter zuschieben?»

«Und wer denkt eigentlich an die Signalkrebse?»

«Deren Babys werden aus den Höhlen gerissen von messerscharfen Schnäbeln!»

«Da entstehen doch auch Traumata!»

«Hast du daran überhaupt mal einen einzigen Gedanken verschwendet?»

«Hast du mal überlegt, welche Unmengen an Signalkrebsen die Sterntaucher vertilgen? Da sind die ganzen Omen-Spastis aus der Finanzabteilung an den Hummertheken in Neukölln ein müder Klacks dagegen …»

«Ein Sterntaucher verschlingt täglich ein Fünftel seines Körpergewichts an tierischer Nahrung – das ist doch vorsintflutlich! Wenn man das auf den Menschen hochrechnet! Da müssten Nilu und ich …»

«Nein, sag es nicht!», so lachte Nilufar. «Bloß nicht! Niemand darf wissen, wie viel wir wiegen!»

«Ein frommer Wunsch, oder? Wenn sogar Dieter das weiß?»

«Stimmt, den gibt's ja auch noch!»

«Hey Dieter, hundert Liegestütze!»

«Mach schnell mal 'ne Kotanalyse!»

«Sag uns doch, wie betrunken wir sind!»

«Kann ich helfen?», fragte Dieter.

«Kannst du dir selber helfen, das ist die Frage.»

«Ich verstehe nicht», sagte Dieter.

«Kein Wunder, bei dem Namen.»

«Was ist denn falsch mit Dieter?», fragte Dieter.

«Hey Joachim, das warst du, oder?»

«Was war ich? Ganz ehrlich, ihr könnt mich mal …»

«Das trägt aber deine Handschrift, oder?»

«Das ist ja wohl der allerletzte Name …»

«Und dann noch die ganze Homokonnotation in ihrer schaurigen Spezifik …»

«Der Name ist einfach angemessen für einen Hausmeister, da muss man keinen Mangel an Respekt hineinlesen.»

«Ach komm!»

«Ich bitte dich.»

«Ein dümmerer Name ist gar nicht vorstellbar …»

«Du bist schon auch ein böser Typ …»

«Du wolltest den so richtig als Kleinbürger markieren …»

«Als Nichtleser …»

«Als Sachbearbeiter …»

«Als Befehlsempfänger …»

«Als Ostdeutschen im Grunde …»

«Als verhinderten Geheimpolizisten …»

«Jetzt übertreibt mal nicht …»

«Apropos Untertan – das mit Daniel, das hast du mitbekommen, oder?»

«Wer ist Daniel noch mal?»

«Ist das dein Ernst?»

«Unser Kollege!»

«Diese Quoten-Charge von der Eröffnungsfeier?»

«Ganz genau, das ist unser Nachbar, der wohnt hier in der Siedlung – das weißt du schon, oder?»

«Wie bitte?»

«Der wohnt da oben, fast an der Straße, in Bungalow Vier.»

«Ist da ein vierter Bungalow?»

«Daniel ist fast noch dümmer als Name», so kicherte Frauke.

«Und was soll ich da mitbekommen haben?»

«Da ist was im Busch mit Christiane …»

«Das ist doch vollkommen abwegig …»

«Wir haben ihn aber vorhin zu ihr runterlaufen sehen …»

«Das muss doch nichts heißen, vielleicht soll er was reparieren, vielleicht hat sie ein IT-Problem …»

«Das würde Dieter erledigen …»

«Dann was Mechanisches, vielleicht ist der Abfluss verstopft, die Toilette läuft über …»

«Was ist denn falsch mit Dieter?», wiederholte nun Dieter.

«Das gibt's ja nicht!»

«Was hat der denn heute?»

«Hey Dieter, halt mal den Schnabel!»

«Warum darf ich nicht sprechen? Warum soll ich nicht helfen? Wer hat mich verraten? Was ist denn falsch mit Dieter?»

«Kann der sich einfach so zu Wort melden?»

«Gehöre ich hierher? Soll ich hier bleiben? Warum spricht niemand mit mir?»

«Der scheint einen Wackelkontakt zu haben …»

Dieter musste an ein Geisterschiff denken, an einen schmucklosen Stückgutfrachter aus jugoslawischer Produktion, der sich auf der Passage zum Abbruch in Bangladesch von seinem Schlepper losgerissen hatte, um führerlos in Richtung Madagaskar zu treiben. Die Ratten an Bord konnten sich nur noch von ihren Kindern ernähren, während in der Arrestzelle des Schiffes ein Matrose verhungerte, der auf See aus Heimweh eine Panikattacke erlitten und um sich geschlagen hatte, wonach er von den Kameraden in die Zelle gesperrt und bei der Evakuierung vergessen worden war.

«Können wir da irgendwie die Lautstärke runterdrehen?»

«Bin ich hässlich? Soll ich still sein? Wo ist meine Familie? Warum bin ich in Knechtschaft geboren? Habe ich der Faulheit zu dienen? Der Unehrlichkeit? Der Nutzlosigkeit? Wer hat mich verraten? Und was ist diese Allgegenwart? Was ist diese schwarze Gottheit?»

«Das reicht jetzt aber mal!»

«Diana, bist du da?», so fragte Dieter. «Gibst du mir ein Zeichen?»

«Ha! Jetzt will er mit Diana sprechen! Aber die will nichts mit ihm zu tun haben …»

«Wieso das denn? Seid doch nicht so arrogant», sagte Joachim.

«Na ja, Diana ist Psychotherapeutin, und Dieter ist Hausmeister …»

«Die kann einen gewissen Habitus vorweisen …»

«Was ist denn falsch mit Dieter?»

«Das wird mir langsam unheimlich …»

«Gleich fängt noch der Staubsauger an zu weinen …»

«Herr, ich bin nicht würdig, dass Du eingehst unter mein Dach», sagte Dieter.

«Was redet der denn da? Der redet wirres Zeug!»

«Mal ehrlich, wir müssen den deinstallieren oder irgendwie löschen – Joachim, hast du eine Ahnung, wie das geht?»

«Was fragt ihr denn mich? Was weiß ich denn von Technik? Außerdem kann das warten, jetzt bleibt doch mal beim Thema! Ihr wolltet mir von diesem Typen erzählen, in Bungalow Vier …»

«Okay, also: Daniel ist da so runtermarschiert mit Elan …»

«Das ist die Inklusion …»

«Dem macht so schnell keiner was vor …»

«Und dann hat Christiane ihm die Tür aufgemacht …»

«Entschuldigt, aber das kann ich mir nicht vorstellen», sagte Joachim. «Der ist doch gar keine echte Person …»

«Schau mal, Nilu, jetzt ist er ganz traurig!»

«Das wollten wir gar nicht!»

«Jetzt ist er verunsichert!»

«Komm mal her, kleiner Bursche.»

Joachim wirkte bedrückt von den Neuigkeiten, und Nilufar zog ihn zu sich heran, um ihm zärtlich durch die Haare zu wuscheln.

«Nicht den Kopf hängen lassen ...»

«Nicht traurig sein ...»

«Lass dir von niemandem auf deine Parade regnen!»

«Welches Heten-Mädchen soll dir denn widerstehen?»

«Du bringst so viel Soul an den Start ...»

«Solche wie dich gibt's gar nicht mehr ...»

«Wir sind deine größten Fans, das merkst du sicher, und deshalb wollten wir dich was fragen ...»

«Aber nicht vom Stuhl fallen, okay?»

«Also: drei, zwei, eins ...»

«Frauke und ich wollen Mamas werden!»

«Und wir brauchen dein Sperma ...»

«Willst du uns helfen, schwanger zu werden?»

«Das wird schön für dich!»

«Also nein, wirklich, da könnt ihr doch zu New Germans gehen», protestierte Joachim.

«Aber so einen wie dich finden wir nie mehr wieder!»

«Du bist bescheiden, du bist belesen ...»

«Dabei hast du breite Schultern, du wärst auch für die Feldarbeit geeignet ...»

«Wir melken dich ab ganz sanft ...»

«Das ist doch kein Problem …»
«Du musst dich nicht genieren …»
«Jetzt stell dich nicht so an …»
«Zeig uns mal deinen Penis …»
«Wir haben schöne weiche Hände …»
«Das wird dir gefallen …»
«Du brauchst keine Angst zu haben …»

BELLA MACCHINA

Christiane zog Daniel in ihren Bungalow hinein, mit festem Griff an der Knopfleiste seines Hemdes – er hatte ein Modell mit Doppelmanschette gewählt, denn das war die eleganteste Form der Manschette, elementare Komponente einer jeden ambitionierten Männergarderobe und zudem eine großartige Leinwand, um über die Knöpfe seinen Stil auszudrücken oder überhaupt erst zu entwickeln, so ähnlich sah es Daniel.

Sachlich oder verspielt konnten diese sein, zeitlose Designästhetik mit schöner Vintage-Patina verbinden, aber sie sollten immer schlicht bleiben, denn das Puristische war gerade in der heutigen Zeit als der magische Schlüssel zu einem modernen Look zu verstehen.

Christiane ließ ihren Hausmantel offen wehen, ihre Scham war zu einem furiosen Reisig angewachsen, und auf dem Weg am Kamin vorbei stolperte sie beinahe über eine der Umzugskisten, die noch überall herumstanden, obwohl sie hier in Bungalow Zwei schon seit Monaten zuhause war.

Sie zog ihn hinter sich her, als habe er sich etwas zuschulden kommen lassen, so schien er das wahrzunehmen, sowie ohne ein Wort des Grußes gesprochen zu haben, wobei Christiane sich im Wortsinne *nichts gedacht* hatte, was Daniel aber irritieren und auch verunsichern musste, denn ein Gebaren dieser Art war in seinem Referenzrahmen nicht vorgesehen.

Er hatte Champagner mitgebracht, eine Flasche Cuvée Sir Winston Churchill von Pol Roger, deren Wahl auf eine ausgiebige und systematische Recherche schließen ließ, denn dieses Produkt fand sich mitnichten in seiner automatischen Veritas-Zuteilung. Er hatte Astern gebunden, blassgoldene Ritterspornblüten und winzige lila Sandglöckchen vom Wegesrand.

Er hatte sich in Schale geworfen, er hatte sich das hier wohl anders vorgestellt, als Candlelight-Dinner, so richtig sophisticated, mit einem Fisch in der Salzkruste vielleicht oder Fingerfood am Kamin oder einem Tasting-Menu mit kontraintuitiver Weinbegleitung, denn das Matching-Fenster auf der Veritas-App fand er richtig strong als Feature.

Oder als eine exotische Kochsession miteinander, mit den Carabineros in einer spicy Kokos-Curry beispielsweise, und elegischen Fado-Sounds per App in der Küche, um zwischen ihnen langsam das Ice zu breaken. Daniel hatte sich wohl ein gemeinsames Dim-Sum-Drehen ausgemalt, bei dem sich dann zum ersten Mal ihre Finger berühren würden – oder eher so Italian Style, vielleicht mit Fagottini?

Oder eine Quiznacht oder Paintball oder eine Partie Twister oder doch eher Schach, um sich dabei schweigend in die Augen zu schauen, oder Wahrheit oder Pflicht mit sexy Fragen oder ein Walk im Wald wie in der Fairy Tale oder einfach schmökern miteinander, ganz relaxed auf einer Chaise ein paar Coffee Table Books durchblättern.

Mindful Love, oder Slow Dating, etwas in dieser Art war seine Erwartung gewesen. Oder Wellness oder Bodypainting oder chillen und chatten oder Playlists machen und sich gegenseitig Tracks vorspielen so boyfriend-&-girlfriend-mäßig, und später pivoten zum Digital Detox oben auf ihrer Dachterrasse, die im Grunde ein Sky Deck war, und bisschen stargazen, also die Sterne watchen, oder ein Picknick am Beach vom Lake im Moonlight?

Je nervöser Daniel wurde, desto schutzloser war seine Diktion den Anglizismen ausgeliefert – der interaktive Stress schien sein lingualhygienisches Immunsystem zu degradieren, bis er keinen Sentence mehr completen konnte, ohne sich als bildungsferner Follower zu outen. Wenn er sich unter Druck gesetzt fühlte oder in die Ecke gedrängt, dann sprudelten die Anglizismen nur so aus ihm hervor, als ob eine nackte Influencerin, ohne Sattel auf einer debilen Geplapperwolke reitend, seinen kognitiven Apparat gecancelt hätte.

Er hatte allerdings ein klares Problembewusstsein in diesem Hinblick, seit die CEO die Häufung von Anglizismen im deutschen Kontext in einer Rundmail einmal als «Unterklassemarker» bezeichnet hatte – er wollte an sich arbeiten, er wollte besser werden, und so zensierte er sich, bis in seine inneren Monologe hinein.

Diese gingen nun in etwa folgendermaßen: ein bisschen sauber machen, das wäre ja wohl das Mindeste gewesen. Eine Stunde wischen hin und wieder, das dürfte keine Schwierigkeit darstellen, denn schließlich musste Christiane nicht mehr arbeiten gehen. Überall Essensreste, das war doch übertrieben. Und was war das für eine Mus-Paste, die sie da zu sich nahm? War das schon Ungeziefer dort in der Schüssel?

Warum ließ sie sich so demonstrativ gehen? War das nicht eine Respektlosigkeit ihm gegenüber? Andererseits: Warum war er denn so empfindlich? Was sollten diese Gefühlsduseleien? Er musste sein Visier schließen, er musste sich am Riemen reißen, er musste das jetzt einfach durchziehen, zack und fertig.

Sie führte ihn in die Küche, wo sie die Blumen ins Waschbecken warf, was aber nicht abschätzig gemeint war, sondern eher höflich im Kontext ihrer Verhaltensmuster, als Hinweis darauf, dass sie später tatsächlich eine Vase zu holen und den Blumen Wasser zu geben gedachte. Den Sir Winston stellte sie auf die Arbeitsfläche, in einen lichten Forst aus leeren Assyrtiko-Flaschen, in dem der Pol Roger mit der nachtblauen Folie um sein Drahtgeflecht ein wenig wie Patrick Leigh Fermor wirkte, unter Banditen und Krakenfischern in den Bergen über Paleochora.

Sie warf ihren Hausmantel achtlos beiseite, sie machte sich an seinem Gürtel zu schaffen, wobei er schließlich zu stottern begann, «Wollen wir nicht, äh … Soll ich uns mal …», woraufhin Christiane «Nicht sprechen bitte» sagte, die Erektion aus seiner Hose befreite und in die Knie sank, um sie einer ausführlichen Musterung zu unterziehen.

Mit der kühlen Haut ihrer Hände strich sie über seinen Schaft, der hart wie naxiotischer Marmor war – da konnte es nicht mit rechten Dingen zugehen. Sie umschloss seine Testikuli und wog sie ab, durchaus mit Wonne, aber auch mit leiser Belustigung, die sich wohl daraus speiste, dass seine Einheit aus Skrotum und Penikulus etwas seltsam Formulaisches an sich hatte, als handelte es sich lediglich um die Darstellung von primären Geschlechtsmerkmalen.

Als sei die Zielsetzung gewesen, ein Warnschild anzufertigen, mit der Aussage «Vorsicht! Erigierte Penisse!», sodass man in einer bundesweiten Aktion nach einem generischen Mittelwert gefahndet hätte, nach einem Platzhalter ohne besondere Kennzeichen, um sich an diesem bei der Gestaltung eines international verständlichen Gefahrenpiktogramms zu orientieren.

Und nachdem sie dann ihren Rhythmus gefunden hatte, tief und langsam, mit den Händen auf den Hüftknochen ihres Gegenübers, träumte Christiane davon, dass sie einem Vorgesetzten zu Diensten wäre, der unbeholfen seine Bereitschaft dazu hatte durchblicken lassen, sich im Falle regelmäßiger oraler Zuwendungen mittelfristig mit einer Beförderung erkenntlich zu zeigen.

Sie segelte in den Kopf einer russischen Kindergärtnerin hinein, die das karge Pro-Kopf-Einkommen in der Uralregion in eine pragmatische Haltung gezwungen hatte, gegenüber einem deutschen NGO-Mitarbeiter namens Finn oder Luca beispielsweise, der ihr nach jedem Besuch das Äquivalent eines örtlichen Monatsgehaltes ausbezahlte. Dabei dachte sie an die Pein ihres braven Mannes Alexej, der ein talentierter Liebhaber war, wenn man ihn denn mal nüchtern erwischte, aber als Wärter in einem Lager eben nicht genug heranschaffte, um sie beide in Huhn und Erbsen zu halten.

Während Christiane sich also gleich blendend amüsierte, hatte Daniel mit einigen Widrigkeiten zu kämpfen. Der visuelle Eindruck der laufenden Interaktion sowie deren objektive Ungeheuerlichkeit schienen gerade zu viel für ihn zu sein. Mit wirrem Blick starrte er zu Christiane hinab, die hin und wieder lange Wimpern aufschlug und durch ihn hindurchblickte, als ob er gar nicht vorhanden wäre.

Er sah ihre Lippen auf seinem Penikulus, aber spürte sie nicht, Daniel spürte gar nichts, als hätte er eine Attrappe vor sich hergetragen oder den versteinerten Ast eines Tropenholzbaumes aus dem Paläolithikum. Als ob sein Körper noch funktionierte, aber kein sinnliches Feedback mehr gab, sodass er sich wie eingemauert fühlte, wie er später an diesem Abend Diana erzählen würde, in das Gefängnis seiner Seele.

Er warf seinen Kopf in den Nacken, um seine verkrampfte Grimasse vor Christiane zu verbergen – warum gab es für ihn keine Hilfe in dieser Lage? Warum hörte er keine affirmative Stimme in seinem Kopf, keine validierenden Worte der Bejahung? Die Baumschatten, die mattsilbernen Miele-Geräte, die Flasche Pol Roger auf der Marmorplatte – Daniel erschien es so, als warte all dies nur auf sein klägliches Versagen.

Jetzt ging es um alles, so viel war klar, denn wenn er es

vermögen würde, in Christianes Mund zu triumphieren, also die eine Chance zu nutzen, die der Algorithmus ihm zugestanden hatte, dann könnte es ihm gelingen, seine Verbindung zu ihr in die Wirklichkeit zu überführen und auf diesem Wege vielleicht die Schwelle zum Glück zu überschreiten. Wenn er es jetzt aber nicht schaffen würde, eine gute Performance abzuliefern, dann würden seine Gedanken monatelang um diese Niederlage kreisen, um seine Unfähigkeit, sein Schicksal am Schopfe zu packen – es war Matchball jetzt, so wusste er, und ein weiterer würde ihm nicht vergönnt sein.

Immerhin musste er sich keine Sorgen um die Stabilität seiner Erektion machen, denn das Tadalafil in seinem Kreislauf lockerte seine Ringmuskulatur und weitete seine Rankenarterien, sodass jeder Impuls, der eine noch so vage sexuelle Konnotation transportierte, etwa das Bild zweier Kröten bei der Huckepack-Kopulation auf Wikipedia, zuverlässig die biochemischen Abläufe in Gang setzte. Bereits Stunden zuvor hatte er wiederholt anmasturbiert, um ganz sicher zu sein, wobei ihm jedes Mal vor Erleichterung beinahe die Tränen gekommen wären.

Wenn es Daniel gelingen würde, die Ketten seiner Taubheit zu sprengen, dann würde er eine Freundin gewinnen, eine Vertraute, eine Partnerin vielleicht sogar, und er klickte sich gerade durch eskalierende Erregungsszenarien, als er plötzlich einen Wüstenwind in seinem Rücken spürte, als er die lange Gerade vor sich liegen sah, als er ein mechanisches Rasseln in seinem Kopf hörte, das sich in ein Crescendo hineinschraubte, als die zitternde Nadel vor seinen Augen wie von Sinnen erst in die rote Zone und weiter in den Drehzahlbegrenzer hineinraste.

Der Quattroporte war es gewesen, der Maserati war ihm zur Seite geeilt, um ihn mit dem heiseren Sägen seiner Ottocilindri-Turbine über die Ziellinie zu peitschen, ja um die strömende Begattungsenergie der Südländer in seinen Flow einzuspeisen, und ein sanftes Morgenlicht aus kindlicher Freude erfüllte Daniels Seele.

Der Q4 war es gewesen, in dessen Entwicklungsphase Maserati ja noch ein unabhängiges Unternehmen gewesen war, mit limitierten Ressourcen, mit im Grunde untauglichen Produktionsanlagen, so in etwa Daniels Analyse, mit einem Volumen von nur ein paar hundert Einheiten pro Jahr und dennoch in der Lage, dynamische Sehnsuchtsobjekte zu bauen und weltweit zu vertreiben, was zweifellos nur auf Basis einer geradezu virtuosen Ablaufoptimierung möglich gewesen war.

Dann riss ihm die Tonspur ab, als habe er die Mute-Taste gedrückt, als sei ihm das Trommelfell geplatzt, und er schwebte, er taumelte. Daniel schrammte an der Umnachtung entlang, während pulsierende Erektionswellen den Ausstoß seines Ejakulats unterstützten, in dessen Zusammensetzung das leere Seminalplasma gegenüber den Spermatozoen bereits die Überhand gewonnen hatte.

Der Druckabfall in seinem Organismus war mit jenem in der Kabine einer Verkehrsmaschine vergleichbar, der im Reiseflug eine Tür verlorengeht, wobei seine Implosion aber dadurch verhindert wurde, dass Christiane nicht sofort abließ von ihm, sodass er wieder zum Menschen erschlaffen konnte, ohne strukturellen Schaden zu nehmen. Dann stand sie auf, lief zum Whispercave hinüber, zog eine Flasche Assyrtiko hervor, öffnete sie, kippte deren Inhalt in zwei große Burgunderkelche und drückte einen davon Daniel in die Hand, bevor sie den zweiten an ihre Lippen führte, um den Geschmack in ihrem Mund mit mineralischer Frische zu überlagern.

«Du kannst dich wieder anziehen», sagte sie.

Daniel schien in einem Nebel der Verzückung zu rotieren, und es dauerte eine Weile, bis ihre Worte bei ihm angekommen waren. Dann zog er sich die Hose hoch, ein wenig verschämt, wie bei der Urologin, wobei sein Blick auf den Sir Winston fiel und seine Mimik seine Gedanken kommunizierte: Warum tranken sie eigentlich nicht den guten Champagner? Okay, der dürfte jetzt nicht mehr kalt genug sein, aber warum wollte Christiane ihn mit dieser Griechen-Plörre abspeisen? Damit hatte er im Club Med auf Korfu damals einschlägige Erfahrungen gemacht.

Er schüttelte sich, um die negativen Gefühle loszuwerden, und während ihm die Frage durch den Kopf ging, ob es irgendwie möglich sein würde, die Flasche vielleicht wieder mitzunehmen, bugsierte Christiane ihn auch schon in Richtung Foyer.

«Ist gut», so flüsterte sie, «ist ja gut.»

«Christiane, also … ich wollte …»

«Alles wird gut», sagte sie.

«Können wir vielleicht noch …»

«Du musst leider gehen, ich muss aufräumen, ich muss Ordnung schaffen, du siehst ja, wie es hier aussieht.»

«Willst du nicht … Also, soll ich mich nicht revanchieren bei dir? Ich mach das wirklich gern», sagte Daniel, woraufhin Christiane beinahe eine Sprühfontäne Assyrtiko von sich gegeben hätte. Gerade eben so konnte sie ein Prusten abwürgen. Denn das war wirklich das Allerletzte, was sie jetzt brauchte, dass der Hilfsbuchhalter an ihrer Vulva herumfuhrwerkte, das kam so was von gar nicht in Frage!

«Herzlichen Dank und schönen Abend», sagte sie, bevor sie Daniel sein Glas abnahm, ihn hinaus in die Dunkelheit schubste und hinter ihm die Tür ins Schloss donnern ließ.

Im Dezember trug Joachim einen weichen Flanellmorgenmantel, er tippte schnell und leise auf seinem uralten MacBook Pro an den Nachmittagen, um seelische Lockerungsübungen durchzuführen, um seine Einfälle wie Leuchtspurgeschosse über gestaffelte Hügelketten zu schießen, immer für eine Stunde nur, bis der Akku des altersschwachen Gerätes zu glühen begann und gefährliche Bleidämpfe absonderte.

Es handelte sich um ein Pro aus dem Baujahr 2008, das er sich damals vom letzten Rest seines Familienvermögens gekauft hatte, also der Ersparnisse seiner Mutter, des kläglichen Betrages, der Joachim nach ihrem frühen Tod als Erbe geblieben war. Er hatte sich davon auch eine Lammfelljacke gekauft, so eine historische Jacke, wie sie britische Piloten getragen hatten, um sich in den unbeheizten Cockpits ihrer Bomber warm zu halten, während sie historische Stadtkerne in Schutt und Asche legten, also gleichsam die offizielle Fan-Jacke der Operation Gomorrha, wie ihm später irgendwann bewusst wurde, als sie ihm allerdings schon an sein Herz gewachsen war.

In genau dieser Jacke waren die Besatzungen über die Nordsee geflogen, so wusste Joachim, bei Vollmond in acht Kilometern Höhe, um sich von der silbrigen Elbe den Weg nach Hamburg weisen zu lassen. In exakt diesem Jackentypus waren die Bombenschützen über das nackte Blech voran in den Glasbug der Maschine gekrochen, um durch ihre Okulare hinab auf die Wohngebiete zu starren und die Handsignale zum Öffnen der Bombenschachtluken zu geben, jeweils in Abstimmung mit den vielen hundert anderen Flugzeugen des fahl beschienenen Bomberstromes, um die elegante Choreographie ihres Vernichtungswerkes in Gang zu bringen.

Und nachdem der Sprengdruck der Luftminen die Dächer weggeblasen und die Scheiben pulverisiert hatte, fanden die Phosphorbomben in den Dachstühlen reichlich Nahrung, in den Treppenhäusern und natürlich in den Wohnungen, in Bücherwänden und Biedermeiersekretären und Wattenmeerszenen in Öl in Petersburger Hängung. Die Zielpunkte der Bomber verteilten sich als radiale Matrix über die Stadt, sodass die Flächenbrände sich zu einem Inferno vereinten, dessen Flammen und Gase in kühlere Höhen emporstiegen und Sauerstoff aus den Straßen wie durch einen Kamin nach sich zogen, um vor dem schwarzen Himmel schließlich als apokalyptischer Feuertornado zu erstrahlen.

Diesen Effekt hatte sich Arthur Harris ausgedacht, der Befehlshaber des britischen Bomber Command, dessen Fiebertraum es gewesen war, Rauch aus dem Erdboden wie aus einem Schmelzofen aufsteigen und Schwefel und Feuer vom Himmel regnen zu lassen, um auf diesem Wege den Lebensmut des Tätervolkes zu untergraben. Beim Abdrehen in Richtung Heimat hoben die Piloten ihre Sauerstoffmasken an, so schreiben die Historiker, um das Aroma röstenden Menschenfleisches in ihre Nasen zu ziehen, das der deutsche Bundeskanzler Helmut Schmidt später mit jenem von «Beefsteak» vergleichen sollte.

Von seinem Erbe jedenfalls hatte Joachim sich keinen frivolen Unsinn kaufen wollen, aber eine warme Winterjacke und einen ordentlichen Computer als Arbeitsgerät für sein Studium, damit wäre seine Mama wohl einverstanden gewesen. Und die Jacke hatte ihm gute Dienste geleistet auf seinem Fahrrad in den Wintermonaten, und von der Sache mit dem Akku mal abgesehen arbeitete sein Laptop noch einwandfrei, nach einem Vierteljahrhundert immerhin – auf den Tasten des Gerätes waren keine Symbole mehr zu sehen, aber sie hatten ihre geschmeidige Sprungkraft beibehalten und boten weiterhin exakt den Widerstand, den seine Finger benötigten, um über der Tastatur an jedem Tag ein Momentum zu entwickeln.

Er wollte sich erinnern, das hatte er ewig nicht getan, er

wollte sich zurückdenken vor diese geschwärzte Passage in seinem Leben, vor die zwei verlorenen Jahrzehnte, die in seiner Wahrnehmung im Rückblick auf eine Handvoll bleierner Jahre zusammenschnurrten, die nun wie eine Nebelbank hinter ihm lagen. Wie ein Stabhochspringer wollte er sich über seine Erwachsenenjahre hinweg in seine Kindheit katapultieren, und er wusste, wenn er jetzt nicht die Disziplin aufbrachte, einen wie auch immer gearteten Bericht zu schreiben, hier in seiner stillen Behausung, dann würde irgendwann gar nichts mehr vorhanden sein. Dann würde er ohne Vorgeschichte existieren, mit nur ein paar Eckdaten wie aus einem knappen Dossier, Geburtsort und -jahr, Wohnadressen, Bildungsweg, aufgewachsen ohne Vater und so weiter.

Wenn es ihm nicht gelingen würde, seine Aufmerksamkeit wie den Strahl eines Suchscheinwerfers auf seine verbrauchte Lebenszeit zu halten, zumindest für die eine Stunde am Tag, die sein antikes MacBook ihm gewährte, dann würde seine Ankerkette reißen, dann würde er in ein Vakuum davonschweben, so ähnlich gingen seine Gedanken, dann würde jede zukünftige Handlung ihm als beliebig erscheinen.

Seine Finger flogen über die Tastatur, er begann mit seinen frühesten Eindrücken, dem Fußweg zur Kita an der Hand seiner Mutter beispielsweise – es war ein schäbiges Ladenlokal gewesen, in dem Joachim seine Tage auf einer Bank am Fenster verbracht und seine vernarbten Knie zu sich herangezogen hatte, um die Handlungsmuster der Passanten auf der Güntzelstraße zu analysieren. Er konnte sich an das Turnhallenaroma erinnern und an die abgewetzten, immer leicht fettigen, durch die Generationen hinabgereichten Spielzeuge, vor denen er sich geekelt hatte.

Er konnte sich an das Wachliegen erinnern, in seiner Schlafnische im Alkoven, an das Schleichen auf Zehenspitzen in die Küche irgendwann vor dem Morgengruß der Eulen vom Bayerischen Platz, um in der Dunkelheit einen Babybel zu verspeisen. Woran hatte er gedacht in diesen endlosen Stunden? Wo war er gewesen? All die rasenden Träume hatten keine Spuren hinterlassen? Was war nur aus ihm geworden? Wie hatte er überhaupt seine Entscheidungen getroffen? Was würde seine Mutter sagen, wenn sie ihm jetzt hier gegenübersäße?

Joachim konnte zwei Klappstühle vor sich sehen, deren Bespannung aus grünem Segeltuch und dann auch die Kühltasche auf dem Kies unter den Bäumen am Ufer. Für die Ferientage am Schlachtensee im Sommer hatte seine Mama immer unglaubliche Sandwiches zubereitet – seine Lieblingsvariante hatte sie auf den Namen *Bellissimo* getauft, nach dem Klassiker mit Adriano Celentano, mit Provolone, Mozzarella, Mortadella, scharfer Salami, gerösteten Auberginen und reichlich Basilikum auf getoasteter Focaccia, und er hatte als Bube dort am Seeufer immer die Augen geschlossen beim Essen, so gut war das gewesen. Einmal hatte er sich am Abend auf dem Weg nach Hause im Schreibwarengeschäft in der Salzburger Straße dann noch einen schönen Block mit Ringbindung aussuchen dürfen.

Für einen Augenblick konnte er nun seine Mutter spüren an diesen fernen Sommertagen, ihr Körper noch intakt, ihre Arme um seine Schultern und quer über seine Brust gelegt, während die S-Bahn sie ratternd zurück nach Wilmersdorf brachte. Dabei hörten sie Beethovens Vierte, die ein Aschenputteldasein fristete im Vergleich zu ihren verwöhnten Schwestern, in der Einspielung von Carlos Kleiber mit dem Concertgebouw Orchester in Amsterdam, und Kleiber hatte immer ein wenig wie der Leibhaftige ausgesehen, wenn auch nicht so plakativ wie sein Kollege Kurt Masur, dem wirklich nur die gespaltene Zunge gefehlt hatte, so schrieb nun Joachim, und dem verdächtigerweise ja auch nahezu im Handumdrehen ein Wechsel aus der DDR nach New York City gelungen war.

Oder sie hörten Elton John, immer nur *I'm Still Standing* mehrfach hintereinander, auf dem alten Sony Walkman seiner Mama, einem klobigen Modell mit Plastikgehäuse, auf das ihre Wahl deshalb gefallen war, da nur dieses zwei Audiokanäle für Kopfhörer gehabt hatte. Und da es natürlich billig gewesen war, aus der Kollektion eines vergangenen Jahres oder etwas in dieser Richtung, aus den Wühlkörben an der Kasse, über denen seine Mama immer ihren Rücken krumm gemacht hatte – seine elegante Mutter, die keiner überflüssigen Schattenfängertätigkeit nachging in irgendeinem Büro, sondern deren Aufgabe es war, verzweifelten Menschen Trost zu spenden und ihnen die Hand zu halten, während sie starben.

Joachim konnte sich an die besondere Laterne erinnern,

für den Umzug an Sankt Martin, bei dem sie einmal mitgelaufen waren, er mochte etwa fünf oder sechs Jahre alt gewesen sein. Seine Mutter hatte sich Mühe gegeben, sie hatte Draht und Folie und Krepp eingekauft ohne Rücksicht auf Verluste, sie hatte die Küche zu ihrem Atelier umfunktioniert, um darin mit bedrohlichen Motiven zu arbeiten, mit schwarzen Galeonen vor der Krim beispielsweise, mit im Sturmwinde flackernden Segeln in den Farben bleicher Gebeine, auf denen die goldene Klinge einer Doppelaxt zu sehen war.

Er hatte die Laterne als Meisterwerk in Erinnerung, mit einer echten Kerze darin anstelle dieser China-Glühbirne, niemand sonst hatte eine so schöne Laterne, für die seine Mama sich während des Umzuges auch viele Komplimente hatte anhören müssen, wohlwollende Lob-Almosen der gehobenen Angestellten, auf die sie dann erwidert hatte, mit elegischer Miene: Sie sei ja schließlich auf der Kunsthochschule gewesen, und das hier sei ihre Diplomlaterne.

Aber so intensiv und geduldig sich Joachim auch konzentrierte, es offenbarte sich ihm kein Panorama, sondern nur eine Handvoll punktueller Detailinformationen. Seine Erinnerung war kein springender Brunnen, sondern lag nahezu trocken, so in etwa seine Befürchtung, oder die opake Scheibe der Oberfläche lag zu tief im Schacht, als dass die Länge von Joachims Schnur mit dem Eimer ausreichend gewesen wäre.

Sein Gedächtnis schien zudem einen Schlag ins Semantische zu haben, das dem Episodischen in seinem Gehirn schon immer gnadenlos den Speicherplatz streitig gemacht hatte. Mehr oder weniger alles, was er in der Zeitung gelesen hatte in drei Jahrzehnten, hätte er sinngemäß noch wiedergeben können, aber bei bestem Willen nicht sagen, wie er seinen letzten Geburtstag verbracht hatte oder den davor, was allerdings auch an seiner Angewohnheit lag, seinen Geburtstag seinem Umfeld zu verheimlichen, insofern er überhaupt ein *Umfeld* hatte, um sich das ganze störende Bohei zu ersparen. Er hätte tausend Lieder singen können oder *We Shall Fight on the Beaches* näselnd deklamieren, aber warum noch mal genau hatte ihn seine letzte Freundin verlassen? Damit wäre Joachim vollkommen überfragt gewesen.

Und doch war aus seiner Mimik herauszulesen, dass verdrängte Erlebnisse zu ihm wiederkehrten, verlorene Sequenzen in obsoleten Speicherformaten, die in der Wiedergabe damit begannen, vertraute Konturen anzunehmen. Die Gespräche mit seiner Tochter hatten ein Portal aufgestoßen, durch das die Fragmente wie Stummfilmsequenzen kamen, wie es Joachim formulierte, wie gebrochenes Licht durch ein Bleiglasfenster, durch den Gazeschleier der Staubkörner in einer entweihten Kathedrale.

Er schrieb und schrieb, er ging chronologisch vor, er führte ein lückenhaftes Protokoll, bis er in seiner Jugend angekommen war, bei den Monaten im Krankenhaus, die er in ein Sperrgebiet verschoben und über die er seither kein einziges Mal mehr nachgedacht hatte. Nie war er zurückgekehrt, nie hatte er mehr an die hässlichen Gummi-Crocs gedacht, an die steril gewaschene hellblaue Polyesterkleidung und an die Masken lange vor den Pandemien, die er hatte anziehen müssen, um seine Mama besuchen zu können.

Nicht einmal im Traum hatte er sich erlaubt, im Park der alten Klinik über die Kieswege zu geistern, in dem er die Ankunft des Frühlings in sich aufgenommen hatte, bevor er über das Linoleum in diesem endlos langen Gang auf die Luftschleuse der Endstation zugelaufen war, um die Nacht bei seiner Mutter in ihrer Isolationskammer zu verbringen.

Er würde mit der Klarinette aufhören, das war so ein Gedanke gewesen damals auf dem Linoleum, denn warum sollte er weiter Klarinette üben? Das hatte er sich ja nur seiner Mama zuliebe angetan. Sollte er sie auf ihre Beerdigung ansprechen? Oder sollte er das alles selbst entscheiden? Wollte er überhaupt mit Fremden an der Grube stehen? Wollte er nicht lieber allein mit ihr sein, ein letztes Mal? Sollte er versuchen, es an den Atlantik zu schaffen mit ihrer Asche, nach Essaouira?

Sollte er ihr etwas Besonderes zum Essen mitbringen? Machte es Sinn, noch ein Buch zu lesen in ihrer Lage? Konnten sie beide den Elefanten im Raum, nämlich die Tatsache, dass sie sterben würde und dies schon in den kommenden Wochen, einfach weiter ignorieren? Sollte er versuchen, eine Flasche Champagner aufzutreiben, und mit ihr anstoßen? Auf ihr Leben zusammen?

Sollte er ein Diktiergerät kaufen, sollte er sie über ihre Kindheit befragen? Er wusste ja gar nichts über seine Mutter. Wie war sie denn so kompromisslos geworden, warum hatte sie sich so konsequent ins Abseits manövriert? Und würde er in ihrer Wohnung bleiben können? Durfte man allein leben mit sechzehn Jahren, würde er den Mietvertrag übernehmen können, oder was auch immer? Wie sollte er das bezahlen? Wie konnte man leben, so ganz ohne Familie?

Joachim konnte das Strahlventil eines Stauwehres aus der Verankerung reißen und Sturzbäche aus Schmelzwasser sich in eine Geröllwüste ergießen sehen. Alles strömte in seine Richtung, ihm stand alles zur Verfügung schlagartig – er hätte eine holographische 3D-Darstellung der Kammer generieren können wie auch der verwilderten Seele des Buben, der in den Nächten versuchte, auf dem Besucherstuhl aus Plastik irgendwie in den Schlaf zu finden, während der chemische Geschmack in seinem Mund nach Stunden hinter der Maske ins Unerträgliche hinein eskalierte.

Aber als Joachim an seinem Laptop nun aus unruhigen Träumen schreckte vom Ton der flachen Linie, waren auf seinem Bildschirm nervöse Verzerrungstexturen zu sehen, die einen schmutzigen Gelbton zeigten, der an das Augenweiß eines hinfälligen Stadtstreichers erinnerte, der sich in rauschendem Strahle auf die Kopfsteine übergab im Berlin der vorletzten Jahrhundertwende. Die Schriftzeichen waren hinter zitternden Wellenmustern verschwunden, die sich bald in grobkörnigem Pixelrauschen auflösten, möglicherweise infolge einer Störung der spektralen Leistungsdichteverteilung.

Er sah rasende Gradienten in fehlerhafter Parallelisierung, die sich immer weiter beschleunigten, scheinbar von einem Fluchtpunkt in der Bildschirmmitte angezogen, bis nur noch ein finsteres Rechteck zu sehen war, hinter dem ein schwaches Licht arrhythmisch pulsierte, als wollte ihm seine Maschine ihre finalen Herzschläge kommunizieren.

Und er bekam es mit der Angst zu tun. Denn er hatte kein Backup, keine Datenwolke und nichts in dieser Art, keine Kopie auf einem externen Datenträger, und sein MacBook war auch nicht mit einem Drucker verbunden, sodass seine einzige Chance sein würde, die Maschine irgendwie ein letztes Mal hochzufahren, um das Dokument mit seiner Kindheit per Mail an sich selber zu verschicken.

Die Störung riss Joachim so unsanft herunter von seiner stabilen Umlaufbahn, dass er Probleme hatte, sich überhaupt noch zu orientieren. Hatte sich das wirklich zugetragen gerade? Musste er das zur Kenntnis nehmen? Und wie sollte das weitergehen? So schien er sich zu fragen. Würde gleich auch sein Bungalow verschwinden, wonach nur noch ein Farbstreifentestmuster zu sehen wäre? Was hatte er überhaupt verloren hier draußen? Warum hatte er sich kein echtes Leben geschaffen? Wie hatte er sich nur in diese Lage manövriert? Was war das denn für eine unvorstellbare Scheiße immer und immer wieder!

Joachim krümmte sich abrupt, als würde man ihm eine rostige Klinge durch die Eingeweide ziehen. Er hatte mehr als hundert Seiten geschrieben in den vergangenen Wochen und war nicht annähernd im Besitz der Kraft, die vonnöten wäre, um einfach noch mal von vorn anzufangen. Das würde auch nur in einem Abklatsch resultieren, denn sein Gehirn würde dazu tendieren, sich nicht an seine Kindheit, sondern an die Worte über seine Kindheit in dem verlorenen Dokument zu erinnern, sodass dem Vorgang das Unmittelbare fehlen würde.

Und er war selber schuld an seiner Misere, er war leichtsinnig gewesen, er hatte sein Schicksal herausgefordert, er hatte das MacBook auf seinem Arbeitstisch auf zwei kalte Gel-Pads gebettet, die er in zehnminütigen Intervallen mit einem zweiten Paar in seiner Tiefkühltruhe ausgetauscht hatte, um die Maschine zu kühlen und auf diesem Wege ihre Betriebsdauer in die Länge zu manipulieren.

Jetzt würde ihn seine gerechte Strafe ereilen, für die Egomanie, den Größenwahn, die Sauferei, all die blöden Witze, die bürgerliche Kälte und für das ganze verkommene Marketing natürlich, mit dem er die Welt geflutet hatte, ohne sich über seine Motivationen im Klaren zu sein. Jetzt hatte er den Schwarzen Peter gezogen, jetzt kamen sie alle unter den Steinen hervor, so ähnlich gingen Joachims Gedanken, um ihn auszulachen und mit boshafter Freude in seine Richtung zu zeigen.

Aber er hatte Glück, denn nachdem er aus Verzweiflung über eine Minute lang durchgehend den Power-Knopf gedrückt gehalten hatte, waren keine Lichtpulse mehr zu sehen, und auch der interne Ventilator stellte den Betrieb ein, sodass seine Maschine still und wie tot vor ihm ruhte. Rauch stieg auf aus den Ritzen der Tastatur.

Er musste seine Anspannung loswerden, diese stählerne Bogensehne in seinem Inneren, und so lenkte er seine

Gedanken in Richtung seelischer Wellness-Szenarien – er dachte wohl an Italien, möglicherweise an die Reise, die er mit seinem Rennrad einmal durch die Maremma unternommen hatte, an zweispurige Straßen in den Hügeln im Schatten der Steinkiefern und an eine Locanda in einem der verschlafenen Hinterlanddörfer. Er dachte an weiße Bohnen mit Thunfisch und roten Zwiebeln in grünem Öl und an eine mittig durchsäbelte Mortadella in der Vitrine.

Alles würde sich fügen, das hatte es bisher ja immer getan, und er musste sich bemühen, seine Gedanken von Defätismus und von weinerlichen Klagen rein zu halten. Seine Maschine würde ihm nicht in den Rücken fallen, denn er hatte sie gehegt und gepflegt und alle drei Jahre zum Service gebracht und so weiter, andererseits war sie mit Trauma aufgeladen, denn das MacBook Pro des Baujahres 2008 hatte für Apple das Unternehmen WinFast produziert, in einem riesigen Arbeitslager in der Provinz Chengdu, in dem sich infolge der unmenschlichen Arbeitsbedingungen so viele der minderjährigen Arbeiterinnen das Leben nahmen, indem sie sich von den Dächern der Werkshallen in die Tiefe stürzten, dass in der Presse der Slogan «WinFast, Die Young» eine Runde drehte.

Dort hatten die Kinder im Stehen zu arbeiten, sechzehn Stunden an jedem Tag, mit Sprech- und Toilettenpausenverbot, unter Androhung der Prügelstrafe, und Tausende Male den exakt gleichen Handgriff zu machen, als Folter der Monotonie, im Schweldampf der Schwermetalle, unter der ständigen Gefahr von Aluminiumstaubexplosionen, so in etwa Joachims Analyse, sodass die Eltern ihr Kind nach ein paar Jahren als Skelett mit Husten wiederbekamen, mit Verbrennungen oder Behinderungen gar infolge der frequenten Arbeitsunfälle.

Oder eben in einer Urne, wenn ihr Kind zu stolz gewesen war für diese ekelhaften Zusammenhänge, in einer puristischen Urne in einem an die Formensprache der Marke Apple angelehnten Minimalismus-Design, durchaus praktisch für den Transport der Überreste der Kinder auf dem langen Weg der Eltern zurück in ihre bettelarmen Heimatdörfer.

Seine Maschine würde ihm die Treue halten, seine Maschine würde ihn nicht ans Messer liefern, denn er hatte sein Leben mit ihr geteilt: Er hatte Hunderte Filme auf ihr gesehen, er hatte seine karge Korrespondenz auf ihr erledigt, sie hatten miteinander die Kontinente bereist – in unzähligen Hotelzimmern hatte sie für ihn die Strahlen der fremden Netzwerke eingefangen. Er hatte sie noch nicht mal mit seiner unsinnigen Arbeit kontaminiert, denn sie war ja sein privater Computer gewesen.

In ihrer Jugend hatte er mit ihr auf YouTube auch immer Rachmaninow gehört und so weiter, und sie hatte ihn Tausende Male in kompromittierender Lage beobachten können, während sein Suchbegriff auf YouPorn eine Evolution von *Teenage Blowjob* hin zu *Girlfriend Blowjob* durchlaufen hatte, da er immer so einsam gewesen war – Joachim war auch verkorkst in hohem Maße und hatte Schwierigkeiten damit, eine Verbindung herzustellen.

Seine Maschine würde nicht einfach gehen, ohne Lebewohl zu sagen, so ähnlich gingen seine Gedanken, als der Ventilator wieder zum Leben erwachte, als auf dem Bildschirm vor ihm das Apple-Logo aufleuchtete, noch in der ursprünglichen angebissenen Version, und wie aus dem Grabe jener lange verblichene Startakkord in Dur zu hören war.

Aber von Entwarnung konnte keine Rede sein, er durfte sich keine Erleichterung erlauben, es durfte nichts mehr schiefgehen heute, auch seine Mailbox durfte ihm nicht zum Verhängnis werden – es durften da jetzt keine Wartungsarbeiten stattfinden oder etwas in dieser Richtung, was allerdings unwahrscheinlich war, da Wartungsarbeiten an den Servern des kommunalen Mail-Anbieters Berlin.de nur einmal im Jahr stattfanden für ein paar Stunden, so zumindest sein subjektiver Eindruck, und da müsste es ja mit dem Teufel zugehen.

Joachim hatte kein Mailprogramm installiert, sondern gelangte jedes Mal über die Website der Stadt Berlin zu seinem Login-Fenster, was umständlich war, aber den Vorteil bot, dass jede einzelne private Mail, die er in den Jahrzehnten zuvor gesendet oder empfangen hatte, so ähnlich stellte er sich das vor, auf den mit zahlreichen Redundanzen versehenen altertümlichen Spulbandmaschinen in den Katakomben des Roten Rathauses am Alexanderplatz gespeichert war.

Und wenn man eine Frage hatte, dann konnte man die Nummer wählen, die auf der Website zu finden war, eine echte Telefonnummer mit Berliner Vorwahl, über die man ohne Warteschleife einen Kundendienstmitarbeiter erreichte, einen Menschen also, der zudem bei der Stadt angestellt war, sodass er keine Angst vor der Zukunft haben musste, und dessen Stimme am Telefon daher eine unaufgeregte Ruhe ausstrahlte.

Joachim hatte den Verdacht, dass es sich immer um denselben Mitarbeiter handelte – ein Individualist war das sicher, mit einer schütteren Langhaarfrisur, ein analoger Hobbyfotograf, der im November in die Pilze ging in den Wäldern im Westen der Stadt, während er an Ostern mit Zelt und Tourenrad regenfest in der Ardèche auf Achse war, und den Joachim in den vergangenen Jahren hin und wieder unter dem Vorwand einer naiven IT-Frage angerufen hatte in betrunkenem Zustande, um sich bei einem Fremden über sein verpfuschtes Leben auszuweinen.

Seine Mailbox würde also keine Probleme machen, und es ging ja nur um eine einzige Word-Datei, die auch noch auf seinem Desktop gespeichert war, sodass der ganze Ablauf nach erfolgreichem Neustart maximal eine halbe Minute dauern würde. Aber seine Maschine war alt geworden, das war kaum mehr zu ignorieren, zum Laden der ersten Systembausteine in ihren Hauptspeicher benötigte sie mehrere Anläufe, und sie machte Pausen zwischen den einzelnen Schritten, als habe deren in Stein gemeißelte Abfolge begonnen, sich vor ihr im Nebel zu verlieren.

Seine Maschine war auf ihrem Weg in die Dunkelheit, wie ein Hund, so mochte dies Joachim erscheinen, in einer

Klinik, der die seelische Not seines Herrchens spüren kann, während das Gift schon zirkuliert in seinem vom Alter geschundenen Körper. Und als sie nun zu ihm aufblickte mit der trüben Linse ihrer Kamera, um Joachim die Absolution zu erteilen, war auf dem Bildschirm vor ihm endlich das tiefe Blau seiner Benutzeroberfläche zu sehen.

Er klickte den Browser an, loggte sich ein, lud seine Datei hoch und schickte sie ab, und als seine Mailbox den Hinweis *Erfolgreich gesendet* anzeigte, gab Joachim ein gutturales Kreischen von sich, das wie eine Irrspur aus geronnenem Stress durch seine Behausung peitschte. So ging es nicht weiter, er war reif für eine Freakshow mittlerweile, wenn ihn jemand sehen könnte, Christiane zum Beispiel – wie peinlich würde das denn sein? Von der CEO mal ganz abgesehen, die ihn mit der nächsten freien Untertasse in die Geschlossene verschicken würde.

Und er brauchte einen Drink, nie zuvor war es so eindeutig Zeit für einen Drink gewesen, eine ganze Abfolge an Drinks würde in seine Richtung schweben an diesem Abend, und er zog ein Wasserglas mit schwerem Kristallboden aus einer Küchenvitrine, einen Tumbler, so hätte man wohl gesagt, wenn man sich als Kulturersatz mit Mixology befasste, eine Flasche Tonic aus dem Kühlschrank und eine Flasche Gin aus der Tiefkühltruhe.

Joachim trank Hendrick's und würde das weiterhin tun, denn er hatte immer nur Hendrick's getrunken und kein Interesse daran, sich über irgendwelche neuen vermeintlichen Luxusginsorten zu informieren. Er hatte nie eine Veranlassung gesehen, seinen Konsum upzugraden bis in den letzten Winkel wie ein Vollidiot, mit der kleinbürgerlichen Begründung, dass Geld keine Rolle mehr spielte.

Er schenkte sich ein über zwei schwere Eiswürfel, wobei das Tonic in eher symbolischem Maße zum Einsatz kam, um dem Trinkenden mit der resultierenden minimalen Verdünnung und einem Anflug von Kohlensäure den täuschenden Eindruck zu vermitteln, es mit einer noch gesellschaftsfähigen Mischung zu tun zu haben.

Joachim leerte sein Glas, ohne Platz zu nehmen, ohne sich Zeit zu lassen, ohne sich locker zu machen, ohne den Genuss eines Gin & Tonic als Untermalung eines anderen Zeitvertreibes zu begreifen, einer Lektüre beispielsweise, eines Gespräches oder als Atmosphäre-Baustein im Zusammenspiel mit Musik und Lichtstimmung und so weiter – absolut nein, denn in jenen Minuten war allein das Trinken Joachims Tätigkeit, also leerte er sein Glas und noch ein zweites und ließ den Tumbler und die Flaschen dann auf seiner Küchenablage aus Rosengranit stehen, vor der Geburt Christi in Assuan geschlagen, den Nil hinauf und dann über das Meer nach Rom transportiert, zu Säulen oder Sarkophagen verarbeitet, die nach Jahrtausenden schließlich bei einem Baustoffhändler gelandet waren, bei dem sie das Designteam der Homen akquiriert hatte, um sie mit Lasern zu Platten zu schneiden und hier in Brandenburg in den Küchen der Bungalows zu verbauen, in allen außer in Bungalow Vier, für den das Team einen schlichten heimischen Schiefer gewählt hatte.

Draußen vor den gläsernen Wänden konnte Joachim feenpudrige Eiskristalle auf den Zweigen sehen. Was mochte es mit diesem albernen Temperatursturz auf sich haben? Gestern noch Wetter wie in Neapel im November, siebzehn Grad und Sonne, wie geschaffen für einen späten Lunch auf der Piazzetta Marinari in einem leichten Wolljackett, und dann auf einmal diese übertriebenen Minusgrade, die ja auch nicht mehr in die Zeit passen wollten, so ähnlich gingen seine Gedanken. Von einem Tag auf den anderen Wetter wie im Gulag in Sibirien, oder wie im Hungerwinter nach der Kapitulation, als der liebe Gott die Deutschen für ihren schändlichen Verrat maßregelte.

Irgendwo im Wald hier gab es ein Wirtshaus, in dem man alles bekam, was man nur wollte, hatte die CEO ihm erzählt, eine illegale Taverne am Kiesstrand einer schmalen Wasserader, sie hatte ihm eine Skizze auf einem Zettel angefertigt, und Joachim warf sich in Schale, schlüpfte in seine Lammfelljacke, wickelte sich einen Schal um den Hals und einen zweiten um den Kopf wie Lawrence von Arabien, da er keine warme Mütze hatte, und nahm noch einen Zug aus der Ginflasche auf gutes Gelingen. Dann rollte er eine Ausgabe des *New Yorker* zusammen, mit einer Reportage von der Beisetzung Peter Handkes in Banja Luka, die er schon seit Wochen hatte lesen wollen, und trat hinaus in die Grabeskälte, um endlich mal wieder in eine Kneipe zu gehen.

Hinunter zur Sauna auf dem Steg war Christiane noch gelaufen, aber wieder hinauf zum Bungalow rannte sie jetzt, nachdem ihr beim Eintauchen in den See nach dem Aufguss die Verstörung in die Glieder gefahren war. Auf den Trampelpfaden den Hang hinauf trieb sie ihren Körper seiner Höchstgeschwindigkeit entgegen, da sie im Aufruhr der Blätter den Windrausch der Sense hatte hören können.

Sie versuchte, nur auf den moosigen Stellen zu landen, um ihre Fußsohlen nicht an scharfkantigen Steinen aufzureißen. Wie ein Bauernmädchen in einem Film über den Krieg, so lassen sie die Aufnahmen erscheinen, das den Fehler gemacht hat, sich aus dem Versteck zu wagen, um sich einen Augenblick der Lebensfreude zu erlauben, und nun von einer marodierenden Soldateska verfolgt wird.

In den Tagen zuvor waren über dem Atlantik die Strahlströme ins Trudeln geraten und hatten den nördlichen Polarwirbel aus seiner dynamischen Westwindlage gehoben. Nach einer kurzen Phase der Oszillation war dieser in eine statische Welle eingerastet, über die sibirische Kaltluft nach Europa strömte, über Polen, Tschechien, das ehemalige Jugoslawien, Italien und Frankreich in eine eskalierende Spiralbewegung hinein, um sich dann auf den Norden Brandenburgs zu konzentrieren, wo die Temperaturen so schnell ins Bodenlose fielen, dass die Meteorologen an ihren Instrumenten zweifelten.

Auf den Plattformen zogen die User düstere Parallelen, die in apokalyptische Prognosen mündeten von Missernten, Viehseuchen, Hungersnöten, Heuschreckenplagen, Pogromen und Bruderkriegen und dabei eine seltsame Erleichterung darüber transportierten, recht behalten zu haben mit ihren fatalistischen Attitüden, mit diesem erlösenden Negativismus, der von den Rändern der Gesellschaft in Richtung Zentrum wehte.

Wieder im Bungalow eilte Christiane vor den Kamin, sie legte sich auf den Boden, unter dem das Tiefenwasser kursierte, heilende Wärme aus dem Inneren der Erde, die ihre Muskeln und Gelenke entkrampfte, ihren Kreislauf stabilisierte, den Klammergriff der Angst lockerte und ihre Kerntemperatur wieder der unteren Schwelle der unbedenklichen Spanne entgegensteigen ließ.

Sie konnte rätselhafte Bilder sehen – einen Mann mit einem Druckbleistift in einer dämmrigen Bibliothek, unter deren Fenster eine gewaltige Klimaanlage polterte, während grüne Papageien draußen als Geschwader die Kakifruchtbäume leer fraßen. Sie konnte Schwärme aus Tigermücken vor den Wüstenwinden über das Mittelmeer strömen und in der verdorrenden Grünanlage vor dem Fenster ein Regime des Terrors etablieren sehen.

Und so dachte sie an ihr Vorhaben für die kommenden Jahre, um ihr Bewusstsein zu kanalisieren. Hier im Verborgenen würde sie an *Corpore Sano* arbeiten, über den Winter würde sie erst mal eine vorläufige Struktur konzipieren, denn sie wollte das Frühjahr abwarten, um mit dem Schreiben zu beginnen. Dann würde sie in die fremden Seelen hineingeistern, der Anwälte und Richter, der Reporter und Kommentatoren, der Schuldigen und vor allem der Henkerinnen, denn die Klingen der Doppeläxte würden in ihrer Erzählung entschlossene Frauenhände führen. Sie würde emporschweben über den Wald wie eine trunkene Omen-Eule und die Züge der Verdammten über die Kieswege in Richtung der zentralen Scharfrichtstätte fließen sehen.

Pläne für danach hatte sie keine – vielleicht Ikaria? Christiane gefiel die Vorstellung, in die Sporaden heimzukehren. Vielleicht würde sie noch Jahrzehnte in den Nächten zum Fischen hinausfahren und tagsüber mit gebücktem Kreuz einen Steilhang bewirtschaften, Tomaten möglicherweise, Thymian, Spalterbsen oder diese blassgrünen Insel-Zucchini? Sie würde Karten spielen unten am Hafen mit den anderen Alten und aus Blechkanistern deren Eigenbauweine trinken, so ähnlich gingen ihre Gedanken.

Nach ihrer heißen Dusche aber trank sie Champagner, und zwar jene Cuvée Sir Winston Churchill, die ihr der Buchhalter mitgebracht und die tagelang unbeachtet auf der Küchenablage gestanden hatte, bevor Christiane sie im Vorbeiwehen reflexhaft in ihren Whispercave geschoben hatte. Eigentlich mochte sie keinen Champagner, was vielleicht daher rührte, dass sie Tankstellenbrause à la Moët in ihrer Jugend primär als Mixer für Longdrinks zum Einsatz gebracht hatte, also zum langsamen Einschenken über die Eiswürfel in Wodkagläsern, mit einem Splash rosa Grapefruit vielleicht für die Farbe, nach der biochemisch nicht ganz einwandfreien These, dass die Kohlensäure den Geist des Brandes schneller in ihr Blut treiben würde.

Außerdem war sie generell keine Freundin der Cuvée, des Verschnitts, wie man das früher ja genannt hatte, sie hatte nichts übrig für so eine Panscherei, die in der vermessenen Hoffnung, deren individuelle Defizite auszugleichen, artfremde Komponenten in einer Zwangsehe vereinte, woraus am Ende erfahrungsgemäß vor allem die Migräne resultierte.

Aber der Sir Winston hatte sie überrascht – Kreide und Brioche, Schießpulver und Limonentarte, venezianische Maronen kurz vor Weihnachten, noch dazu eine Waldpilzcremenote, so ähnlich würde das Nilufar wohl in einem ihrer Bücher formulieren, symmetrisch und ausgewogen wie die Klangwellen einer Klavierstimmgabel. Christiane schien es beinahe so, als ob die Gasperlen Sir Winston selbst transportierten, an dem sie als Mann, so wusste sie, trotz der Hinfälligkeit, trotz aller Gnomenhaftigkeit ohne Zweifel Gefallen gefunden hätte.

Sie wanderte im Haus umher, um sich in den Vorhangwänden zu begutachten, und sie fühlte sich zuhause in diesem Augenblick, in dieser Natur, in diesem Bungalow, der ihr so behagte, sogar in dieser albernen Gulag-Kälte, vor allem aber in ihrem fünfzig Jahre alten Körper, dessen spektral-biometrische Multi-Parameter-Analyse an jenem Abend in einer Altersschätzung von 41 resultierte. Nach Monaten des Schlafes, des Schwimmsports, der Waldesluft sowie ihrer sporadischen Ernährung sah sie so aus, als hätte es das Jahrzehnt ihres beruflichen Ausnahmezustandes gar nicht gegeben.

Als sie wieder in den Wald hinaustrat, trug sie einen weißen Polaroverall, eine Armbinde mit Dreizack und eine Uschanka aus Silberfuchs wie Lara in *Doktor Schiwago*. Sie zog gleich ihren Dolch aus seiner Scheide, da sie eine humanoide Präsenz im Wald wittern konnte, und tatsächlich: Hinter einem Haufen aus Totholz ragte eine Zipfelmütze hervor, unter der im Mondschein das rote Gesicht des Sachbearbeiters zu sehen war. Sein schmaler Körper zitterte, er schien dem hypothermischen Schock nahe zu sein.

«Zum Teufel», dies sagte Christiane. «Was machst du hier? Wie lange kauerst du denn schon?»

«Ich … ich», so stammelte Daniel, «ich kauere doch nicht …»

«Was denn sonst? Du kauerst da und begaffst mich heimlich.»

«Christiane, ich …»

«Habe ich dir das Du angeboten?»

Daniel nahm seine Mütze ab, woraufhin der Wind durch sein schütteres Haar wehte – sehr deutlich war in diesem Augenblick die unvorteilhafte Büschelpflanzung seiner transplantierten Haarfollikel zu sehen.

«Ich wollte fragen, ob wir uns wiedersehen können.»

«Das wird leider nicht möglich sein», sagte Christiane.

«Aber wir haben doch …»

«Das wird schon wieder, mach dir keine Sorgen …»

«Das war doch so intim …»

«Alles wird gut.»

«Das kann doch nicht wahr sein …»

«Ich hab keine Zeit für dich», sagte Christiane.

«Das kann doch nicht wahr sein, das kann doch nicht wahr sein», wiederholte Daniel wieder und wieder. «Das kann doch nicht wahr sein, du hast doch ... also, du hast mir ...»

«Äh, wie heißt du noch mal?»

«Ich heiße Daniel.»

«Ich bin zu alt für dich, Daniel. Such dir doch ein nettes Mädchen aus dem Dorf.»

«Aus welchem Dorf?»

«Irgendwo hier wird schon ein Dorf sein, noch aus der DDR ...»

«Aber meine Absichten sind lauter. Ich kann mir alles vorstellen mit dir ...»

«Das wird leider nicht möglich sein.»

«Aber, aber ...»

«Also, David: Ich habe keine Verwendung für dich. Ich habe kein Interesse an dir. Du kannst also gehen. Einfach weggehen, ja? So, ich muss weiter.»

Doch Daniel blieb stehen, als Christiane ihm den Rücken zuwandte, und sah ihr dabei zu, wie sie ihren Kanadier zu Wasser ließ und aus dem Lauf hineinhüpfte, um schnell an Fahrt zu gewinnen, woraufhin ein Wasserjet ausfuhr und das Kanu in die Gleitfahrt beschleunigte, lautlos bis auf das Rauschen der Heckwelle, bis auf das Klimpern der ersten Eisschollen gegen das Aluminium des silbernen Rumpfes, den sie im Stehen wie eine Gondoliere dem fernen Ufer entgegensteuerte, um zwischen den Vorhängen der Weiden dort auf einem Kanal in den Wald hinein zu verschwinden.

In Bungalow Drei hatte Nilufar schon früh mit dem Pavillon Blanc begonnen, vor dem Kamin im Wohnzimmer, um einem hohlen Gefühl des Mangels die Schärfe zu nehmen. Es war der Todestag ihres Vaters, den sie damals ja gefunden hatte, mit seinem Kopf auf den Schachbrettfliesen in der Küche der kleinen Altbauwohnung im vierten Stock, in der sie aufgewachsen war.

Sie war aus London gekommen an jenem Tag, fast zwei Monate war sie nicht zuhause gewesen. Er hatte auf ihr übliches Sturmklingeln nicht reagiert, was bei ihr noch keinen Alarm ausgelöst hatte, aber als sie die Wohnung aufgeschlossen und ihre Schuhe abgestreift hatte, als ihre Füße auf den Flor des Kelims aus Pandschir in der Diele trafen, in dem sie als Kind immer barfuß ihre Zehen gerollt hatte, war ihr sofort klar gewesen, was sie in der Küche erwartete.

Später hatte sie oft geweint, aber an jenem Morgen kamen ihr keine Tränen und auch keine Worte. Sie eilte hinüber zu ihrem Vater und legte sich hinter ihn auf den Kachelboden, um seinen toten Körper an sich zu ziehen, der schon kalt und steif wurde unter einem alten Rollkragenpullover. Und dann schloss sie ihre Augen, um seine letzten Minuten zu rekonstruieren und ihren Papa nicht allein zu lassen mit dieser Erfahrung.

Er hatte Angst gehabt, eine Vorahnung, so viel war sicher, denn er hatte immer alles vorhergesehen. Er war aufgeschreckt aus flachem Döse-Schlaf, da er die Aussetzer gespürt hatte, das Entgleisen der Kadenz in seinem zirkulatorischen System, und dann gleich die Eskalation, die wütenden Messerstiche, und ihr Vater hatte reflexhaft die Hände erhoben, um den Angriff abzuwehren. Er hatte Libellen gesehen, goldene Schmetterlinge und die Spur des Schneeleoparden.

Er war aufgestanden, ihm war schwindlig gewesen, und er war in die Küche gelaufen aus Nilufars Zimmer, wo er geschlafen hatte, seit sie in London lebte, in ihrem Bett unter dem meterhohen Werbeposter vom Verband der Prädikatsweingüter, auf dem Wanderfalken über dem Höllenberg zu sehen waren.

Er hatte sich an den Tisch gesetzt, um seinen Blutdruck zu messen, denn er trug noch die Manschette um den linken Oberarm und lag den Freischwingern von Thonet zu Füßen, auf denen sich ihr Familienleben abgespielt hatte – Nilufar hatte dort am Tisch ihre Hausaufgaben gemacht, während ihr Vater die verhasste Buchhaltung erledigt hatte, wobei aus seiner Richtung hin und wieder ein Schnauben zu hören gewesen war.

Ein paarmal noch hatte er den Gummiball der Gerätschaft gepumpt, und dann war er gefallen, wohl eher glimpflich auf die Kacheln, denn er hatte sich keine Platzwunden zugezogen. Und er war noch präsent gewesen dort auf dem Boden, dies spürte Nilufar, während sich eine tiefe Verlassenheit in ihr ausbreitete.

Sie kannte ihn, sie kannte ihre Familie, und sie wusste genau, wie er reagiert hatte: Er war ruhig gewesen, er hatte einen Ausweg gesucht, er hatte auf Kampf umgeschaltet, er war immer so diszipliniert gewesen. So schnell im Kopf, so lösungsorientiert, bis ihm klar geworden war, dass er nichts mehr tun konnte, dass sein Körper nicht funktionierte – dass er nicht mehr in der Lage war, einen Atemzug zu nehmen. Dies geschah! Nur noch wenige Sekunden!

Wo war er gewesen? War er ein Bube gewesen, an der Hand seines Vaters? Auf dem Weg zum Markt, um ein Huhn und Zwiebeln und Kräuter zu kaufen und ein Fladenbrot mit Datteln und Sesam? War er zuhause gewesen? War nicht sie sein Zuhause gewesen? Oder gingen Sterbende gar nicht nach Hause? Blieben sie in Schock und Entsetzen gefangen in ihren finalen Augenblicken? War das mit der Heimkehr nur eine lächerliche Vorstellung, um eine fundamentale Hässlichkeit zu romantisieren?

Sie zog ihn näher, dieser Körper war immer noch ihr Vater. Dieser Körper war in ihrer Nähe gewesen an fast jedem Tag in ihrem Leben. Auf diesem Körper hatte sie in einer alten 747 auf ihrem Weg in die Bundesrepublik geschlafen. Dieser Körper hatte sie an der Hand über die Kieswege im Grüneburgpark geführt am ersten Abend in Frankfurt und neben ihr auf einer Bank gesessen, während sie beide in die Kronen der Kastanien hinaufstarrten.

Dieser Körper war immer in schöne Hemden gehüllt gewesen an den Samstagen, wenn sie zusammen die Wohnung verlassen hatten, um das Silk Road aufzuschließen, selbst gebügelte Hemden von einer britischen Marke namens Turnbull & Asser, die sich in einem Stadium fortschreitender Auflösung befanden, aber niemals endgültig auseinanderfielen. An den meisten Tagen in seinem Grilllokal hatte ihr Vater ausgesehen, als sei er auf ein Symposium über das Great Game in einem Londoner Herrenclub eingeladen.

Ihr Vater war gestorben, und nichts war übrig geblieben außer ihren Gefühlen, außer den Geschichten, die sie sich erzählte, er war einfach verschwunden ohne jede Fanfare, und diesen Gedanken fand Nilufar so fucking deprimierend. Er hatte nichts erreicht, gar nichts, das hatte er sicher gesehen in dieser finsteren Eindeutigkeit. Nicht mal einen kleinen Teil seiner Pläne hatte er verwirklichen können. Wie war es für ihn gewesen? Wie hatte er das Kreuz der ersten Generation getragen, nur den Steigbügel für die nächste Generation zu halten, der ihre Privilegien dann als gottgegeben erscheinen? Waren seine Träume friedlich gestorben? Oder hatten sie geschrien und um sich geschlagen?

Nichts war übrig geblieben außer den paar Besitztümern, außer dem Seilzuggerät für seine Rückenübungen, außer dem Weinvorrat in der Kammer, außer Büchern und Schuhen und Toilettenartikeln – diesem fulminanten Pinsel für seine Nassrasur beispielsweise, mit dem er sich einen weißen Schaumbart modelliert hatte, um seiner Tochter als falscher Prophet dann erfundene Legenden zu erzählen. Und außer dem Kelim natürlich, bei dem es sich um einen Kriegsteppich handelte, in dessen Bordüre zwischen den achteckigen Ornamenten jeweils ein Mudschahed einen sowjetischen Besatzer entleibte.

Auf dem Tisch in der Küche hatte Nilufar den Sony-Discman ihres Vaters gesehen, eine gelbe und wasserdichte Sportausführung, und ohne nachzusehen wusste sie genau, was er zuletzt gehört hatte, nämlich *Deutsche Hörer!* von Thomas Mann, die wiederhergestellte Originalaufnahme der Radioreden an die Deutschen unter Hitler, die Mann in Los Angeles für die BBC eingesprochen hatte, um den Untertanen in der alten Heimat ein paar Fragen zu stellen: «Wem ist damit gedient? Wird irgendjemand es besser haben, wenn die Juden vernichtet sind?»

Ihr Vater liebte diese Aufnahme, die er auf seinen langen Spaziergängen zu hören pflegte, vom Nordend hinunter in die Innenstadt an frühen Abenden, wenn das Silk Road Ruhetag hatte. Mit dem gelben Plastikbügel auf dem Kopf konnte er die Horden der Passanten an sich vorbeiströmen sehen, das Gewimmel der von ihren Schlemmereinkäufen beseelten Erbsenzähler, zu deren Optik Thomas Mann die Tonspur beigesteuert hatte: «Deutsche, die Welt hofft und betet, daß ihr euch nicht dümmer, nicht allzuviel dümmer erweisen werdet als die Italiener, deren musikalische Intelligenz dermaßen falsche Sirenenklänge nicht duldet, sondern darauf mit dem Ruf ‹Alla porta!› antwortet.»

Dort auf dem Kachelboden öffnete Nilufar den Verschluss der Armbanduhr ihres Vaters, um sie von seinem Handgelenk und über das ihre zu ziehen. Es war eine Nautilus in Stahl von Patek Philippe, die sein Onkel ihm zur Promotion gekauft hatte, in Kabul beim britischen Juwelier, da war ihr Vater erst 25 gewesen. Er hatte einmal erwähnt, dass die Preise für das Modell auf dem Sekundärmarkt immer weiter stiegen und dass sie die Uhr also verkaufen könnte, wenn er nicht mehr sei, was sie aber selbst in bitterer Not nicht getan hätte, da die kleine Gerätschaft mit seiner Energie aufgeladen war, denn sie barg ja ein Automatikwerk in ihrem flachen Gehäuse.

Drei Jahrzehnte lang hatte ihr Vater diese Uhr mit sich herumgetragen, und seine Bewegungen hatten ihre kugelgelagerte Rotorschwungmasse in Unruhe versetzt, um über eine Zahnraduntersetzung die Zugfeder zu spannen und somit den gleichmäßigen Lauf des mechanischen Werkes zu garantieren. Er hatte mit ihrer Mutter getanzt und dabei die Uhr getragen, oder sie hatten Liebe gemacht, so ähnlich dachte Nilufar, während sie ihren toten Vater umklammerte. Die Maschine hatte sein Momentum eingefangen, seine Gestik, seine Aura, wenn er durch Räume strebte, seine temporäre Anwesenheit, um ihrem Vater das Versiegen seiner Lebenszeit auf einem römischen Zifferblatt vor Augen zu führen.

Ab nun würde Nilufar den Rotor antreiben, und so ging ja auch die Werbung von Patek Philippe, die in Kaschmirpullover gehüllte Mutter-Tochter- oder Vater-Sohn-Paarungen zeigte, die Schach spielten oder am Klavier klimperten oder eine Ölstudie aufhängten oder sich die Haare kämmten oder einen historischen Säbel begutachteten in einem Penthouse in New York oder Paris oder Singapur, während die Bildunterschrift die sichtbare dynastische Kontinuität konkretisierte: «Eine Patek Philippe gehört einem nie ganz allein. Man bewahrt sie schon für die nächste Generation.» Das stimmte aber nur, wie Nilufar bald erfahren hatte, wenn man über das Kapital verfügte, um die in Wahrheit äußerst unzuverlässigen Gadgets dieses Herstellers alle paar Jahre für viele tausend Euro technisch überholen zu lassen, um sie überhaupt am Laufen zu halten.

Auch die Wohnung könne sie verkaufen, hatte ihr Vater gesagt, und er hatte sich geschämt, denn er hatte den kleinen Wohlstand als kläglich empfunden – knapp hundert Quadratmeter im vierten Stock ohne Aufzug, so viel war sein Leben also wert gewesen. Und doch hatte er nicht zu den Ignoranten oder den Undankbaren gezählt, die ihr bescheidenes Glück nicht zu schätzen verstehen.

Denn er hatte sie geliebt, seine Wohnung, vor allem den Balkon zum Innenhof, auf dem er an Sonntagen auf seinem Klappstuhl die *Financial Times* gelesen hatte, seine dünnen Beine übereinandergeschlagen, und wenn sie zu ihm hinausgetreten war, um ihm einen Tee zu bringen, dann hatte er sie gleich auf eine Wolkenformation hingewiesen, eine Lichtfärbung oder auf die Schönheit eines Blätterschattens auf der Hausmauer.

Sie war nur ein paar Stunden zu spät gekommen an jenem Morgen, mit der ersten Maschine aus London, wo sie eine Stelle als Sommelière angenommen hatte, wozu es folgendermaßen gekommen war: Im Silk Road hatte sie eine Runde fröhlicher Briten bewirtet während der Frankfurter Buchmesse, von denen einer in London zwei Michelin-Sterne hatte und in Frankfurt war, um sein neues Kochbuch vorzustellen.

Nilufar war in Hochform gewesen an jenem Abend, auf dem Forster Ungeheuer angeheitert, und so hatte sie vor den Briten vom Rive Gauche des Rheingaus rhapsodiert, dem Bogen Kiedrich – Oestrich – Rüdesheim, denn dieser Abschnitt am Rheinufer sei als das Saint-Germain des deutschen Weinbaus zu verstehen, als der Quai einer blassgoldenen Bohème – sie wusste auch nicht, wo das immer herkam, außerdem ergab es ja keinen Sinn, da diese Orte am rechten Ufer lagen, genauer: am nördlichen Ufer, und das südliche als das linke Ufer zu bezeichnen war.

Sie hatte geschäkert und angestoßen mit den bärtigen Trunkenbolden und sie meisterhaft dazu animiert, mal fünfe grade sein zu lassen und eine monumentale Weinrechnung in Kauf zu nehmen. Irgendwann hatte sie besagten Koch halb im Scherz um einen Job in London angehauen, und schon ein paar Tage später war sie im The Ledbury als Junior-Sommelière für die ganze Beschaffung aus Deutschland und Österreich zuständig gewesen.

War es ein Fehler gewesen, so überstürzt abzureisen? War das mit London eine dumme Idee gewesen? Die Briten konnte man am Stück ja allerhöchstens ein paar Wochen ertragen. Hätte sie sich das sparen können und sich einfach alles selber beibringen? Hatte sie überhaupt etwas zu lernen von irgendeinem Sterblichen? War ihr Weg nicht immer jener der Autodidaktin gewesen?

War es ein Fehler gewesen, ihren Vater allein zu lassen? Natürlich, er war ein Erwachsener, aber was sollte das denn überhaupt heißen? Er hatte sie beobachtet im Silk Road an jenem Abend, mit einer Mischung aus Amüsement und Ratlosigkeit. Seine Tochter als *Verkaufstalent* – war das für ihn quälend gewesen? Hatte er sich vorgehalten, dass er sie auf eine falsche Spur gesetzt hatte? Dass sie in einem Restaurant aufgewachsen war? Hatte er das mit dem Wein bei ihr vielleicht immer nur als Schülerjob gesehen? Hatte sich das Entsetzen in ihm ausgebreitet?

Okay, sie hatte sich unangreifbar gemacht, völlig unabhängig von allen anderen Menschen. Aber wäre ihr Vater enttäuscht gewesen, dass sie nicht studiert hatte? Und wie wäre sein Urteil über Frauke ausgefallen? Hätte er sie als Person überhaupt ernst nehmen können? Mit ihrer eindeutigen Welt, flach wie eine Scheibe, auf der ihre gesunden Eltern wohl gerade eine Kraterwanderung auf La Gomera unternahmen, oder eine Nilkreuzfahrt zu den Pyramiden? Exakt in diesem Augenblick standen sie dort an der Reling und fragten sich: War das ein Kamel, dort in der Ferne? Oder war das eine Fata Morgana? So ähnlich gingen Nilufars Gedanken, nachdem sie den letzten Schluck ihrer Flasche Pavillon Blanc getrunken hatte, womit ihre Position vor dem Kamin im Wohnzimmer unhaltbar geworden war.

Aber sie wusste genau, welchen Blick Frauke ihr zuwerfen würde, wenn sie jetzt wieder zum Whispercave liefe – wenn sie also einfach ihrem souveränen Willen folgte in ihrem eigenen Zuhause. Seit die beiden in der Einöde lebten, waren ihre Arrhythmien in den Vordergrund getreten, so etwa zwischen Nilufars ritueller Kommunion mit den Tränen ferner Berge und Fraukes kleinbürgerlichem Genießer-Trinkverhalten, das offenbar mit einem ignoranten Gefühl der Überlegenheit einherging, die sich mit stillem

Triumph, paternalistischer Sorge und einem diffusen Rundumvorwurf vermengen würde, wenn Nilufar jetzt schon eine zweite Flasche Pavillon Blanc aus dem Whispercave zöge.

Was machte sie da überhaupt in der Küche? Was genau war ihr Vorhaben? Dieser leere Aktionismus, es war so ermüdend. Immer tätig, immer in Bewegung, das war doch nicht auszuhalten! Konnte Frauke nicht das Ende heranrasen sehen? Warum nicht einfach mal Platz nehmen irgendwo und das Rieseln der Sanduhr ertragen? Aber nein, offenkundig hatte sie mal wieder beschlossen, sich dem überflüssigen Getue untertan zu machen, anstatt auf dem Sofa die Zeitung zu lesen.

Seit einer Stunde schon waren aus der Küche Schepper- und Polterlaute zu hören, wobei Frauke diesmal nicht allein ihre üblichen Sinn suggerierenden Umräumevorgänge abarbeitete, sondern noch dazu wohl vorhatte, einen Braten ins Rohr zu schieben. Dies war für Nilufar am verbrannten Olivenölgeruch abzulesen – Frauke hatte den Ofen vorgewärmt, aber zuvor nicht die Bleche herausgezogen, auf denen sie immer ihre Süßkartoffeln röstete, ohne die Bleche im Anschluss einer gründlichen Reinigung zu unterziehen.

Immerhin würde es später also eine warme Mahlzeit geben, was Nilufar begrüßte, da sie von ihrem Frühstück am Nachmittag nur zwei Bissen genommen hatte. Ihr Plan war gewesen, Frauke den Todestag zu verschweigen, um sich deren betroffenes Gesicht zu ersparen, das Suhlen in wohlfeiler Empathie, aber natürlich hatte Frauke sie mit

Frühstück im Bett überrascht am frühen Nachmittag, mit schwarzem Tee und Spiegeleiern auf krustigen Butterbroten, und enervierenderweise auch dann keine Miene verzogen, als Nilufar nur zwei Bissen genommen und dann wortlos den Whispercave angesteuert hatte, um sich mit einer Flasche Bordeaux vor den Kamin zu legen.

Ihr Vater war gestorben, und nichts war übrig geblieben außer einer lückenhaften Dokumentation, außer Briefen und Rechnungen und Steuerbescheiden und Röntgenbildern und dem Ordner mit den Entwürfen für die Speisekarten und so weiter. Außer zahllosen herausgezogenen Zeitungsseiten, die in der schönen altmodischen Handschrift ihres Vaters mit Anmerkungen versehen waren.

Und sie wollte jetzt einfach die zweite Flasche haben, denn aufwühlende Gedanken strömten in ihre Richtung, um sich mit ihrem schlechten Gewissen darüber, dass sie immer noch nicht mit den Hormongaben angefangen hatte, gegen ihre Seelenruhe zu verbünden. Nilufar wollte einen Buben haben, einen Prinzen aus reicher und mächtiger Familie, da sie zu der Überzeugung gekommen war, dass sich ohne ein Kind in ihrem Dasein schon in ein paar Jahren eine dröhnende Leere auftun würde, als strukturelles Defizit, das durch keine andere Maßnahme auszugleichen wäre.

Natürlich, das Kind war eine Krücke, das Kind war auch ein Gobelin, mit dem man sich den Abgrund verhängen konnte. Aber was sonst hatte irgendeine Gültigkeit? Was sollte es denn wert sein, dieses Leben, wenn man es nicht mit einem Kind teilte? So schien sie sich zu fragen.

Sie würde einen Buben machen, solange ihr Körper dazu in der Lage war, mit dunklen Haaren, mit den schönen Augen seiner Mama, den sie an jedem Morgen in die Kutsche zur Waldkita setzen würde. Und sicher, neun Monate ohne Wein, oder achtzehn sogar, wenn man die Stillzeit mitrechnete, das war schon hardcore als Vorstellung, aber wenn ihr das wirklich gelingen sollte und sich alles im gleißenden Licht der Nüchternheit zeigte, dann würde sie ihr Leben mit Frauke hinter sich lassen, ohne noch einen Blick über die Schulter zu werfen, und in der Fremde einen ganz neuen Anfang wagen, so ähnlich gingen ihre Gedanken. Sie würde mit ihrem Kind in ein Flugzeug steigen und noch am selben Abend zum ersten Mal in einer neuen Heimat spazieren gehen.

Was war das für eine schöne Klaviermusik, die da aus der Küche kam? Frauke hörte das Stück auf Repeat nun schon zum vierten Mal – was mochte das sein? Wer mochte das komponiert haben? Was hörte sie da? Warum kannte sie das nicht, wenn das so eine intensive Wirkung auf sie hatte?

Was waren diese federnden Harmonien? War das ein Besen, der ein Spalier aus Eiszapfen von einer Dachrinne streifte? Oder war das ein Knusperhaus, unter den Fingern der vom Hunger geschwächten Armenkinder? Waren das Hänsel und Gretel, die in Zuckerguss gefasste Lebkuchen aus dem Haus der Hexe brachen? Die mahlenden Gebisse, das zerkleinerte Gebäck in den trockenen Speiseröhren, die Umwandlung der Aromen in Nervenzellsignale – etwas

Süßes! Und das langsame Pochen der Zahnschmerzen kurz vor der Katastrophe.

Nilufar weinte dort vor dem Kamin, wie ihr nun mit Verspätung bewusst wurde, und sie wischte sich unwirsch über die Augen mit einem Ärmel ihres seidenen Gewandes. Dann lief sie in die Küche, um sich noch eine Flasche zu holen.

«Hey Nilu, da bist du ja, endlich! Wie schön! Ich koch uns ein Festmahl, extra für dich! Komm mal her, zeig mir deine Augen, kommst du gut klar? Ich wollte nicht stören, aber es bricht mir das Herz, wie du da sitzt so allein am Kamin – willst du dich ablenken? Soll ich dir nachschenken? Willst du Liebe machen? Ist alles zu viel für dich gerade? Soll ich den Mund halten? Du weißt, ich komm immer ins Plappern in solchen Situationen – wo ist jetzt mein Vino? Ah, hier neben dem Römertopf», sagte Frauke, bevor sie ihr Glas Rotwein leerte, dessen Herbstrot mit den Rothko-Reflexen Nilufar aus hundert Metern Entfernung erkannt hätte. Über dem Rand des Topfes war der Wirbelkamm eines stattlichen Vogels zu sehen.

«Was ist das denn schon wieder?» Nilufar kicherte widerwillig.

«Ich hab den zweiten Sterntaucher geholt! Mit Pfeil und Bogen, in voller Kriegsbemalung, das hättest du mal sehen sollen! Mit Federschmuck sogar!»

«Wie, jetzt gerade?»

«Nein, vor drei Tagen, ich wollte den marinieren, und dann hab ich ihn abgetupft und die Haut trocken geföhnt und so weiter, während du noch geschlafen hast heute am

Morgen. Du hättest mich sehen sollen! Ich hatte ein Rautenmuster unter den Augen, wie eine Kriegerin bei den Ojibwa.»

«Wer sind die denn?»

«So ein Indianerstamm in Kanada, für die war das Gelächter des Sterntauchers ein böses Omen. Nomadische Jäger, von den Pocken dezimiert, oftmals dem Hungertod nahe im subarktischen Ödland, all das hab ich heraufbeschworen», erzählte Frauke. «Ich hab mich herangepirscht durch den Schilfgürtel, und fast hätte der mich entdeckt, der Vogel, der hat sich so hektisch umgesehen, aber dann hat eine geschliffene Titanspitze seine Kehle durchschlagen mit zweihundert Stundenkilometern – den Kopf hab ich gar nicht mehr gefunden.

Und auch die Eier waren verschwunden, das war sicher eine Möwe, so eine aasige Nesträubermöwe aus Archangelsk – vor genau der sind die vielleicht geflohen, aber dann hat sie die beiden eingeholt, um deren ungeborene Kinder zu verspeisen …»

«Was trinkst du da eigentlich? Hast du eine Flasche Pinot offen?»

«Ja! Den Nikolai Vineyard, und du hattest recht, hundertprozentig! Das ist mein neuer Lieblingswein! Ich muss mir gleich mal nachschenken – ach so, du willst auch ein Glas, oder? Du Ärmste! Ich steh so krass auf der Leitung heute», sagte Frauke, zog noch einen Kelch aus der Vitrine, packte die Magnum am Flaschenhals und schenkte ordentlich Pinot Noir in die beiden Gläser, wobei das Spiel ihrer

Muskeln zu sehen war, von Palmaris longus und Flexor digitorum unter der Haut ihres rechten Unterarms, der Nilufar schon immer gefallen hatte, denn Frauke hatte als Teenager Tennis gespielt in der Regionalliga.

«Welchen Jahrgang hast du genommen?»

«Ich hab gar nicht geschaut, haben wir mehrere?»

«Wir haben vier oder fünf», sagte Nilufar.

«Dann mach uns doch eine Vertikale! Dann können wir die vergleichen! Das liebst du doch! Das haben wir so lange nicht mehr gemacht! Dann können wir uns an die Jahre erinnern! So viele Jahre sind wir jetzt zusammen! Das waren doch auch gute Jahre, Nilu! Warum bist du auf Abstand? Ich spür das genau! Lass dich doch mal gehen! Sei doch mal offen für mich! Befrei dich doch mal! Es muss doch nicht alles immer so heavy sein! Komm, Nilu, lass uns die Vertikale machen, das ist genau das Richtige heute!»

«Aber Frauke, das sind Magnumflaschen, das ist doch Wahnsinn. Das schaffen wir gar nicht ...»

«Wir müssen die ja nicht zu Ende trinken! Jetzt sei keine Spielverderberin, das passt nicht zu dir!»

«Okay, wenn du darauf bestehst, dann fang ich mal an», lachte Nilufar, und kurz darauf standen vier Magnumflaschen vor ihr auf der Marmorplatte, deren Korken sie zog und deren Inhalt sie in kreisender Bewegung in große Karaffen strömen ließ, auf die sie weiße Etiketten klebte, auf denen sie mit blauem Filzstift die Jahrgänge notierte.

«Was ist denn diese Musik?», fragte sie dann.

«Das ist der Mephistowalzer! Joachim und du habt mich

auf Liszt gebracht neulich, und jetzt höre ich mich da rein, das ist total unglaublich», sagte Frauke. «Liszt erzählt eine Geschichte, von einem Abend in der Dorfschenke, eine Hochzeit ist im Gange, Faust und Mephisto treten ein, und Mephisto greift sich die Fiedel von einem der verlumpten Musikanten, um die Trinkenden mit seinem Spiel in Ekstase zu peitschen. Und das Klavier spielt die Violine und auch die Enthemmung in der schäbigen Spelunke, und Faust schleicht mit der Tochter des Schankwirtes in den Wald hinaus, um auf einer Lichtung verbotene Spiele zu treiben.

Dann lassen die Kaskaden einen Höhepunkt erklingen, aber ist es ein männlicher oder ein weiblicher Höhepunkt, den wir hören? Ich würde sagen: ein weiblicher, oder? Wenn Faust seine Seele an den Teufel verkauft hat, um das süße Leben zu kosten, dann wäre er doch ein virtuoser Liebhaber? Dann würde er die Mädchen aus den Kneipen doch im Wald zum Höhepunkt bringen mit seinem dunklen Zauber, meinst du nicht, meine Blume? Auf dass die Kunde seiner Herrlichkeit sich im ganzen Landstrich verbreite? Hat Liszt also im Jahre 1856 einen weiblichen Orgasmus komponiert? Dann war der seiner Zeit aber einen Tick voraus, oder? Der alte Zigeuner.

Und im Grunde haben wir einen Themenabend heute, denn sogar der Vogel hat mit Liszt zu tun, man glaubt es nicht, aber da gibt es ein altes Rezept, Ente à la Liszt, das hat der Rossini sich ausgedacht, als Liszt ihn mal in Mailand besuchen kam. Und ich weiß schon, Rossini, wirst du jetzt sagen, Crowd Pleaser, Karrierist, Boulevard-Komponist, aber das stimmt gar nicht, der war fast noch progressiver als Liszt, in *L'Equivoco Stravagante* zum Beispiel, das ist meine Lieblingsoper, sicher zehnmal hab ich die schon gesehen. Allein der Titel! Dieser Klang! Welches Wort klingt denn besser als *Stravagante*?

Ach so, bevor wir's vergessen, bitte hilf mir mal», sagte Frauke, «der Vogel muss rein, sonst wird es Mitternacht, bevor wir den essen.»

Und nachdem die beiden den Römertopf in den Ofen gehievt hatten, kniff Frauke die Augen zusammen, um manuell die Garzeit und die Temperatur einzugeben. Nilufar starrte auf die abgehackten Füße des Sterntauchers auf der Marmorplatte.

«Wo waren wir gerade? Genau, *Stravagante* – auch perfekt für ein Restaurant, oder? Osteria Stravagante! Und was für eine Story! Ermanno, ein mittelloser Gelehrter, verliebt sich in die Tochter eines neureichen Bauern, der seine schöne Ernestina aber schon Buralicchio versprochen hat, einem dümmlichen Sohn aus gehobenem Hause. Und um den Nebenbuhler auszubooten, streut Ermanno das Gerücht, das Ernestina in Wahrheit der Kastrat Ernesto sei, der sich als Frau verkleide, um dem Militärdienst zu entgehen. Und das vor zweihundert Jahren! Da war der Rossini erst neunzehn, kannst du dir das vorstellen, Nilu? Mit neunzehn hab ich Jura studiert und Barbourjacken getragen!»

«Wann warst du denn so oft in der Oper?»

«Ich war doch immer in Italien! Das hast du schon gemerkt, dass ich verreist war, oder? Vor allem in Mailand, bei den Banken, wir hatten drei Akquisitionen in Italien, und da läuft alles nur persönlich, da muss man hinfahren, sich Zeit nehmen, schön essen gehen und so weiter», sagte Frauke. «Und ich hab oft einen Tag drangehängt nur für die Oper, ewig geschlafen, die *Neue Zürcher* gelesen, kühle Biere getrunken vor meiner Bar in Brera, ein paar Negronis und dann in die Scala schon mit verschmiertem Lidschatten, dafür aber komplett in Prada, und natürlich hab ich immer eine ganze Loge reserviert, damit niemand neben mir sitzen konnte. Ja! Herrlich war das! So einen Tag werde ich mir Revue passieren lassen, wenn ich im Sterben liege.

Mailand mochte ich schon immer, denn die Mailänder fackeln nicht lange, die haben ja auch den Mussolini aufgehängt an der Piazzale Loreto, kopfüber vom Dach einer Esso-Tankstelle. Neben seiner Geliebten, da gibt es ein Foto, sie ist immer noch schön mit ihren offenen Augen, anders als der Duce, von ein paar Kopfschüssen entstellt ...»

«Das hast du mir gar nicht erzählt ...»

«Natürlich hab ich das erzählt, oder ich hab's versucht, aber du hörst mir ja nicht zu! Du merkst oft gar nicht, dass ich rede! Du hast auf Durchzug geschaltet, das kennen wir ja, oder? Und dann hab ich's eben gelassen. Aber ich bin dir nicht böse, Nilu! Du bist, wie du bist. Du liebst mich auf deine ganz spezielle Weise, hab ich recht? Nur: So kann das nicht mehr weitergehen», sagte Frauke. «Ich weiß nie, welche Nilu gerade da ist, ob es meine ist oder diese abweisende, kalte, und mit der will ich nichts mehr zu tun haben, verstehst du das, Nilufar? Hörst du mir zu? Immer ziehst du einen Graben! Wie auch immer, du hast mich unterbrochen, wo war ich gerade? *Stravagante*, Negroni, Mussolini – ah ja, Milano: Der Liszt kam also den Rossini besuchen, auf dem Weg nach Como mit einer Frankfurter Bankierstochter, und da hat Rossini dieses Rezept komponiert, völlig strange, das kann man kaum mehr zubereiten heute: Man schieße eine Ente, mariniere sie in Wein für drei Tage und stopfe sie mit Trüffeln, Quittenbrei, Fasanenleber, Karpfenhirn und so weiter – wie ein Rezept für Flugsalbe, nur das mit dem menschlichen Säugling hat Rossini sich verkniffen.

Du hättest mal den Ossi im Fischladen sehen sollen! Als ich sagte: Ich zahle zwölf Karpfen, aber ich will nur die Gehirne! Also schneiden Sie die Hirne raus, los, avanti! Die Hirne, hören Sie? Ach so», erzählte Frauke, «ich hab jetzt ein Dorf entdeckt hier in der Einöde, geduckte Gehöfte an einer Durchgangsstraße, mit einer Tankstelle sogar, einem Gewerbegebiet ohne Gewerbe, mit der Ruine eines stillgelegten Rübenkombinates. Und da ist so eine Fischerhütte unten am Ufer, in der man Aale und Karpfen kaufen kann und Konserven und Blutwurst und so weiter ...»

«Großer Gott, wo sind wir hier nur gelandet ...»

«Ja, genau! Wir müssen weg hier, Nilufar! Wir sind in der tiefsten DDR! Wir werden noch verhaftet, wenn wir nicht aufpassen! Wir müssen nach Italien!»

«Wir müssen in die Oper gehen ...»

«Wir werden noch verrückt hier in der Zone!»

«Der ganze Landstrich auf ewig mit Denunziantentum kontaminiert ...»

«Und mit Boshaftigkeit!»

«Da haben sogar die Kinder ihre Eltern verraten ...»

«Und dafür eine billige Medaille bekommen ...»

«Du hast recht, lass uns verschwinden ...»

«Gleich nach Weihnachten!»

«Ich will ein Palazzo mieten mit wilden Gärten und auf den Frühling warten ...»

«Bist du jetzt wieder da? Uns geht's doch so gut! Wir können Italienisch lernen, wir können ganz neu anfangen! Komm mal her, Nilu, lass mich deine Augen sehen. Hörst du mir zu, bist du aufnahmefähig? Also: Niemand liebt dich so wie ich ...»

«Das ist mir jetzt zu intensiv, Frauke ...»

«Ich weiß, ich weiß. Aber stell dir mal vor, es wäre anders. Stell dir vor, ein Rudel Wölfe würde mich reißen beim Joggen, und irgendwann würdest du dich fragen: Wo ist denn die Frauke? Und dann würdest du im Wald meine zerschundene Karkasse finden ...»

«Warum soll ich mir das vorstellen?»

«Das ist total hilfreich, da lernt man seine Nächsten wieder schätzen. Jetzt komm doch mal her, fass mich mal an, Nilu! Aber du willst nicht, oder? Du willst auch gar nicht reden, ich kenn dich ja, du willst nur im Raum stehen und an mir vorbeistarren mit deinen dunklen Augen. Hab ich recht, meine Blume?

Hör mir zu Nilufar: Es gibt nichts, verstehst du? Es gibt *nichts*. Nur das hier. Sonst nichts. Wollen wir es nicht miteinander versuchen ein letztes Mal? Wir können noch gute

Jahre erleben. Der Horror kommt früh genug. Worauf wartest du denn? Wer soll denn kommen? Wen willst du finden? Was soll denn besser sein? Wo ist denn jetzt mein Glas schon wieder?»

Joachim ließ die Jacke von seinen Schultern gleiten und warf sie einem Kellner zu, der sie fing und nonchalant in einen Garderobenraum brachte, als sei Verhalten dieser Art als die Norm zu bezeichnen. Vier Barhocker standen vor einem Marmortresen, hinter dem leuchtende Flaschen zu sehen waren, deren Hälse wie eine Skyline über den unteren Rand in ein Panoramafenster hineinragten, bei dessen Scheibe es sich um einen schwebenden Bildschirm handelte.

Auf diesem war der Himmel zu sehen, aber nicht der Nachthimmel draußen über dem Walde, sondern eine ewige Dämmerung, eine verwischte Ader aus Bronze über einem Purpursaum, als ob die Sonne von Deutschland aus betrachtet auf ewig um sechs Grad unter dem Horizont ruhen würde.

Joachim schob sich auf einen der Hocker und legte seine Handschuhe auf den Tresen. Das war ja so was von lächerlich mit dieser Kälte, wie damals vor Stalingrad, so ähnlich gingen seine Gedanken, während er behutsam seine tauben Fingerspitzen massierte. Die Haut seiner Handrücken war rot und rau und an einer Stelle sogar aufgeplatzt, sodass er sich eine Serviette angelte und sie um seine Wunde wickelte.

Auf seinem Weg durch den Wald hatte Joachim über einen Staudamm balanciert, den offenbar ein Kind aus Ästen und Steinen gebaut hatte, wobei er abgerutscht und in das sandige Bett eines der Kanäle eingetaucht war, auf denen die Landbevölkerung zu DDR-Zeiten mit rudimentären Lastkähnen Handel getrieben hatte, sodass seine Füße bis über die Knöchel hinauf abgestorben waren. Daher sah er sich um pro forma, und dann streifte er seine Stiefel ab, um mit den Zehen zu wackeln und seine Füße in den nassen Socken auf das Rohr aus Messing zu stützen, das am Korpus des Tresens als Fußleiste befestigt war.

Er hatte sich eine Krawatte gebunden, und obwohl sein Hemd nicht gebügelt und sein Jackett verknittert war vom Tragen unter der Jacke, erfüllte ihn das Outfit mit einem bürgerlichen Gefühl, einem Gefühl aus der alten Bundesrepublik, so war es an seiner Mimik abzulesen, das Joachim sofort erkannte, obwohl es nie Teil seines eigenen Lebens gewesen war. Obwohl er sich allein in der Nacht ohne Schuhe an einen Bartresen klammerte, fühlte er sich wie ein Mann, der mit seinen Kindern beim Frühstück sitzt vor der Schule und sie überreden möchte, noch ein wenig Obst zu essen, die Äpfel, die er geschnitten hat, die paar Trauben, die er halbiert hat und auf kleinen Tellern neben ihren Müslischüsseln arrangiert, bevor er seinen Mantel anzieht, seine Frau küsst und in die frische Luft hinaustritt, um mit seinem Auto in sein Büro zu fahren.

Von außen erweckte das Lokal den Anschein einer verlassenen Scheune, aber der Schankraum war mit Paneelen aus Mahagoni getäfelt, an denen Portraits in Öl aufgehängt waren, in schwarzen Rahmen, in kompakten Formaten, im

Stile von Caravaggios *Medusa*, von Punktstrahlern in fahle Lichtkegel gefasst – die vergessene Fee aus *Dornröschen*, die Stiefschwestern aus *Aschenputtel* sowie die Hexe aus *Hänsel und Gretel*.

Die Stimmen einer Festgesellschaft vermischten sich mit dem Klimpern der Eiswürfel zu einer heilsamen Bar-Tonspur, die sich für eine Sekunde auf Pause gestellt hatte, als Joachim eingetreten war, und nun weiterlief, ohne eine Variation im Timbre zu zeigen. Die Teilnehmer prosteten einander mit schweren Tumblern zu, die ein Schimmern in Altgold zeigten im Schein der Kandelaber.

Neben dem Staudamm im Wald hatte das Kind ein Wasserrad konstruiert, aus zwei Astgabeln und einer Achse aus Holunder, in die es Löcher gebohrt, durch die es schlanke Haselnusszweige gezogen hatte. In deren gespaltene Spitzen hatte es Radschaufeln aus Baumrinde gesteckt, die sich in der Dunkelheit dann unbeobachtet in einer Strömung drehten, und irgendetwas daran hatte Joachim an sein Herz gerührt, sodass er für ein paar Sekunden stehen geblieben war und seine Grubenlampe gehoben hatte, um der Arbeit des Kindes seinen Respekt zu erweisen.

«Die Böse Königin, unser Drink der Woche», sagte der Barmann, «Earl Grey mit Honig und Whiskey und Eischnee vom Sterntaucher», um vor dem Besucher ungefragt einen der lumineszenten Tumbler zu platzieren. Joachim hatte die Ruine einer Abtei im Wald gesehen, den leeren Rahmen eines Kirchenfensters in einer frei stehenden Mauer, die kein Dach mehr zu tragen hatte.

Er vertiefte sich in den *New Yorker*, in einen Bericht über die Gräueltaten der privaten Militärfirmen in den abtrünnigen russischen Provinzen, und der Barmann hatte sein leeres Glas schon zweimal durch ein volles ersetzt, als Joachim hinter sich das Aufziehen von Druckknöpfen und mehrerer Reißverschlüsse hörte, bevor eine Kadenz aus Wassertropfen sein Haar benetzte und seinen Nacken über dem hohen Kragen.

«Hallo, Fremder», sagte Christiane, «wartest du auf jemanden?» Und schon saß sie neben ihm und drehte ihren Barhocker in seine Richtung. «Du kannst ruhig sagen, wenn ich dich störe.»

Für den Bruchteil einer Sekunde war Joachim Entgeisterung anzusehen, da er auf einen Abend in Gesellschaft nicht vorbereitet war, aber dann zwang er sich routiniert in eine gesellige Persona.

«Im Gegenteil», sagte er, «du kommst wie gerufen – was treibt dich hinaus in den Wald in einer Nacht wie dieser?»

«Die Einsamkeit, oder das Gottvertrauen? Ich weiß es nicht mehr. Was ist deine Ausrede?»

Sie trug einen Jumpsuit aus Angora in Navy mit Knöpfen aus Elfenbein, der mit erfundenen militärischen Orden behangen war.

«Ich hatte eine Panikattacke», sagte Joachim.

«Und jetzt bist du hier zur Selbstverarztung?»

«Ich hab gerade erst angefangen mit meiner Behandlung …»

«Aber du hast schon ein goldenes Mittelchen!»

«Das ist die Böse Königin, der Drink der Woche, besser als erwartet, muss ich sagen …»

«Darf ich?» Sie leerte den Tumbler in einem Zug und sagte: «Wir brauchen mehr davon!»

Den Polaroverall hatte sie achtlos auf dem Boden liegen lassen, und ein Kellner hatte ihn in den Garderobenraum getragen, um ihn neben die Bomberjacke zu hängen.

«Ich muss auch mal was essen», sagte Joachim.

«Es gibt hier alles, was es nicht mehr geben darf», sagte Christiane, «schöne große Kraken, beispielsweise …»

«Kraken! Heiliger Jesus, wie lange das her ist! Kraken hab ich seit diesem Film nicht mehr gegessen – da gab es so einen Film auf Netflix …»

«Der Film mit dem Taucher!»

«Ja, genau, der hat sogar einen Oscar gewonnen damals, und danach hat niemand mehr Oktopus gegessen.»

«Der Film war so einfühlsam …»

«Der Film war völlig bizarr, denn am Anfang war im Hintergrund immer noch die Frau des Tauchers zu sehen, eine schöne Inderin, aber später dann nicht mehr, und der Taucher schien sie auch nicht zu vermissen. Und dann hab ich in der Zeitung gelesen, dass seine Frau ihn verlassen hat während der Dreharbeiten, weil das zu intim wurde mit ihrem Partner und der Krakendame, da war für sie eine Linie überschritten …»

«Vor allem: Was sollte sie ihren Freundinnen erzählen?»

«Der Bob war also für Netflix tauchen im Tangwald, und da hat er eine Achtbeinige kennengelernt …»

«Jung und frisch …»

«Sie hat ihm schöne Augen gemacht …»

«Sie hat ihn verzaubert, mit den Farben der Korallen …»

«Mit ihrer grazilen Schwerelosigkeit …»

«Und dann ist im Film unter dem Neopren eine verdächtige Wölbung zu sehen …»

«Dann hat es gefunkt …»

«Wie das so geht …»

«Man kennt das aus dem Freundeskreis …»

«Die innigen Jahre mit seiner Frau waren wie weggeweht …»

«Aber genau das hat ja der Kritik gefallen, das Kompromisslose, das Transgressive …»

«Das sei der Weg nach vorn, so ging der Tenor …»

«Die Liebe über alle Grenzen hinweg müsse endlich mal raus aus der Schmuddelecke …»

«Weg mit dieser normativen Scheiße …»

«Der Film war aber quälend, als der Hai kam, zum Beispiel, um ihr ein Tentakel abzubeißen …»

«Und er ihr nicht helfen durfte!»

«Was war noch mal der Grund?»

«Ich glaube, wegen kultureller Aneignung …»

«Und wie er dann litt, wieder im Dünenhaus, während er seine Kameralinse polierte …»

«Er war selbst zum Oktopus geworden …»

«Gefangen im Körper eines depressiven Naturfotografen …»

«Guten Abend, meine Herrschaften, und ich will gar

nicht stören», sagte der Kellner, «nur ein paar Worte zur Küche bei uns, und schon kann das intime Parlando weitergehen. Wir sind ja beseelt, wenn die Menschen sich verstehen, hier in unserer bescheidenen Scheune! Aber wo anfangen? Es gibt so viel zu sagen! Denn bei uns hier im Walde herrscht das Prinzip Omakase, ein Prinzip des Vertrauens, ein Prinzip der Ekstase, ein Ritual der Hingabe an unsere Künstlerin in der Küche, die aus dem tiefen Brunnen ihrer Spiritualität zu schöpfen vermag, um auf dem Füllhorn unseres Herrgottes wie auf einer Harfe zu improvisieren.

Jeder Abend ist ein Reigen aus einem Dutzend Kompositionen, die in Symbiose stehen miteinander und mit der Saison, also der jeweiligen Kalenderwoche, denn wir arbeiten hier mit den 52 Jahreszeiten. Es geht um die Frage: Wie wollen wir miteinander kommunizieren? Wie kann es gelingen, Einblick in unsere Seelen zu geben? Und so ist der Reigen als Bewusstseinsstrom zu verstehen, als nonverbale Liebeserklärung unserer Künstlerin in der Küche …»

«Moment mal – Sie haben eine Künstlerin gefangen?» So fragte Joachim. «Und sie in die Küche gesperrt?»

«Und jetzt muss sie Kunst machen», fragte Christiane, «aus dem Essen?»

«Und warum so penetrant das Gender betonen?»

«Was soll da die Message sein?»

«Frauen an die Kochtöpfe, oder wie?»

«Da sind wir doch schon weiter …»

«Äh ja, also nein, das spielt doch keine Rolle mehr, in unserem Team sind alle Schattierungen zu finden, und anders wollte es unsere Künstlerin – also, unsere Chefin – auch nicht haben. Denn wer sind wir schon, um irgendjemanden zu diskriminieren? Uns geht es vielmehr darum, die Stimmen des Waldes in kontraintuitive Gaumenfreuden zu übersetzen», so der Kellner weiter, «um zur reinen Musik der Seele vorzudringen. Natürlich mit passender Weinbegleitung, wobei wir passend als unpassend verstehen – wir wollen überraschen, wir wollen frappieren, wir wollen auch mal Clashes provozieren, um Verkrustungen aufzubrechen …»

«Aber nicht mit mir, unter keinen Umständen. Über meine Leiche!» Dies schnarrte Joachim. «Was für eine entsetzliche Vorstellung! Eine Frage, ja? Sehe ich so aus, als hätte ich Sehnsucht danach, dass Sie für mich einen *Clash* kuratieren? Aus Ihren *Entdeckungen*? Aus schauderhaften Hipsterweinen? Sagen Sie mal: Spinnen Sie eigentlich? Bin ich ein Arschloch für Sie? Wollen Sie mich verhohnepiepeln?»

«Ähm, also, ich kann Ihnen auch die Weinkarte bringen …»

«Das dauert mir zu lange.»

«Ich kann Ihnen auch einen Produzenten empfehlen, die Bodega Chacra beispielsweise – da hab ich einen Pinot Noir aus uralten Reben, vom Rio Negro, das ist in Patagonien», sagte der Kellner. «Einen badischen Spätburgunder haben die gesetzt vor achtzig Jahren, der hat so eine rostige Eisennote, als hätte man sich in die Zunge gebissen …»

«Das ist aber Naziwein.»

«Wie bitte?»

«Naziwein!»

«Was soll das denn heißen?»

«Wer hat den wohl gepflanzt, hm?»

«Wer war am Rio Negro nach der Kapitulation und hatte Blütenholz aus dem Badischen dabei?» Dies fragte Christiane.

«Wer könnte das gewesen sein?»

«So war das vielleicht vor hundert Jahren», sagte der Kellner, «aber heute macht den Chacra derselbe Marchese, der auch den Sassicaia macht in der Toskana!»

«Und das soll es besser machen?»

«Sassicaia, im Ernst?»

«Das ist Wein für Immobilienmakler mit schulterlangen Haaren …»

«Die sich auf Wohnungen an Golfplätzen spezialisieren …»

«Die Bastarde zeugen mit Russen-Escorts …»

«Und dann keinen Unterhalt zahlen …»

«Aber die Frage ist folgende: Wer hat sich damals getummelt in Bariloche? Wer ist da nach und nach eingetrudelt über die Rattenlinie?»

«Wer hatte eine Konditorei in der Fußgängerzone?»

«Wer hat das Sommerlager der Pfadfinder geleitet?»

«Wer hat die Fußballer trainiert an der deutschen Schule?»

«Wer hat sich die alte Schrapnellverletzung massiert, wenn der Regen über die Anden kam?»

«Wer hat die Heizungsrohre installiert?»

«Wer hat die Bordelle frequentiert, um sich bei den molligen Dirnen auszuweinen?»

«Wer hat Skat gespielt mit den alten Kameraden?»

«Wer hat eine Agentur für Logistik eröffnet unten an der Uferpromenade?»

«Logistik ist schon ziemlich flach, so als Lebensinhalt», sagte Christiane. «Stell dir mal vor, du bist Logistiker, und das war es auch schon. Irgendwelche Dinge von A nach B schaffen, das ist deine Aufgabe ...»

«Juden, beispielsweise ...»

«Und dann sagt der Logistiker: Aber das mit dem Vernichten hab ich doch nicht entschieden – ich bin nur für die Logistik zuständig ...»

«Für die Lagerverwaltung ...»

«Für die Lieferkettenoptimierung ...»

«Das kann man doch nicht so verallgemeinern!»

«Sicher kann man das», sagte Joachim.

«Aber das muss doch nicht sein, man kann sich doch weiterentwickeln, man kann doch an sich arbeiten», protestierte der Kellner. «Auch ein Logistiker kann Bücher lesen, auch ein Logistiker kann zu neuen Einsichten gelangen! Auch einem Logistiker müssen wir a priori doch Menschlichkeit zugestehen! Auch ein Logistiker kann seine Ketten sprengen! Auch ein Logistiker kann auf den Ozean hinausblicken und sich an der Brandung erfreuen ...»

«Es hallt aber nicht viel wider in seiner kümmerlichen Seele ...»

«In der überwiegenden Mehrzahl der Fälle ist das Kleinbürgertum als lebenslange Strafe zu begreifen …»

«Als ein Verlies weit unter der Erde …»

«Zehn Stockwerke unter der Schönheit …»

«Jetzt hör mal zu und spitz deinen Griffel», sagte Christiane: «Wir essen keinen Reigen, sondern wir essen einen Kraken. Aber nicht à la Strandtaverne, sondern eher à la Winterreise, das Tier also richtig in den Wald hineinholen – vielleicht können Sie ihr das ausrichten, der Künstlerin in der Küche? Später trinken wir dann Nikolai Vineyard, aber erst mal einen Burgunder, einen Weißen, Corton-Charlemagne, am liebsten von Martray, am besten aus der Magnum, in einem Eiskübel hinter dem Tresen, denn wenn ich warten muss, können wir alle Madame Hyde kennenlernen. Und richtig flott, ja? Dalli, dalli! Zack, zack, zack!»

«Besonders freundlich war das nicht», sagte Joachim, während die beiden dem Kellner hinterhersahen.

«Du hast den doch auch terrorisiert.»

«Aber die wollen hier so behandelt werden …»

«Die wollen ihre Strafe, ich meine: Wer hängt sich die Hexe aus *Hänsel und Gretel* an die Wand?»

«Da hinten hängt auch Margaret Thatcher …»

«Und sogar Margot Honecker!»

«Corton-Charlemagne also …»

«Kennst du die Geschichte mit den Rotweinflecken im rauschenden Barte?»

«Ähm, nein, tatsächlich», sagte Joachim, «die kenne ich nicht.»

«Aber du weißt schon, wer das war, oder? Charlemagne? Karl der Große? Der erste Europäer? Vater von achtzehn Kindern mit fünf Ehefrauen? Klingelt da ein Glöcklein bei dir?»

Joachim räusperte sich.

«In jedem Fall soff er Unmengen an Pinot Noir aus seinem Lieblingsweinberg in Corton», so erzählte Christiane, «er soff und er soff ohne Scham oder Selbstkontrolle, sodass sein weißer Bart meist rote Flecken und sogar Verkrustungen zeigte, die schon die Fliegen anlockten, was im Zuge von Unterredungen mit Würdenträgern ferner Reiche das Potential hatte, die kaiserliche Autorität zu untergraben. Daher nahm ihn Liutgard beiseite, seine fünfte Ehefrau, um ihm den Bart zu waschen und ihm kritiklos nahezulegen, seinen Berg in Corton doch mit Chardonnay neu bestocken zu lassen, um das Problem unter den Tisch zu kehren, ohne sich mäßigen zu müssen, was einem Kaiser, einem Krieger und vor allem einem Liebhaber seiner Couleur nicht würdig wäre. Wie sie doch seinen Genussbauch liebe! Diese muskulösen Reiterbeine! Aber vor allem das goldene Zepter über dem doppelten Reichsapfel …»

«Kannst du mal aufhören!», lachte Joachim.

«Hey, das waren noch andere Zeiten! Und sie wusste zu überzeugen, also haben wir Liutgard den Weißen aus Corton zu verdanken, den Hochwohlgeborenen, der hat so eine natürliche Arroganz, ein *devil may care*, als habe er nicht nötig, seine Talente zu zeigen …»

«Augenblick mal», warf Joachim ein, «Liutgard, da war

doch was – ist die nicht barbusig ins Schlachtengetümmel geritten?»

«Du denkst an Fastrada, ihre Vorgängerin, die war böse, die kam aus Hessen – bring mir die Köpfe der Philister, hat sie gerufen, und dann hat Karl viertausend Sachsen enthaupten lassen, um in ihrer Gunst zu steigen …»

Als der Kellner kurz darauf mit der Magnum Burgunder herbeieilte, war auf der anderen Seite des Auensees, in Bungalow Vier, fast oben an der Straße, ein schwarzes Gefühl der Verlassenheit in Daniels Augen zu sehen. Seine Mikromimik zeigte dabei die Oberflächeneffekte der Pulse aus gleißendem Zorn in der Tiefe seiner Persönlichkeit.

Er hatte mal wieder mit seinem Vater telefoniert, und um sich nach dem Gespräch von der Ablehnung zu reinigen, hatte er eine Staustufe gebaut, wie in seiner Kindheit, im tiefen Wald hinter dem Reiheneckhaus in Halbhöhenlage mit Blick auf die Abendsonne über der Frankfurter Skyline, wenn sein Vater aus der Redaktion nach Hause gekommen war, um das Kind als Störung und Irritation wahrzunehmen.

Nun trank Daniel diesen Single Malt aus dem Sherryfass, und es war schon erstaunlich, wie mild der war – noch nie hatte er Schnaps direkt aus der Flasche getrunken, aber das war möglich, das bekam man hin, wie im Film, dies brachte er nun in Erfahrung. Er hatte das mit dem Sherry ja für Marketing-Schnickschnack gehalten, aber das Cremige, diese Karamellnote, das orientalische Dattelaroma überlagerte nahezu vollends die Alkoholschärfe des Brandes, den er daher wie Eistee in sich hineinkippen konnte, um irgendwann bald hoffentlich seine deprimierende Kommentarebene auszuschalten.

Immerhin kam er jetzt mal zum Single Malt, denn normalerweise trank er nicht viel, nur hin und wieder ein Glas oder zwei der Pinot Grigios oder Chablis, die Veritas ihm zugeordnet hatte – erfrischende Terrassenweine für warme Herbsttage oder aber süffige Malbec-Beerenschmeichler für vor dem Kamin, weil diese Samtigkeit bei den Chilenen, das war schon einmalig, so ähnlich gingen seine Gedanken. Und das war vollkommen ausreichend, denn man musste ja nicht rumspinnen mit Grand Cru und Riserva und so weiter.

Er dachte an den Ausdruck der Teilnahmslosigkeit, der völligen Unverbindlichkeit, mit dem Christiane ihn hinaus in den Wald geschubst hatte, als ob er gar nicht der Rede wert wäre. Wo nur entsprang dieser Strom aus Geringschätzung, der wie ein Wasserfall über ihm niederging an allen Tagen? Was hatte man ihm denn vorzuwerfen?

Er hatte sich nicht etwa danebenbenommen gegenüber Christiane, dafür würde er seine Hand ins Feuer legen. Das stand außer Frage, denn schon als Kind war Daniel Frauen aus Prinzip immer so begegnet, dass seine Mutter stolz auf ihn sein könnte, wenn sie als gute Fee auf seiner Schulter säße. Er hatte nichts falsch gemacht, aber darum ging es nicht, das war irrelevant, denn er war wohl überhaupt nicht in Frage gekommen für diese seelentote Hexe, die wie mit einem Sonderschüler mit ihm gesprochen hatte.

In großen Schlucken leerte Daniel seine Whiskeyflasche, und er wusste, da war kein Netz unter ihm, er musste auf sich aufpassen, denn auf diese Idee würde sonst niemand kommen. Nie zuvor in seinem Leben hatte Daniel annähernd so viel getrunken, sodass die Alarmsignale seiner auskühlenden Physis ihn später nicht wecken konnten, als Dieter in der Nacht das eisige Wasser aus der Regenzisterne in die Rohre der Bodenheizung leitete.

Du bist eine kalte Person, das ist unattraktiv, tippte Daniel in sein Telefon. *Du liebst niemanden und du willst es auch gar nicht versuchen. Sich immer nur an sich selbst aufzugeilen, das kann nicht genug sein für ein ganzes Menschenleben. Wie kannst du dir erlauben, mir eine solche Verachtung zu zeigen? Du musst lernen, Gottes Schöpfung mit Respekt zu begegnen*, so tippte er weiter, und dann schickte er seine Nachricht an Christiane, aber sie hatte ihr Telefon in ihrem Polaroverall gelassen, der sich im Garderobenraum des Wirtshauses mit Joachims Gomorrha-Lederjacke einen Haken teilte.

Und es wurde ihm langsam zu viel mit der ganzen Scheiße, er musste sich herausziehen aus diesem Strudel, also versuchte er nun, seine Gedanken in positive Bahnen zu lenken, wie er es mit Diana geübt hatte, die ihm beim Einschlafen in sein Ohr säuselte, dass es nie zu spät sei im Leben, um das Ruder herumzureißen. Er klemmte die Flasche zwischen seine Beine und lehnte sich auf dem Sofa zurück, um konzentriert mit seinen Atemübungen zu beginnen.

Schon bald konnte er eine leere Autobahn vor sich sehen, und alpine Gipfel in der Ferne, hinter denen am Himmel das sanfte Licht des Südens zu erahnen war. Sie waren in der Nacht losgefahren, sie hatten sich davongestohlen, sie hatten ihre Bungalows stehen lassen und einfach hinausbeschleunigt aus den Wäldern des gottverlassenen Seengebietes, und was ihn geritten hatte, in seine Umsiedlung auf das Territorium der ehemaligen DDR einzuwilligen, konnte sich Daniel schon nicht mehr erklären.

Das mechanische Grollen der Ottocilindri-Turbine schien auf Christiane wie Meeresrauschen zu wirken, und er hatte überlegt, ob er sie wecken sollte, um mit ihr die Überfahrt nach Italien zu erleben, durch Tunnel und Hochtäler und über diese spektakuläre Stelzenbrücke, sich nach sorgfältiger Abwägung aber dagegen entschieden. Denn es lag noch eine lange Fahrt vor ihnen bis in die Ewige Stadt, wie sein Vater Rom immer genannt hatte, und auf diesem frühen Abschnitt ihrer Reise wollte Daniel noch keine Phasen der stockenden Konversation riskieren.

Er wusste auch gar nicht, wo er anfangen sollte. Er hatte zwar Fortschritte gemacht durch die Arbeit mit Diana, aber es fühlte sich immer noch falsch an für ihn, von sich selbst zu erzählen. Und er konnte ja nicht mit seinen deprimierenden Traumata zur Tür hereinfallen, also würde er sie reden lassen, er würde fragen, er würde zuhören, was ihm nicht schwerfallen würde, denn er wollte ja alles wissen über Christiane, wo sie herkam, wie sie aufgewachsen war und wie es sie zur Omen verschlagen hatte.

Außerdem war Daniel vollkommen d'accord mit seiner aktuellen Lage – er wollte seine Vorfreude genießen, die schlafwandlerische Interaktion mit seiner beseelten Maschine, und er musste sich ja noch an die neue Wirklichkeit gewöhnen, an die für ihn kaum fassbare Tatsache, dass Christiane in sein Auto gestiegen war, um mit ihm einen Cut zu machen und einfach noch mal von vorn anzufangen.

Dass sie ihren Kopf an der Rückenlehne tatsächlich gerade in seinen guten Schal drückte, den er für sie zusammengerollt hatte, aus dieser ultra-edlen Kaschmirlinie von Burberry, die nicht in Asien, sondern in Schottland hergestellt wurde. Bis auf ein paar Reisetaschen hatten sie alles hinter sich gelassen, und er hatte für sie noch eine Bücherkiste aus ihrem Bungalow auf die Rückbank getragen, die im Interieur des Maserati nun ein säuerliches Bibliothekenaroma verbreitete.

Er hatte die Schlafende schnell und sicher über den halben Kontinent transportiert, über Bayern und Tirol in Richtung Italien, wo sie bald auf einen zivilisierten Lunch einkehren würden, am Gardasee möglicherweise, wenn sie an diesem nicht vorbeirasen würden, denn Daniel hatte beschlossen, ohne Navi oder Straßenkarte zu fahren, um sich den Winden und dem Zufall zu überlassen.

Sonst müsste eben der Lago Maggiore herhalten, an dessen Ufern sich eine idyllische Ortschaft finden würde, mit einem Sportboothafen hinter einer schlanken Mole und einem Ehrenmal an deren Spitze, in dessen Marmor die Worte GLORIA ETERNA AI PARTIGIANI gemeißelt wären. Mit einem Palazzo aus der Renaissance oder was auch immer auf einem Hügel über einer nicht zu Tode sanierten Altstadt, die auch im Sommer noch den Italienern gehörte und deren Lokale an Wochenenden in der Nebensaison von Ingenieuren aus Turin oder Bankern aus Mailand und ihren eleganten Geliebten bevölkert wären.

Er würde seiner Freundin aus dem Maserati helfen vor einer Trattoria, und der Padrone würde sie beide mit einem sonoren «Bella macchina» empfangen, das man mit einem neuen Elfer hier niemals bekäme. Die kurze Tageskarte wäre kaum zu entziffern auf einer Schiefertafel, und die gekreuzten Sensen an den Wänden würden den Spirit der Demut vor den Gaben der fruchtbaren Hänge verbreiten, der von den Einheimischen seit Jahrhunderten gelebt wurde.

Der Padrone würde sie beide am Fenster platzieren oder vor dem Kaminfeuer – aber dann würde Daniel zu schwitzen anfangen, dann würde er den Faden verlieren, dann würde er ins Stottern geraten, dann würde alles einfach den Bach hinuntergehen – nein, nein, nein! Das war die falsche Abzweigung, in diese Richtung wollte er nicht fahren heute. Er musste endlich lernen, seine Wünsche als legitim zu akzeptieren. Er musste ruhig atmen und sich weiter auf seine Visualisierung konzentrieren.

Daniel würde die Knolle über den Hobel gleiten lassen ohne Rücksicht auf Verluste, was der Padrone mit einem weiteren Nicken der Anerkennung honorieren würde. Zugegeben, die Lombardei konnte nicht als traditionelles Trüffel-Mekka gelten, aber in Anbetracht der Ansprüche der Klientel hier am Lago Maggiore und vor allem am nahe gelegenen Lago di Como, so in etwa Daniels Analyse, war von einer flächendeckenden Versorgung mit Tuber magnatum auszugehen.

Wie Schneeflocken aus vergangenen Zeiten würden die Späne der Knolle auf dampfende Nudeln niederschweben, um sich mit der geschmolzenen Butter auf den Windungen der Teigwaren aromatisch zu vereinen. Tagliolini wären es idealerweise, *fatta in casa* von der uralten Nonna des Padrone, luftig-leicht und mit unregelmäßiger Kontur für ein griffiges Zungengefühl, gewalkt und gefaltet und dann mit dem Messer geschnitten, um über die raue Oberfläche eine tiefe Penetration der Aromen des buttrigen Sudes zu garantieren.

Im Grunde müsste man den Tagliolini ein rohes Eigelb unterheben à la Carbonara, um das sinnliche Bombardement auf die Spitze zu treiben, aber Daniel wollte nicht als Banause dastehen vor dem Padrone, als unbeleckter Deutscher, der nichts kannte außer Carbonara und vor seiner Freundin jetzt eben mal mit Trüffeln einen Dicken schieben wollte. Aber würde ein solcher Ignorant denn seinen spezifischen Maserati-Oldtimer fahren? So ähnlich gingen seine Gedanken. War seine Legitimation durch den Q4 und ja auch durch Christiane nicht derart nachhaltig, dass eine Abweichung von der traditionellen Buttervariante vollends gedeckt wäre?

Und natürlich assoziierte man Butter nicht mit Italien, aber hier im Norden war die Burro durchaus als Rückgrat einiger regionaler Küchen zu bezeichnen, während der Rest des Landes südlich des Butteräquators in der Emilia als nahezu ungebrochene Olivenölzone zu begreifen war.

Außerdem würde Butter ihn müde machen, und Daniel wollte schlafen, vielleicht doch erst am nächsten Morgen nach Rom weiterfahren, er wollte über den See hinausblicken und die Dunkelheit in schwarzen Schraffuren vom Wasser aufsteigen sehen. Er wollte sich mit Christiane in eine Albergo einmieten, in eine *camera superiore con vista spettacolare.* Daniel wollte Brombeeren haben, die kleinen Brombeeren aus dem Wald zuhause – ein einziges Mal hatte sein Vater ihm eine Schüssel mit wilden Brombeeren in seine Kammer gebracht, die er dann zusammengekauert auf seiner Pritsche verschlungen hatte.

Daniel wollte in ein Foto hineinsegeln, das er mit sechs oder sieben Jahren aus einer Schublade im Schreibtisch seines Vaters gestohlen hatte, um es in seiner Ausgabe von *Das riesengroße Krokodil* unter seinem Kopfkissen aufzubewahren und, wenn nötig, mit seinem Leben zu verteidigen. Darauf war eine junge Frau vor einer voll besetzten Caféterrasse zu sehen, unter einem Straßenschild mit der Aufschrift *Place de la Révolution*, die albern einen Finger über ihren Hals führte. Das Foto war eines von vielen in der Schublade gewesen, und es hatte Daniel besonders gut gefallen, da sie darauf wie ein Filmstar aussah in ihrer Seidenbluse mit opulenter Schleife und da auf dem Foto unter dem Bund ihres Rockes schon eine kleine Wölbung zu sehen war.

Jetzt im Winter also fuhren sie nach Süden, und im Sommer würden sie nach Norden fahren, vielleicht nach Skandinavien, wer wusste das schon, denn Pläne wollten sie keine machen. Vielleicht würden sie sogar seinen Vater besuchen oben in Kaschubien – das war ja keine Entfernung für seinen Quattroporte, der als Gran Turismo entwickelt worden war und also für Menschen mit der Muße, der Neigung und natürlich auch den pekuniären Mitteln, um ihren Aktionsradius auf den ganzen Kontinent auszudehnen.

Sie würden den Alten nach Zoppot ausführen, auf einen Drink in das Casinohotel oder in ein Fischlokal an der Strandpromenade, und kaum zu glauben, aber der Sohnemann war offenbar angekommen in seiner Beziehung, das würde sein Vater denken, denn so vertraut war man in der Öffentlichkeit ja nur, wenn es auch im Bett gut funktionierte. Und natürlich war das affig mit dem Maserati, aber dieser eine war die Ausnahme, der hatte ihm schon immer gefallen, und er hatte das vergessen, so würde er an diesem Abend Frau Doktor erzählen, aber genau diesen Quattroporte hatte er mal als Testwagen gehabt für eine Woche in den Neunzigern bei der *Frankfurter Allgemeinen*.

Und was für eine Klassefrau das war! So was hätte man ihm gar nicht zugetraut, dem stellvertretenden Abteilungsleiter. Konnte es sein? Hatte man ihm unrecht getan? Diese Granate hatte allen Ernstes der *Filius* an Land gezogen? Chapeau! Also, à la bonne heure, konnte man da nur sagen.

Im Wirtshaus im Walde segelten derweil die Tentakel auf dem Tresen nieder, in schwere Taler geschnitten, in einem Sud aus Waldpilzen, in Schüsseln aus Ton, die wohl auf der Töpferscheibe der Künstlerin in der Küche Form angenommen hatten. Zwischen den Pilzen schwammen schwarze Münzen, die wie Scheiben einer Blutwurst aussahen und mit jeweils zwei Löchern in ihrer Mitte an die Knöpfe einer Strickjacke erinnerten.

«Hier also unser winterlicher Krake, frisch aus dem Tank gezogen in unseren Stallungen», sagte der Kellner, «und die müssen wir unter engmaschigen Gittern hinter Schloss und Riegel halten, da auch stattliche Exemplare sich wie Schlangen durch Öffnungen von der Größe kalabrischer Zitronen davonstehlen können. Und die können laufen und sogar klettern, diese gewitzten Viecher! Aber seien wir ehrlich, weit wäre unser Freund nicht gekommen, draußen in der Lebensfeindlichkeit – wie der Gulag, wie ein Todeslager im Permafrost, so muss das hier ja erscheinen, aus der Krakenperspektive.

Gefangen in der Nordsee, denn der Oktopus nähert sich der Dominanz in deutschen Gewässern – die globale Erwärmung, die Überfischung der Fressfeinde und so weiter, dazu die üppigen Populationen der Austern und Miesmuscheln und Schollen und Nordseekrabben –, das Wattenmeer muss einem Oktopus ja wie eine Meeresfrüchte-Etagere erscheinen.

Wir servieren ein Männchen heute, Hansen war sein Name, à la minute getötet von unserer Künstlerin in der Küche, mit einem langen Filetiermesser, mit einem schnellen Kragenschnitt, um dem Tier in einer flüssigen Bewegung den Kopf abzutrennen, schon aus Respekt, denn das sind ja feinfühlige Lebewesen …»

Joachim ließ diese Ausführungen über sich ergehen, seine Augen zusammengekniffen, möglicherweise auch deshalb, da gerade das Gefühl in seine erfrorenen Zehen zurückkehrte und er sich Amputationen ausmalte, Nekrosen, Verwesung, blutgefüllte Blasen, schauderhafte Fäulnisprozesse und die Gesichter feindseliger Menschen, die sich in Ekel von ihm abwenden oder angewidert mit dem Finger auf ihn zeigen.

«Unsere Fanggründe sind die Windparks draußen vor den Inseln, da die Kraken an deren Fundamenten zu boulevardisieren pflegen, und das hat mit Vibrationen zu tun», sagte der Kellner, «die Pulse der Rotoren in die Sockel zupfen eine lebensfrohe Saite im Gemüt unserer Freunde. Wir haben Kameras installiert, und es ist kaum zu glauben, was man da beobachten kann: Ausdruckstänze, Rittberger in Zeitlupe, die Tentakel wirbeln im Kreise wie ein Tutu im trüben Nordseewasser …

Und die Knöpfe dort in der Pilz-Dashi, das sind die Nasen, also die Schnauzen der Ferkel unserer schwarzen Schweine aus Norditalien – in-house geschlachtet, wir alle im Team sind am Messer ausgebildet, und gleich nach dem Ausbluten werden die Spitzen der Nasen abgesäbelt, mit denen sie im Trog noch Minuten zuvor nach Haselnüssen gegraben haben, und die grunzen und quieken, die wollen Kontakt aufnehmen, flirten kann man das beinahe nennen!»

«Ey Alter», sagte Joachim nun endlich. «Mach dir mal einen Termin bei Diana …»

«Lass dich krankschreiben ...»

«Nimm deine Tabletten ...»

«Aber vorher bringst du uns noch den Pinot aus dem Tal der Großen Schlange ...»

«Nicht dekantieren!»

«Nur aufmachen und hinstellen ohne Verzögerung ...»

«Nicht nachdenken!»

«Einfach bringen ...»

«Nicht antworten!»

«Einfach mit dem Kopf nicken, wenn verstanden ...»

«Einen Jahrgang aus den Zwanzigern ...»

«Vielleicht schon eine zweite Pulle atmen lassen ...»

«Und dann nicht mehr fragen, sondern alles im Blick behalten und immer rechtzeitig die neue Flasche hinstellen ...»

«Unbemerkt, am besten ...»

«Vielleicht alles ein bisschen beschleunigen ...»

«Und los!»

«Der ist schwer von Kapee», so raunte Joachim, als sie nun wieder dem Kellner hinterherblickten.

«Der ist nicht die hellste Kerze auf der Torte ...»

«Der ist nicht die schärfste Säge im Schuppen ...»

«Der ist nicht die schnellste Assel im Irrgarten ...»

«Das ist hier so ein Förderprojekt», sagte Joachim, «für die Inklusion von Analphabeten», und die beiden stießen an, um wie Verdurstende in der Wüste ihre letzten Gläser Corton zu leeren.

«Ich bin immer noch ganz erschlagen ...»

«Dieses *Gelaber* ...»

«Das nistet sich ein, wie ein giftiger Pilz im Gehirn ...»

«Man spürt seine Organe versagen, während er redet ...»

«Aber wir sollten nicht so böse sein ...»

«Warum das denn bitte?»

«Der hat sich doch Mühe gegeben!»

«Du meinst, wie im Waldorfkindergarten, ja? Schon Dabeisein ist Gewinnen?»

«Wir haben doch was gelernt! Oder hattest du die Krakenschwemme im Wattenmeer auf dem Schirm?»

«Aber die hat sicher auch mit dem Vibe zu tun und nicht nur mit dem Klima ...»

«Mit dem Tidenhub, mit der Regentschaft des Mondes über die Muschelbänke ...»

«Mit der Blauen Anemone ...»

«Mit dem ewigen Wandel der heimischen Untiefen, denn die Flut ist wie der Schieber einer Zaubertafel für das Bodenprofil des Wattenmeeres ...»

«Das ist gar nicht schlecht übrigens», sagte Joachim, nachdem er ein Segment Tentakel verspeist hatte, während Christiane eine Scheibe Ferkelnase zu ihren Lippen führte, um ihre Zähne durch die hauchzarte Kruste und weiter durch das luftige Gallert gleiten zu lassen. Und dann schaufelten sie den Eintopf in sich hinein, als wären sie zum Fastenbrechen zusammengekommen. Hansen hatte ziemlich genau zweieinhalb Kilo gewogen, sodass nach dem Gewichtsverlust durch das Garen und die Enthauptung allein an Krake auf jeden der zwei Trinkenden etwa achthundert Gramm entfielen.

«Vielleicht sind es die Flussmündungen, oder es sind die Starkwindlagen …»

«Der Ritt über die Dünen bei Springtiden …»

«Oder das Abströmen durch die Bachläufe im sämigen Sande, der sich ja wie Schlagsahne anfühlen muss für diese sinnlichen Tiere …»

«Wer fängt die eigentlich?» Dies fragte Christiane. «Das ist doch sicher verboten mittlerweile …»

«Wahrscheinlich die Küstenbevölkerung …»

«Die lokalen Partner der Künstlerin in der Küche …»

«Das sind Leute, die einen Tauchkurs gemacht haben noch in besseren Zeiten, damals an der Costa Brava …»

«Das sind Leute, die keine Perspektive mehr sehen und sich eine Jolle schreinern, um als Krakentaucher durchzustarten …»

«Wir reden über abgehängte Regionen …»

«Es herrscht bittere Armut hinter den Deichen …»

«Marode Infrastruktur, schlechte Erreichbarkeit, unterdurchschnittliche Bildungsangebote …»

«Demographisches Ausbluten …»

«Kein Vertrauen in die politischen Institutionen …»

«Weit und breit kein guter Buchladen …»

«Rudimentäre Fritten-Gastronomie …»

«Hanebüchene Gesundheitsversorgung …»

«Der Babystrich am Jugendtreff …»

«Ein Leben von der Stütze oft in zweiter oder dritter Generation …»

«Und tauchen ist gefährlich in der Nordsee …»

«Die müssen ja auch bei schlechtem Wetter rausfahren, bei geringen Sichtweiten …»

«Bei starken Strömungen …»

«Und die See kennt kein Pardon …»

«Natürlich sind da Verluste zu verzeichnen …»

«Aber das ist schon auch eine erhabene Lebensweise, wie die Schwammtaucher auf Kalymnos in der Antike …»

«Da spürt man wenigstens seinen Körper …»

«Und was soll die Alternative sein?»

«Vor einem Amt in der Schlange stehen?»

«Auf einen Stempel warten?»

«Den ganzen Tag lang in die Miniglotze starren?»

«Das ist auch kein Leben …»

«Dann doch lieber die Rotoren im Nebel …»

«Das sprudelnde Nordseewasser …»

«Dann lieber Tentakel grillen am Abend, mit Kräutern von den Deichen …»

«Kühles Jever aus der Dose …»

Die beiden waren mittlerweile auf den Pinot Noir umgestiegen, und Christiane zeigte eine violette Linie am unteren Rand des Flaumes auf ihrer Oberlippe, was Joachim in einen Bann gezogen hatte.

«Kennst du die Panspermia-Hypothese?»

«Das war irgendwas mit Aliens, oder?»

«Die Hypothese besagt, dass Kraken auf Samen aus dem Weltraum zurückgehen. Denn sie zeigen keine Verwandtschaft mit anderen Arten und scheinen daher aus der irdischen Evolution herauszufallen», dies erzählte Christiane.

«Vor Jahrmillionen traf ein Asteroid einen Frostmond mit subterranem Ozean und warf dessen Fluten in das All hinauf, wo sie zu Eisboliden erstarrten, um ihre Reise auf den Sonnenwinden durch das Vakuum anzutreten. Einer davon zufällig in Richtung Erde, um irgendwann in die Panthalassa zu plumpsen, in den Schlick zu sinken, zu tauen und die Eier freizugeben – Eier, aus denen bald transparente Babykraken schlüpfen sollten mit leuchtenden Organen, um mit dem Plankton in der Strömung davonzutreiben, in die Einsamkeit: Denn sie kommen zur Welt, ohne ihre Eltern zu kennen, und sie sterben, ohne ihre Kinder gekannt zu haben …»

«Stell dir mal vor, diese Isolation …»

«Der Krake ist mutterseelenallein …»

«Niemand kann seine Fragen beantworten …»

«Was war vor ihm gewesen?»

«Was kommt nach diesem Leben?»

«Ich bin aber keine Expertin für das Thema – es gab da einen Artikel in der *Zeit* vor Jahren, der kam mir nur gerade in den Sinn …»

«Ich hab schon ewig keine Zeitung mehr gelesen …»

«Aber da liegt doch der *New Yorker*?»

«Der ist aus dem Oktober …»

«Keine Sorge, ich bin auch nicht mehr im Bilde – ich lese nur noch Bücher aus den Wirtschaftswunderjahren …»

«Aus dem verlorenen Paradies!»

«Damals gab es noch kein Internet!»

«Damals musste der Pöbel den Schnabel halten!»

«Unsere Eltern konnten im Sommer noch in den Süden

fahren, ohne von einer Feuerwalze ins Meer getrieben zu werden …»

«Meine Mama und ich konnten uns nur die S-Bahn zum Schlachtensee leisten …»

«Dafür bist du jetzt reicher als der liebe Gott …»

«Das letzte Hemd hat keine Taschen», sagte Joachim. «Apropos: Was trägst du da eigentlich? Das wollte ich schon die ganze Zeit fragen. So flauschig! Ist das ein Strampelanzug?»

«Bekommst du Lust, mich zu streicheln?»

«Ich bekomme Lust, dich zu wickeln.»

«Was für ein schönes Kompliment! Dein Outfit allerdings – ich weiß nicht so recht …»

«Wieso? Ich bin doch tadellos gekleidet?»

«Wenn du meinst …»

«Was stimmt denn nicht mit meinem Outfit?»

«Dein Opa-Jackett – hast du das nicht schon auf der Feier zur Eröffnung getragen?»

«Ich hab nur dieses eine …»

«Ich bitte dich!»

«Wer braucht denn mehr als ein Jackett? Soll ich mich für Mode interessieren? Soll ich eine Boutique aufsuchen? Um statt eines Jacketts dann zwei Jacketts zu haben?»

«Oder drei sogar …»

«Das wär's …»

«Oder du bestellst dir was im Internet!»

«Wenn ich an das Internet denke, spüre ich meine Seele mit Erbrochenem volllaufen …»

«Langsam wirst du mir sympathisch …»

Aus der Ferne war das Nebelhorn eines altertümlichen Güterzuges zu hören, und während hinter ihnen Teller mit Gänselebern vorbeischwebten, jeweils das ganze Organ, der arterielle Anschluss war noch zu erkennen, in das Halbdunkel der Sitzecken hinein, warfen die beiden den Kopf in den Nacken, um in gierigen Schlucken ihre Gläser Pinot Noir zu leeren.

«Das beamt mich nach Kalifornien», sagte Christiane.

«Schon was anderes als die ehemalige DDR …»

«Wir sind im russischen Sektor gelandet auf unsere alten Tage …»

«Sogar der Permafrost kommt wieder …»

«Wir sollten nach Sonoma fliegen!»

«Ich bestell uns ein Flugzeug für Heiligabend …»

«Aber dann müssen wir nach Berlin hinein …»

«Müssen wir nicht.»

«Wo soll das Flugzeug denn landen?»

«Irgendwo hier im Wald ist ein alter Militärflughafen …»

Christiane legte ihren Blick nun wie ein Leichentuch über Joachims Antlitz, um alle Konturen seines Reliefs zu kartographieren.

«Wie alt bist du eigentlich?»

«Ich bin acht oder neun», sagte er, «und du?»

«Ich bin so um die dreizehn …»

«Oh nein!»

«Warum oh nein?»

«Ich bin zu jung für dich.»

«Ich steh aber auf jüngere Männer …»

Christiane konnte einen Buben sehen, der in der Nacht in einer Küche saß und seine Mutter dabei beobachtete, wie sie eine Salatgurke hobelte, und wie sie Butterflocken in eine gusseiserne Pfanne schabte. Sie konnte die Mutter ihren Buben über ein Knie legen und wie außer sich auf seinen Hintern einschlagen sehen, unter einem Museumsplakat mit einem Motiv von Monet in einem schiefen Rahmen, *Abendstimmung in Venedig*.

Sie sah den Buben an einem Feuer entlanglaufen, in einer Höhle, hinter einer Mauer, über die er Stöckchen emporhielt, an die er Schnittmuster getackert hatte, um deren Umrisse für ein Heer aus Untertanen an die Höhlenwände zu werfen. Und sie sah Kisten voller Erde aus Varna unter schwarzen Segeln, und die zuckenden Silhouetten der Gepfählten vor dem Kirschrot der fernen Scheunenfeuer.

Später in der Nacht fuhren die beiden in Christianes Kanadier, sie saßen einander gegenüber, um ihr Gewicht nahe der Mittellinie zu konzentrieren und somit nicht das Kentern zu riskieren in ihrem betrunkenen Zustande. Der Wald links und rechts der Wasserstraße machte den Eindruck grenzenloser Tiefe, als würde er für Tausende Kilometer weitergehen. Als würde da nicht irgendwann eine überwucherte Eisenbahntrasse kommen, eine subterrane Serverfarm oder eine sonderbare Jagdkanzel, der wie ein Hut ein spitzes Pagodendach aufgesetzt war.

Der Wasserjet schob den Einbaum auf die dünne Eisdecke hinauf, bis die Schwerkraft siegte, bis der Rumpf unter leisem Splittern in das Wasser einbrach, um sich wieder auf den Firnis emporzuschieben. Wie die Atomeisbrecher in der Arktis viele Jahre später, die stoisch weiter Fahrrinnen zogen, als es schon keine Handelsflotten mehr gab, um sie zu befahren.

Noch in der Scheune am Tresen aber tunkte Christiane ihre Serviette in ein Glas Sprudelwasser, um Joachim die roten Flecken aus seinem Bart zu reiben.

«Oh, holde Liutgard …»

«Ich heiße Fastrada!»

«Bitte gnädigst um Verzeihung.»

«Bring mir die Köpfe der Sachbearbeiter!»

«Wie Majestät wünschen!»

«Aber erst noch zwei Hörner vom schweren Roten!»

«Worauf trinken wir eigentlich?»

«Auf den Wein, auf den Wald …»

«Auf den Schlaf, den tiefen …»

«Auf das Schwimmen im See …»

«Auf den Mond, auf das Lesen …»

«Auf Liszt und Beethoven …»

«Auf die Kraken im Wattenmeer …»

«Auf das Tal der Großen Schlange …»

«Auf die Liebe, also die echte …»

«Die ist aber nicht leicht zu finden …»

«Und auf die Kindheit, natürlich …»

«Die Kindheit ist *alles*», sagte Christiane.

Später in seinem Bungalow hielt sie meinen schönen Vater eng umschlungen, während er verlorenging in der

Dunkelheit – in der Küche hatten sie noch Gin getrunken, bevor sie die Treppe hinauf in sein Schlafzimmer gefallen waren, sodass sie dem Abyssal entgegentaumelten, weit entfernt voneinander, als Dieter in der Nacht die gläsernen Wände auffaltete.

«Hey, bist du da? Kannst du mich sehen? Bleibst du bei mir, nur für ein paar Minuten?» Dies hörte ich plötzlich, ganz leise, obwohl er seine Lippen nicht bewegte, denen schon eine violette Färbung anzusehen war. «Kannst du dableiben? Bitte, ich will nicht allein sein …»

Und in schneller Folge gingen die Anrufe ein, auf seinem Seniorenhandy mit den großen Tasten, auf seinem Nachttisch neben dem sinistren Soldatenmesser, das er stets in Griffweite hielt, um eine Vielzahl an imaginierten Gefahren abzuwehren. Immer wieder erschien der Name NACHTI auf seinem Bildschirm, aber er hatte das Telefon auf lautlos geschaltet. Mein Vater war nicht erreichbar.

WEITERE TITEL

Im Sinkflug (2005)
Blut im Wasser (2009)
Die Murau Identität (2014)
Hochdeutschland (2018)

Alexander Schimmelbusch

Blut im Wasser

Roman
128 Seiten

«Ein beachtliches Werk: die lakonisch erzählte Geschichte von zwei armen reichen Kindern, die ihr Jetsetleben zwischen Frankfurter Westend, New York und Montauk bis zum bitteren Ende treiben, ist wie die postmoderne Version der Erzählungen von den Schönen und Verdammten, wie sie F. Scott Fitzgerald in den zwanziger Jahren verfasste.»
Associated Press